Foto: Jerry Bauer

*Valerie Martin* wurde 1948 in Sedalia/Missouri geboren und wuchs in New Orleans auf. Sie studierte Anglistik und ist heute Hochschullehrerin am Mount Holyoke College in Massachusetts. Neben Romanen (›Alexandra‹, ›Pfade der Bessenheit‹, ›Die Ruhelose‹, ›Katzenfrauen‹ u. a.) schreibt sie Kritiken für die *Saturday Review* und die *New York Times Book Review.* Valerie Martin lebt in South Hadley/Massachusetts.

*Im Haus des Dr. Jekyll:* Zu den großen Schauergeschichten der Weltliteratur zählt Stevensons Horrorstory von ›Dr. Jekyll und Mr. Hyde‹. Erzählt wird darin von der sonderbaren Verwandlung des Arztes Dr. Jekyll. Von seinem unerbittlichen Forscherdrang getrieben, experimentiert er mit einer Droge, und immer wenn er das Elixier zu sich nimmt, verwandelt sich der liebenswerte Zeitgenosse in ein mörderisches Monster, jenen Edward Hyde, der die Summe aller dunklen Triebe und unterdrückten Bosheiten verkörpert, die im Menschen schlummern.
In ihrem Roman ›Im Haus des Dr. Jekyll‹ erzählt Valerie Martin eine neue, verblüffende Version jener Geschichte – aus der Sicht des Hausmädchens Mary Reilly. Mary schreibt Tagebuch. Sie ist zweiundzwanzig Jahre alt und stammt aus einer armen Familie, die vom Vater, einem Trinker, gequält wurde. Immer wenn der Vater trank, verwandelte auch er sich von einem im Grunde friedlichen Zeitgenossen in ein Monster. Für ihren Herrn, Dr. Jekyll, empfindet das Hausmädchen Mary mehr als respektvolle Gefühle. Sie versteht ihn, ja beginnt, ihn zu lieben. Aber sie wird immer mißtrauischer, als sie merkt, daß etwas Unheimliches vorgeht im Hause Jekyll und daß die außergewöhnliche Beziehung zwischen ihrem Dienstherrn und ihr eine Rolle dabei spielt...
Der Roman wurde verfilmt unter dem Titel ›Mary Reilly‹ mit Julia Roberts in der Hauptrolle.

Valerie Martin

# Im Haus des Dr. Jekyll

Roman

Aus dem Amerikanischen von
Brigitte Walitzek

Fischer Taschenbuch Verlag

9.–13. Tausend: Februar 1996

Veröffentlicht im Fischer Taschenbuch Verlag GmbH,
Frankfurt am Main, Januar 1994

Lizenzausgabe mit freundlicher Genehmigung der
S. Fischer Verlag GmbH, Frankfurt am Main
Die amerikanische Originalausgabe erschien
unter dem Titel ›Mary Reilly‹ im Verlag Doubleday, New York

Umschlaggestaltung: Manfred Walch, Frankfurt am Main
Satz: Jung Satzcentrum GmbH, Lahnau
Druck und Bindung: Clausen & Bosse, Leck
Printed in Germany
ISBN 3-596-12018-7

*Gedruckt auf chlor- und säurefreiem Papier*

Zur Erinnerung an zwei geliebte Seefahrer
JRM und RLS

# Erstes Heft

Es war nicht das erste Mal, daß ich in der Kammer eingesperrt wurde, wenn Kammer kein zu großspuriges Wort für das kleine Kabuff unter der Treppe ist. Ich war zehn und klein für mein Alter, aber ich mußte mich in eine schmerzhafte Positur zusammenkauern, damit ich in das enge, schmutzige Loch hineinpaßte, und es war immer ein Teil des Kampfes, mich passend zu machen, was wiederum ein Teil seines Vergnügens war, dessen bin ich sicher.

Dieses Mal wehrte ich mich nicht, sondern versuchte, meinen Platz so schnell wie möglich einzunehmen. Er war in einer selten üblen Laune, und ich hatte Angst, daß er mich umbringen würde, wenn ich nicht voranmachte und tat, was er verlangte. Ich hatte beim Abwaschen eine Tasse zerschlagen und die Scherben versteckt, aber er hatte sie natürlich gefunden, und jetzt war ich nicht nur ein achtloses, tolpatschiges Mädchen, sondern auch eine Lügnerin, vielleicht sogar eine Diebin. Marm war zur Arbeit gegangen, also war von ihr keine Hilfe zu erhoffen, nicht daß sie es je gewagt hätte, ihm in die Quere zu kommen, aber wenn sie da war, war er manchmal nicht ganz so streng mit mir.

Er hatte mir eine Ohrfeige gegeben und mich an den Haaren herumgezerrt, bevor ihm die Kammer einfiel. Als er die Tür öffnete und mich, immer noch tobend, zu Boden stieß, kroch ich – so schnell es mir möglich war – hinein, um von seinen Händen fortzukommen, doch als ich mich zusammenkauerte, damit er die Tür zumachen konnte, sah ich seinen Blick und verlor allen Mut, denn ich erkannte, daß die Leichtigkeit meiner Strafe ihm nicht gefiel und daß er auf einmal merkte, was für eine lächerliche Figur er abgab, ein erwachsener Mann, der seine Wut an einem Kind ausläßt; das machte ihn nur noch wütender, und ich würde bitter dafür bezahlen müssen.

Dann war es dunkel, und keine Luft. Ich schrie, weil ich nicht anders konnte. Ich hörte, wie er den Stuhl an den Tisch zog und sich hinsetzte, um mich zu bewachen. »Bitte«, bettelte ich, »laßt mich wieder raus. Ich werde auch nie wieder so ungezogen sein.«

Aber er gab keinen Ton von sich, und das machte mir noch mehr Angst, weil es bedeutete, daß er nachdachte. Ich legte die Stirn auf die Knie und versuchte, nicht zu schreien oder zu betteln, denn ich wußte, daß es mir nichts nützen würde, wenn er so still war wie jetzt.

Dann hörte ich, wie er aufstand und das Zimmer verließ. Ich hörte, wie die Hintertür zur Gasse geöffnet und wieder geschlossen wurde. Ich drückte gegen die Kammertür, aber es war hoffnungslos – sie hatte ein richtiges Schloß, zu meinem Unglück das einzige in unseren zwei Zimmern, mit dem man etwas ein- oder ausschließen konnte. Ich dachte, er wäre vielleicht in die Branntweinschenke gegangen, und machte mich darauf gefaßt, lange warten zu müssen, vielleicht so lange, bis Marm von der Arbeit zurückkam, so lange, daß allein der Gedanke daran mir die Tränen in die Augen trieb.

Aber nach einer Weile hörte ich ihn zurückkommen, den Stuhl vorziehen und sich setzen. »Sir«, rief ich, »darf ich jetzt bitte herausgelassen werden?«

Als Antwort hörte ich das leise, böse Lachen, das er manchmal an sich hatte, wenn er soviel Schnaps getrunken hatte, daß er sich am nächsten Tag nicht mehr daran erinnern konnte, was gewesen war, und ich fing an zu zittern, weil ich wußte, daß dies das Schlimmste war, was mir passieren konnte. Ich wünschte, ich hätte nichts gesagt und ihn nicht daran erinnert, daß ich noch in seiner Hand war.

Ein paar Minuten später hörte ich ihn aufstehen und an die Tür kommen. Er stand genau davor und lachte auf diese schreckliche Weise, die ich nicht ertragen konnte, und ich wußte nicht, was ich tun sollte, betteln oder still sein. Er sagte: »Mary, ich mache jetzt die Tür auf, aber wenn du weißt, was gut für dich ist, rührst du dich besser nicht von der Stelle.«

Die Tür ging auf, und das Licht der Lampe blendete mich, so daß ich kurz die Augen schließen mußte; dann beugte er sich zu mir herunter, und ich sah, daß er einen kleinen Beutel in der Hand hielt, der mit einer Schnur zugezogen war. Zwischen meinem Kopf und meinen Knien war noch ein bißchen Platz, denn ich hatte den Kopf angehoben und überlegte, was ich jetzt tun sollte, aber bevor ich einen Entschluß fassen konnte, stopfte er den Beutel zu mir herein und sagte: »Damit du ein bißchen Gesellschaft hast.« Dann ging die Tür wieder zu.

In der Dunkelheit versuchte ich, mir darüber klar zu werden, was es war, was ich als nächstes zu fürchten hatte. Ich wußte sofort, daß etwas in dem Beutel drin war und daß es mir wehtun sollte, aber was es war, das konnte meine kindliche Phantasie sich nicht vorstellen. Dann spürte ich, daß es sich bewegte, und wußte, daß es ein Tier sein mußte, das bestimmt ebensoviel Angst hatte wie ich. Ich trug nur einen dünnen Rock, den ich so gut es ging über meine Knie gezogen hatte, und es dauerte nicht lange, bis das Tier anfing, sich durch die zwei dünnen Stoffschichten zu arbeiten, die uns in dem engen, stickigen Raum voneinander trennten. Ich spürte, wie eine Kralle sich in meinen Oberschenkel bohrte, und machte mich ganz steif, als wenn ich auf diese Weise mehr Platz schaffen könnte; aber es war kein Platz da, den ich hätte machen können, und ich glaube, die Ratte spürte das so gut wie ich. Ich wußte, daß es eine Ratte war, und auch, woher er sie hatte. In den umliegenden Gassen gab es Unmengen davon, und er hatte mich oft genug zum Weinen gebracht, indem er mich Bier holen schickte, wenn es schon dunkel war, und ich zwischen ihnen hindurchlaufen mußte.

Und jetzt hatte er eine von diesen Ratten in den Beutel gesteckt und zu mir in die Kammer gesperrt.
Anfänglich bekam ich kein Wort heraus, aber dann versuchte ich, ruhig zu atmen, und sagte: »Nicht, Sir! Bitte nicht«, doch meine Stimme war nur ein Flüstern, und vielleicht hat er mich nicht gehört. Noch war die Ratte nicht in Panik geraten, aber sie nagte an dem Stoff – ich konnte sie hören –, und ich wußte, daß der Beutel bald nachgeben und meine Haut als nächstes an die Reihe kommen würde. Ich warf mich mit meinem ganzen Gewicht gegen die Tür, bekam einen Arm frei und versuchte, den Beutel hinunter zu meinen Füßen zu schieben. Ich schrie: »Sir!« und hörte ihn wieder lachen. Dann gab der Stoff nach, und ich fühlte die Schnauze des Tiers an meinem Bein, aber natürlich konnte ich nichts sehen, mich kaum bewegen, und war völlig hilflos.
Ich schrie. Ich spürte den ersten Biß an meinem Knöchel und schrie, was das Zeug hielt, aber danach spürte ich eigentlich nichts mehr und schrie nur noch, weil ich nicht damit aufhören konnte. Sobald sich das Tier aus dem Beutel befreit hatte, war es überall gleichzeitig, versuchte verzweifelt, an mich heran- oder von mir fortzukommen, was von beidem wußte ich nicht – und es konnte sich, anders als ich, frei bewegen. Ich zerkratzte mir die Arme an der Holzwand bei dem Versuch, mich mit den Händen zu schützen, was der Grund dafür ist, daß die Narben zum größten Teil an meinen Händen sind, wie Sie bemerkt haben.
Nach einer sehr langen Zeit, in der ich so schrie und bettelte, daß man gedacht hätte, ein Stein würde sich erweichen lassen, ging die Tür auf, und die Ratte sprang aus der Kammer, huschte über den Boden zur Tür und hinaus in die Sicherheit der Gasse.
So stelle ich es mir wenigstens vor, denn damals wußte ich es nicht; ich wußte für geraume Zeit überhaupt nichts mehr, von nichts und niemandem, erkannte nicht einmal meine eigene Marm, die, als sie heimkam und mich wie tot in der Ecke liegen fand – und ihn schlafend am Tisch –, so erschrocken war, daß sie etwas tat, wovon ich

nie gedacht hätte, daß sie den Mut dazu aufbringen würde: Sie rief den Konstabler und ließ mich ins Hospital in C*** bringen, wo ich viele Wochen bewußtlos lag.

Das ist der Bericht, den ich vor fast einem Jahr für meinen Herrn schrieb, sechs Monate nachdem ich meine Stellung als Hausmädchen angetreten hatte. Ich schrieb den Bericht auf seine Bitte hin und schilderte dabei vor allem die Einzelheiten, von denen ich dachte, sie würden ihm den Vorfall veranschaulichen, von dem ich ihm an dem Abend, an dem er die Narben an meinen Händen das erste Mal sah, kurz erzählt hatte.

Es war für mich wie ein Wunder, daß der Herr die Narben überhaupt bemerkte, denn ich lag auf den Knien, schwärzte den Kaminrost und war selbst schwarz bis an die Ellbogen. Aber er ist ein aufmerksamer Beobachter, und vielleicht waren sie ihm auch schon früher aufgefallen. Er saß auf der anderen Seite des Zimmers in seinem ledernen Sessel, nicht einmal mit dem Gesicht zu mir, sondern halb zur Seite gedreht und damit beschäftigt – wie ich dachte –, eine wissenschaftliche Abhandlung zu studieren. Ich beeilte mich mit meiner Arbeit, weil ich wußte, daß er ein Feuer wünschte, und ich es außerdem nicht gern habe, wenn ich solche Arbeiten im Beisein des Herrn verrichten muß; er war hereingekommen, als ich schon angefangen hatte, und so blieb mir nichts anderes übrig, als weiterzumachen.

Ich wollte gerade meine Bürsten und die Wichse einsammeln, als er völlig unerwartet sagte: »Mary, mir ist aufgefallen, daß du Narben an den Händen hast, und neben dem Ohr, ja, genau da.« (Ich hatte die Hand gehoben, um die Narbe an meinem Hals zu berühren, und mich dabei bestimmt völlig mit Wichse beschmiert.) »Dürfte ich sie einmal untersuchen?«

Ich war wie vom Blitz getroffen und so erschrocken, daß ich mich nicht rühren konnte. Selbst heute – obwohl es so lange her zu sein scheint, fast wie in einer Zeit, die mit der, in der ich jetzt lebe, nichts mehr zu tun hat – weiß ich noch, daß ich am liebsten weggelaufen wäre.

Aber wohin, dachte ich, läuft man weg vor einer derart höflichen Bitte des eigenen Herrn? Und doch wußte ich, daß ich seine Bitte nicht erfüllen konnte, aus Scham darüber, daß ich so schmutzig war, und aus Scheu, mich von einem Gentleman ansehen zu lassen, obwohl ich mir sagte, daß er schließlich ein Doktor und das Ganze nur berufliche Neugier war, die zufriedenzustellen er jedes Recht hatte. Und so stand ich sehr langsam auf, dachte angestrengt nach, rieb mir die Hände an der Schürze ab, ja, rang sie vor Verlegenheit, und sagte: »Sir, ich schäme mich, in Ihre Nähe zu kommen, wo ich doch so schmutzig bin, denn es färbt ab, und wenn ich noch so sehr Obacht gebe.«

Einen Augenblick lang sagte er nichts, klappte nur sein Buch zu und sah mich mit einem geduldigen, gütigen, verständnisvollen Blick an, einem Blick, wie ich ihn niemals von einem Gentleman erwarten oder gar wünschen würde, bis ich ganz gespannt darauf war, was er als nächstes sagen würde. »Dann geh und wasch dich«, erklärte er. »Und komm zurück, wenn du denkst, daß du dich vor mir sehen lassen kannst.«

Ich hätte am liebsten gerufen: Ach, Sir, das wird in diesem Leben niemals geschehen, aber es stand mir nicht zu, ihn darüber zu belehren, wo mein Platz war; und ich war streng gegen mich und sagte mir, daß sein Verlangen nicht unbillig war und nur meine Feigheit mich davon abhalten wollte, ihm zu Gefallen zu sein. All das wirbelte in meinem Kopf herum, aber es gelang mir, ein »Ja, Sir« herauszubringen, dann lief ich die Treppe hinunter und in die Küche, wo ich den Kessel aufsetzte und mich so gründlich wusch wie eine junge Braut. Es gab keinen Spiegel in der Küche, aber Mr. Poole hatte ein paar Silbersachen herausgelegt, die am nächsten Morgen geputzt werden sollten, und so nahm ich ein Tablett, schrubbte mir das Gesicht und vergewisserte mich, daß es nicht mehr schwarz war. Dann steckte ich meine Haare unter einer frischen Haube hoch und band mir eine neue Schürze vor. Meine Ärmel waren an den Rändern ein bißchen schwarz, deshalb schlug ich sie zurück.

Mr. Poole war in seinem Zimmer und Annie bereits oben in unserer Dachkammer, so hatte ich die große, stille Küche ganz für mich allein. Es war kalt, weil der Herd ausgegangen war, aber dennoch zögerte ich, in den Salon zurückzugehen, wo der Herr auf mich wartete. Wie sollte ich bloß mit ihm sprechen, vor allem über das Thema, das er angeschnitten hatte?

Und so blieb ich einen Augenblick stehen, ließ die Kälte und die Stille auf mich wirken und erinnerte mich daran, welchen Platz ich in der Welt einnehme, so wie wir es stets tun müssen, wenn wir uns unsicher fühlen, wie Mrs. Swit immer sagte, und sie hatte ganz recht damit. Ich begann, ruhiger zu werden und zu sehen, daß ich nichts zu befürchten hatte, und so ging ich mit dem besten Willen zum Herrn hinauf.

Als ich eintrat, hatte er das Feuer selber angezündet, stand davor und starrte in die Flammen, und er drehte sich nicht um. Ich ging zu ihm, bis ich neben ihm stand, machte einen Knicks, um ihn auf mich aufmerksam zu machen, und sagte: »Sir?«

Er wandte sich zu mir, sehr langsam, als ob er gerade in eine Unterhaltung mit jemand anderem vertieft wäre und sie bis zum Ende anhören müßte, und sah mich dabei an, als wäre es ihm ein Rätsel, was ich hier wollte. Das machte mich so verlegen, daß ich einen Schritt zurückwich und sagte: »Ich bin gekommen, wie Sie es gewünscht haben, Sir.« Da kam er wieder zu sich und erinnerte sich an mich, und er sah mich noch einmal mit diesem freundlichen, gütigen Blick in den Augen an, nahm meine Hände und zog mich an den kleinen Tisch, auf dem die Lampe stand.

Ich war so durcheinander, daß ich mich am liebsten losgerissen hätte, aber er besaß so eine Art, wahrscheinlich weil er ein Doktor war, die zu sagen schien, daß alles gut war, deshalb ging ich mit und blieb ganz still stehen, während er meine Hände ans Licht hielt.

Meine rechte Hand hat mehr Narben als die linke, die meisten davon am fleischigen Teil der Handfläche, und dann hinunter und um das Handgelenk herum. Er untersuchte sie sorgfältig, bewegte meinen Daumen vor und zurück und fuhr die dicke, weiße Linie mit dem Zeigefinger nach. Während er meine armen Hände betrachtete, nutzte ich die Gelegenheit, mir seine anzusehen, und ich glaube, ich habe noch nie eine feinere, vornehmere Hand gesehen. Seine Finger sind lang und zart, fast wie die einer Dame, und die Nägel sind ganz glatt und gleichmäßig geschnitten. Ich dachte, es sind Hände, die keine Arbeit kennen sollten, und am liebsten hätte ich meine eigenen rauhen und roten Hände versteckt.

»Diese hier gehen sehr tief«, sagte er, während er auf eine Stelle neben dem Daumen drückte. »Und doch kannst du die Finger richtig bewegen.«

»Inzwischen ja, Sir«, antwortete ich. »Eine Weile konnte ich den Daumen nicht bewegen, aber dann ist es besser geworden. Wenn das Wetter umschlägt, merke ich es zwar noch, aber ansonsten bin ich so gut wie neu.«

»Laß mich deinen Hals sehen«, sagte er.

Ich drehte den Kopf und hob meine Haare an, obwohl es nicht nötig gewesen wäre, weil die Haube sie recht gut hochhielt. Einige Minuten lang betrachtete der Herr die Narben neben meinem Ohr so aufmerksam, daß ich mir wünschte, es wäre endlich vorbei und ich könnte in mein Bett gehen. Ich wußte, was als nächstes kommen würde, kannte aber nicht den Grund dafür, daher war ich sehr durcheinander und aufgeregt, blieb aber still stehen und schwieg, bis der Herr sagte:

»Es scheinen Bißspuren zu sein. Die Bisse eines Tiers.«

»Ja, Sir«, antwortete ich. »Sie stammen von einem Tier.«

Er berührte die Narben neben meinem Ohr, und seine Finger waren so kühl und sanft, daß ich kurz die Augen schloß, als ich spürte, wie das Blut mir ins Gesicht stieg. Aber der Herr merkte nichts von meiner Verwirrung, sondern nahm seine Hände fort und trat einen Schritt zurück, und ich fand meine Fassung einigermaßen wieder, konnte ihn aber nicht ansehen, als er sagte:

»Nach der Größe und Form dieser Narben zu urteilen, würde ich sagen, daß es sich um ein Nagetier gehandelt haben muß, und zwar um ein relativ großes.«

»Es war schon eine ziemlich große Ratte, Sir«, bestätigte ich, »obwohl ich sie nicht gesehen habe. Aber gewogen hat sie soviel wie ein Hund.«

Er gab ein Geräusch von sich, das wie ein Lachen klang, und so hob ich den Kopf und sah, daß ich recht hatte, denn er trug noch die Spuren eines Lächelns um den Mund. Aber es war ein schnelles Lächeln und verschwand sogleich wieder. Nur seine Augen lächelten noch, aber ohne jede Bosheit, und so nahm ich mir die Freiheit zu fragen:

»Habe ich etwas Komisches gesagt, Sir?«

»Es ist nicht das, was du gesagt hast, Mary, sondern wie du es gesagt hast. Du besitzt eine offene Art, die nicht ohne Charme ist.«

»Ich versuche nur, ehrlich zu sein, Sir«, erwiderte ich, »da ich nichts zu verbergen habe.«

»Das ist auch richtig so, Mary«, antwortete er. Dann drehte er sich um und ging zum Feuer, wo er mit auf dem Rücken verschränkten Händen stehenblieb und in die Flammen sah. Ich wartete gespannt und strich mir nervös wie ein Schulmädchen die Schürze glatt. Da es nicht so schien, als ob er noch etwas sagen wollte, fragte ich: »Kann ich jetzt gehen, Sir?«

Ohne sich umzudrehen, fing der Herr an zu sprechen, als ob er dem Feuer von seinen Sorgen erzählen würde. »Gestern«, sagte er, »als ich durch die Halle ging, hast du in der Bibliothek gearbeitet, Mary.«

»Ja, Sir«, bestätigte ich. »Ich habe Staub gewischt.«

»Ich habe den Kopf durch die Tür gesteckt, aber du hast mich nicht gesehen.«
»Nein, Sir«, antwortete ich, ohne die Falle zu erkennen, in die ich gelockt wurde. »Das habe ich nicht.«
»Nein«, fuhr er fort. »Und zwar hast du mich nicht gesehen, weil du am Regal gestanden und in einem Buch gelesen hast.«
Ich konnte kein Wort herausbringen, so erschrocken war ich, ertappt worden zu sein, und so beschämt. Aber dann fand ich meine Stimme wieder und erklärte: »Es tut mir schrecklich leid, Sir. Das Buch war aufgeschlagen, und da habe ich einen Blick hineingeworfen, und als ich sah, was für ein Buch es war, habe ich tatsächlich eine oder zwei Seiten gelesen.«
»Und was für ein Buch war es, Mary?«
Es war grausam, das zu fragen, wo ich doch wußte, daß er wußte, was für ein Buch es war, weil er es schließlich offen hatte liegen lassen, denn es gab im ganzen Haus niemanden sonst, der in seine Bücher schauen würde. »Es war eine Geschichte der Könige und Königinnen, Sir«, sagte ich.
»Und wie hat es dir gefallen?«
»Ich fand es interessant, Sir, und so gut geschrieben, daß ich mich von meinen Pflichten ablenken ließ und Ihnen Anlaß gab, ungehalten zu sein; deshalb denke ich jetzt nicht mehr so gut darüber.«
Da drehte er sich zu mir um, und ich sah, daß er immer noch sehr amüsiert war, was mich völlig verunsicherte, denn ich war den Tränen nahe, weil er so viel fragte, und konnte überhaupt nichts Komisches an der Situation finden.
»Ich bin nicht im geringsten ungehalten, Mary«, erklärte er. »Im Gegenteil freue ich mich, ein Hausmädchen zu haben, das nicht nur lesen kann, sondern sich darüber hinaus auch noch vom Stil Macaulays gefangennehmen läßt.«
»Ich kann ganz gut lesen, Sir«, sagte ich, »und tue es, wann immer ich die Gelegenheit dazu habe, aber Dienstbotenkost, das sind nun einmal zumeist Gesellschaftsromane, und ich bin beileibe nicht ge-

bildet und kann nicht beurteilen, ob etwas gut oder schlecht ist, außer nach dem, wie es mir gefällt.«
»Ich nehme an, daß du auch schreiben kannst?«
»Natürlich, Sir«, antwortete ich.
»Dann möchte ich, daß du etwas für mich schreibst, Mary«, sagte er. »Wirst du das für mich tun?«
»Wenn es in meiner Macht liegt, werde ich es gerne versuchen, Sir, obwohl ich fürchte, daß meine Art zu schreiben so unbeholfen ist, daß es Sie kaum interessieren kann.«
»Ich werde es berücksichtigen, Mary«, erwiderte er. »Aber ich möchte, daß du für mich aufschreibst, wie es dazu kam, daß du diesem Nagetier ausgeliefert warst. Die Tatsache, daß du so fürchterlich gebissen wurdest, ohne daß du das Tier gesehen hast, hat mich neugierig gemacht.«
»Es war in einer kleinen Kammer, Sir, und es war schwarz wie die Nacht – das ist schon das ganze Geheimnis.«
»Und wieso warst du in der Kammer, Mary?«
»Es war eine Strafe, Sir.«
Er zog den Atem ein wenig ein, als hätte ich etwas gesagt, was eine Vermutung bestätigte.
»Schreib es für mich auf, Mary, so gut du eben kannst. Und bring es mir morgen abend in den Salon, damit ich es in Ruhe lesen kann.«
»Ich werde mein Bestes tun, Sir«, sagte ich.
»Das weiß ich, Mary«, und mit diesen Worten drehte er sich wieder zum Feuer und starrte erneut in die Flammen, was er häufiger tut als jeder andere Mann, dem ich je begegnet bin. Der Kamin in unserem Salon ist sehr groß, und er strahlt eine Hitze aus, daß man einen Hammel braten könnte, aber der Herr hat dünnes Blut, wie es bei Gentlemen anscheinend oft der Fall ist, und die Hitze stört ihn nicht.
Ich stand da, beobachtete ihn und dachte, wie merkwürdig es war, daß er wollte, daß ich meine eigene Geschichte aufschrieb, aber ich konnte nichts Unrechtes daran finden und fing schon an, darüber

nachzudenken, wie ich am besten anfangen sollte, damit die Geschichte für ihn interessant würde. Aber dann kam ich wieder zu mir und sagte: »Kann ich jetzt gehen, Sir?«, und er antwortete mit einem »Ja«, ohne einen anderen Muskel zu bewegen als die Lippen, und so lief ich aus dem Zimmer, durch den Flur zur Hintertreppe, die ich so langsam hinaufstieg, als ob ich nie oben ankommen wollte, und dachte währenddessen über die Geschichte nach.

Ich würde eine Stunde früher aufstehen müssen, weil ich tagsüber keine Zeit haben würde, mich hinzusetzen, obwohl ich dachte, ich müßte vielleicht nach dem Tee ein paar Minuten erübrigen können, wenn Mr. Poole nicht noch einen Botengang oder sonst eine Arbeit für mich fand, was oft der Fall ist. Dann war ich in meinem Zimmer, zog mich im Dunkeln aus und kletterte zu Annie ins Bett, die wie ein Stein schlief und nicht einmal merkte, daß ich da war.

Ich lag im Bett und dachte an den Herrn, der unter mir im Salon war und bestimmt ins Feuer starrte und über Gott weiß was nachgrübelte. Und dann dachte ich an seine kühlen Finger an meinem Hals, ein Gedanke, von dem ich wußte, daß ich nicht das Recht hatte, ihm nachzugehen, und so hielt ich mir eine Moralpredigt über meine eigene Torheit und darüber, wie falsch es ist, sich Vorstellungen hinzugeben, die nicht mit dem vereinbar sind, was der angestammte Platz ist, den man hat, weil solche Gedanken immer nur ins Unglück führen, wie ich selbst oft genug beobachtet hatte, und während ich noch dabei war, mir die Moralpredigt zu halten, schlief ich ein.

Am nächsten Morgen fiel mir das Aufstehen schwer, weil es so regnerisch und dunkel war, aber ich wußte, daß ich die Geschichte für den Herrn jetzt aufschreiben mußte; da es so regnete, würde ich den ganzen Tag bestimmt keine Zeit dafür finden, weil Mr. Poole immer schlecht gelaunt ist, wenn es regnet (also einen großen Teil der Zeit), und dann anscheinend geradezu eine Leidenschaft dafür entwickelt, diejenigen, die unter ihm stehen, in die Nässe hinauszuschicken und sich anschließend aufzuregen, wenn ein bißchen Schmutz durch die Tür getragen wird. Und so stand ich denn auf und schrieb meine Geschichte, so gut ich konnte, nieder. Annie wurde wach und sagte in der Dunkelheit etwas zu mir (ich arbeitete bei Kerzenlicht, weil wir keine Lampe in unserem Zimmer haben), aber ich antwortete, ich würde nur in das Heft schreiben, das ich zu meinem eigenen Vergnügen führe, und da dachte sie sich nichts weiter dabei und schlief wieder ein. Annie ist ein gutes Mädchen und eine gute Arbeiterin, aber ich glaube, mit ihrer Gesundheit ist etwas nicht in Ordnung, weil sie immer schläft, wenn wir auch nur einen Augenblick Zeit haben, und nichts zu kennen scheint außer Arbeiten und Schlafen, was traurig ist.

Den ganzen Tag hatte ich viel zu tun: Kohlen und Wasser schleppen, den Küchenboden schrubben, die Speisekammer saubermachen, das Silber putzen, das Mr. Poole herausgelegt hatte, und die Teppiche aus seinem Zimmer klopfen, die ich wegen des Regens aber nicht ins Freie hängen konnte. Und so nahm ich sie und hängte sie in den Hof, wo das Dach ein Stück vorspringt, und während ich sie klopfte, sah ich den Herrn über den Hof in sein Laboratorium gehen, den Kopf gesenkt und die Schultern hochgezogen, als würde der Regen mit Füßen auf ihm herumtrampeln.

Ich stand hinter dem Teppich, und so bemerkte er mich nicht, obwohl ich weiter klopfte und die Schläge dumpf durch den Hof hallten. Ich hätte ihm am liebsten zugerufen, daß ich getan hatte, um was er mich gebeten, und daß ich ihm die Seiten am Abend bringen würde, aber viele andere Gedanken sowie der besorgte, müde Ausdruck des Herrn, wie er sich beeilte, an seine Arbeit zu kommen (die, wie Mr. Poole sagt, sehr wissenschaftlich und sehr wichtig ist – anders als bei einem gewöhnlichen Doktor, der Knochen richtet und kranken Leuten sagt, daß sie im Bett bleiben müssen, denn der

Herr empfängt keine Patienten und interessiert sich nur für die Ursache der Dinge, und nicht dafür, wie man flickt und schustert, sagt Mr. Poole), irgend etwas in all dem hieß mich schweigen, und ich hörte sogar mit dem Klopfen auf, um ihm nachzusehen. Er öffnete die Tür mit seinem Schlüssel (keiner von uns darf das Laboratorium je betreten, und manchmal denke ich, es wäre gewiß nötig, weil es bestimmt einmal gründlich saubergemacht werden müßte, so, wie der Herr selbst es gar nicht kann), aber bevor er hineinging, blieb er stehen und sah mit einem traurigen Blick zum Haus zurück, als gäbe es dort etwas, was er zurücklassen müßte, und er froh wäre, wenn er nicht zu gehen hätte. Er betrachtete das Haus von oben bis unten, sah mich aber noch immer nicht, weil ich an der Seite, wo die beiden Flügel zusammenstoßen, unter dem Überhang stand, dann ging er hinein und machte die Tür zu.

Und so dachte ich bei der Arbeit die ganze Zeit daran, wie ich dem Herrn am Abend den Text geben würde, den ich geschrieben hatte, und es war wie die Aussicht auf einen freien Tag, und ich dachte darüber nach, was ich geschrieben hatte und ob ich vielleicht etwas ausgelassen oder so derb ausgedrückt hatte, daß es seine Gefühle verletzen könnte. Aber beim Abendessen erklärte Mr. Poole, der Herr würde seine Mahlzeit in seinem Studierzimmer einnehmen, wie er es manchmal tut, wenn er viel arbeitet, und es wäre nicht nötig, im Salon Feuer zu machen, und wenn wir mit dem Abwasch fertig wären, könnten wir alle zu Bett gehen. Mr. Bradshaw bat um die Erlaubnis, seine Mutter zu besuchen, die in der P*** Street wohnte und krank war und außer ihm niemand besaß, der nach ihr sehen konnte, und er bekam die Erlaubnis und machte sich sofort auf den Weg.

Ich blieb noch ein wenig bei meinem Bier sitzen, als die anderen schon aufgestanden waren, und überlegte, wie ich den Herrn sehen könnte, ohne Mr. Poole den Grund dafür zu nennen. Obwohl darüber kein Wort gefallen war, hatte ich doch das Gefühl, daß der Herr nicht wollen würde, daß Mr. Poole etwas von unserer Unterhaltung erfuhr, und außerdem mißbilligt Mr. Poole es sehr, wenn die Bediensteten mit dem Herrn sprechen oder ihn sonstwie auf sich aufmerksam machen, weil der Herr, wie er sagt, niemals von seiner Arbeit abgelenkt werden darf und er im Kopf immer arbeitet, auch wenn es so aussieht, als wenn er sich ausruhen würde, was ganz bestimmt wahr ist.

Mr. Poole stand an der Anrichte, deckte das Tablett für den Herrn und beklagte sich darüber, daß er noch in den Keller gehen mußte, um eine Flasche Klarett zu holen, den der Herr ganz besonders gerne trinkt, und Köchin hätte den Teller viel zu früh aufgetragen, so daß das Essen kalt werden würde. Ich dachte, das wäre eine gute Gelegenheit, den Herrn wenigstens zu fragen, wie ich ihm meine Seiten übergeben sollte, und so sagte ich: »Mr. Poole, wenn Sie wollen, kann ich das Tablett ja schon hinüberbringen, und Sie können mit dem Klarett nachkommen.« Aber er drehte sich nur zu mir um und warf mir einen kalten, toten Blick zu, so wie ein Fisch aussieht, wenn man genau weiß, daß er nicht mehr ganz frisch ist, und antwortete: »Du weißt doch ganz genau, daß Dr. Jekyll es jedem außer mir verboten hat, an die Tür seines Studierzimmers zu kommen. Es wundert mich sehr, daß du diese einfache Anweisung vergessen konntest.«

Und so zog ich den Kopf ein und sagte, es täte mir leid, aber ich hätte nicht daran gedacht. Als er weg war, fragte ich Köchin, ob sie nicht auch meinen würde, daß jemand hingehen und das Studierzimmer des Herrn gründlich saubermachen müßte, und sie stimmte mir sofort zu und sagte, die Seitentür und die Treppe wären eine wahre Schande, und jedesmal, wenn sie auf der Straße daran vorbeikäme, wäre sie froh, daß keiner von den Freunden des Herrn wüßte, daß sie zu unserem Haus gehören (weil das Eckhaus dazwischen liegt). Ich erklärte, der Herr hätte anscheinend nicht allzu viele Freunde, soweit ich sehen könnte, bis auf seinen Anwalt, Mr. Utterson, der ab und zu vorbeikommt, aber Köchin sagte, bevor ich gekommen wäre, hätte der Herr manchmal große Festessen gegeben, und bestimmt würde er das wieder tun, wenn er soweit wäre, in seiner Arbeit eine Pause einzulegen.

Als wir mit dem Abwasch fertig waren, blieb nichts mehr zu tun, außer ins Bett zu gehen, und da es schon zehn Uhr und ich von der Arbeit müde war, kam es mir sogar ganz recht, aber ich wäre trotzdem froh gewesen, hätte ich meinen Text abgeben können, wie ich es versprochen hatte.

Dann, als ich im Bett lag, dachte ich auf einmal, vielleicht weiß der Herr gar nicht mehr, daß er mich gebeten hat, meine Geschichte für ihn aufzuschreiben; vielleicht war es nur eine Augenblickslaune von ihm, damit er sich nicht anhören mußte, wie ich ihm die ganze Geschichte erzähle, und er statt dessen seine Ruhe hat. Das machte mich sehr niedergeschlagen, und ich schlief hundemüde und voller Traurigkeit ein, was wieder einmal zeigt, wie es gehen kann, wenn man sich wichtig machen und etwas Besseres sein will als die anderen, die mit einem auf derselben Stufe stehen.

Am nächsten Morgen war ich dabei, die Treppe vor dem Haus zu putzen, als Mr. Poole vor die Tür trat und mit eisiger Stimme sagte: »Der Herr will dich im Salon sehen.« Ich wußte sofort, daß er sehr verärgert und mißtrauisch war, denn der Herr achtet sonst kaum auf uns und kennt kaum unsere Namen, jedenfalls scheint es uns so, obwohl das teilweise auch an Mr. Pools Entschlossenheit liegen mag, dem Herrn jede Belästigung vom Leib zu halten, die mit dem Haus zu tun hat. Bei allem, was vor sich geht, genießt er alle Freiheiten und bestimmt sogar, wer eingestellt wird und wer gehen muß. In den meisten Häusern, in denen ich gewesen bin, war das anders, und obwohl ich weiß, daß ich mich immer vor Mr. Poole verantworten muß, weil er über mir steht, habe ich doch das Gefühl, daß ich letztendlich nur dem Herrn allein verantwortlich bin.

Ich nahm meinen Eimer und leerte ihn auf dem Hof aus, wusch mich so gut es ging und band mir eine frische Schürze um. Mein Rock war schmutzig, aber das ließ sich nun einmal nicht ändern, und ich dachte, der Herr erwartet sicher nicht mehr, wenn er mich so überraschend rufen läßt und mir kaum Zeit gibt, mich vorzubereiten. Mr. Poole folgte mir auf Schritt und Tritt, voller Mißbilligung und so geladen wie eine Gewitterwolke, aber ich achtete nicht weiter auf ihn. Statt dessen überlegte ich, wie ich es anfangen sollte, die geschriebenen Seiten aus meinem Zimmer zu holen, da ich sicher war, daß der Herr mich deswegen zu sich gerufen hatte.

Und so war es auch. Kaum daß ich einen Knicks gemacht hatte, stellte der Herr seine Tasse ab und fragte mich, ob ich getan hätte, um was er mich gebeten hatte.

»Ja, Sir«, antwortete ich. »Aber ich hatte keine Gelegenheit, Ihnen die Seiten zu geben, da Sie gestern abend doch in Ihrem Laboratorium waren.«

»Ich verstehe.« Der Herr nahm die Teetasse wieder zur Hand und sah hinein, als ob er glaubte, die nächsten Worte darin geschrieben zu finden. Ich geduldete mich, solange ich konnte, dann sagte ich: »Ich habe die Seiten nicht bei mir, Sir. Sie sind in meinem Zimmer, und ich möchte jetzt lieber nicht hinaufgehen, weil Mr. Poole ein Auge auf mich hat und mich bestimmt fragt, was ich oben will.«

Der Herr lächelte in seinen Tee, und ich hörte auf, mir wegen mir selbst Gedanken zu machen, und merkte, daß er sehr unwohl aussah. Sein Gesicht war so blaß wie ein Blatt Papier, und er hatte dunkle Ringe unter den Augen. »Und du denkst, daß Mr. Poole etwas dagegen einzuwenden hätte, wenn du etwas tust, um das ich dich gebeten habe?« fragte er.

Das brachte mich in eine Klemme, da es mir niemals zustehen konnte, schlecht über einen anderen Bediensteten zu sprechen, schon gar nicht über einen wie Mr. Poole, der über mir steht und seit fast zwanzig Jahren im Haus ist, wie Köchin sagt.

»Mr. Poole hätte niemals Einwände gegen etwas, was Sie wünschen, Sir«, erklärte ich daher. »Aber es ist seine Aufgabe, mir zu sagen, was Sie wünschen, und nicht umgekehrt.«

»Ich verstehe«, sagte der Herr mit einem belustigten Blick. »Du scheinst ein sehr sicheres Gespür für gesellschaftliche Normen und Regeln zu haben, Mary.«

»Das ist nichts Besonderes, Sir«, erwiderte ich. »Jeder Dienstbote, der ein Interesse daran hat, seine Stellung zu behalten, weiß das ebensogut.«

»Und was schlägst du vor? Wie sollen wir das Problem lösen, Mr. Poole zu umgehen, ohne deine Stellung zu gefährden?«

»Ich könnte die Seiten nach dem Tee, wenn ich in mein Zimmer gehe, in meinem Ärmel verstecken, Sir«, sagte ich, »und sie dann an eine Stelle legen, die Ihnen am besten paßt, damit Sie sie holen können, wann immer es Ihnen recht ist.«

»Du scheinst dir über diesen Plan einige Gedanken gemacht zu haben«, war alles, was er sagte.

»Ja, Sir«, erwiderte ich. »Das habe ich.«

Dann saß er einfach da und sah mich mit seinem gütigen, traurigen Blick an, und er wirkte so müde und krank, daß ich ihn am liebsten gefragt hätte, ob er völlig kaputt wäre, obwohl ich es ihm gegenüber natürlich nicht so ausgedrückt hätte. Aber bevor ich etwas sagen konnte, fragte er: »Wirst du heute nachmittag in der Bibliothek arbeiten?«

»Ja, Sir«, erklärte ich. »Ich muß noch Staub wischen und den Kaminrost schwärzen.«

»Könntest du die Seiten in das Buch legen, über das wir neulich gesprochen haben?«

»Das könnte ich, Sir.«

»Gut«, sagte er. »Dann werden wir den ehrenwerten Poole auf diese Weise überlisten.«

Ich tat, was der Herr gesagt hatte, aber es war mir nicht wohl dabei zumute, denn es schien mir, als ob nichts Gutes daraus entstehen könnte. Auch hatte ich noch nie von einem Gentleman oder einer Dame gehört, die einen Dienstboten dazu ermutigt hätten, einen anderen Dienstboten zu hintergehen. Ordnung im Haus ist für uns, die wir unten sind, genauso wichtig wie für jene, die oben sind, und obwohl ich nichts übrig habe für Mr. Poole, der sich so viel auf seine Vertrautheit mit dem Herrn einbildet, daß sein Leben keinen anderen Sinn zu haben scheint, konnte ich es doch nicht gutheißen, daß der Herr ihn ›den ehrenwerten Poole‹ genannt und damit vor mir lächerlich gemacht und mich, die er doch gar nicht kannte, in sein Vertrauen gezogen hatte. Ich bin seit zehn Jahren im Dienst, seit ich zwölf war, und ich habe so einen Fall noch nie erlebt, obwohl es nicht ungewöhnlich ist, daß Damen oder Herren ihre Dienstboten gegeneinander ausspielen, und es gibt mehr als einen Ehemann, der sich darin gefällt, seine eigene Frau lächerlich zu machen, indem er sie vor ihrer Zofe bloßstellt.

Nach dem Tee las ich meine Seiten noch einmal durch und änderte hier oder da ein Wort, war aber im großen und ganzen stolz auf meine Arbeit, vor allem auf den Anfang, und gespannt darauf, die Meinung des Herrn zu hören, weil ich seit jeher einen großen Respekt vor denen habe, die in der Lage sind, Dinge zu schreiben, was der Grund dafür ist, daß ich all die Jahre meine Hefte geführt habe, wann immer ich konnte, obwohl ich sie immer zu verlieren scheine, wenn ich eine Stellung verlasse. Ich stopfte die Seiten in meinen Ärmel und legte sie, wie ich es versprochen hatte, am Nachmittag in das Buch. Dann säuberte und schwärzte ich den Kaminrost, machte Feuer und wischte Staub, wobei ich versuchte, so viele Büchertitel wie möglich zu lesen, ohne mit der Arbeit innezuhalten. Viele der Bücher des Herrn sind wissenschaftliche Bücher, und ich würde ihren Sinn auch dann nicht verstehen, wenn ich sie aufschlüge, aber es gibt zwei andere Regale, eins mit geschichtlichen Werken und eins mit Gedichten, die ich mir liebend gerne ansehen würde.

Als ich in die Küche kam, stand Mr. Poole an der Anrichte und dekantierte eine Flasche Portwein; er sah mich mit einem scharfen Blick an, den ich nicht offen erwidern konnte, weil ich solche Schuldgefühle im Herzen hatte, was wieder einmal zeigt, was davon kommt, wenn man Heimlichkeiten hat und, wie das Sprichwort sagt, »zwei Herren zugleich dienen« will.

Fünf Tage sind vergangen, und ich habe den Herrn weder gesehen noch gehört. Er ließ sich sämtliche Mahlzeiten auf dem Tablett bringen, und die einzige Verbindung, die er mit uns hatte, war die über Mr. Poole, der manchmal auf der Treppe zum Studierzimmer Zettel mit Bestellungen für die Apotheke fand, die er selber besorgte, und so war er ständig unterwegs und immer schlechter Laune.

Meine Geduld neigte sich aus mehreren Gründen allmählich ihrem Ende entgegen. Das Wetter war schlecht, regnerisch und viel zu kalt für die Jahreszeit, und wenn ich während des Tages einmal ein paar Minuten für mich hatte (was nur selten der Fall war), verbrachte ich sie unter dem Schutz des Vordachs im Hof und sah durch den Regen auf den kleinen Garten (wie er genannt wird, obwohl er nichts weiter ist als ein grüner Fleck mit ein paar niedrigen, verkrüppelten Sträuchern), der das Haus vom Laboratorium des Herrn trennt, und dieser Anblick machte mich nur noch trübsinniger. Ich habe immer davon geträumt, eines Tages vielleicht einen eigenen Garten zu haben, und das ist das Ziel, für das ich spare und für das ich so genügsam lebe, daß die anderen über mich staunen. Aber ich weiß, daß ich zwanzig Jahre im Dienst bleiben könnte, ohne diesem Ziel näher zu sein als jetzt, und hier hatte der Herr dieses schöne Stückchen Erde und nutzte es nicht. Da es auf allen Seiten von Gebäuden eingeschlossen ist, tut sich die Sonne zwar schwer, es zu erreichen, trotzdem schien mir, daß man mehr daraus machen könnte, wenn man nur wollte. Aber der Herr kennt nur seine Studien und benutzt das Stück Garten nur, um hin und her zu gehen, und sieht überhaupt nicht, daß es keinen Grund gibt, es brachliegen zu lassen. Und hier ist dieses große Haus mit seinen sechs Bediensteten, die genug damit zu tun haben, es in Ordnung zu halten und dafür zu sorgen, daß die Feuer brennen und die Vorratskammer gefüllt ist, als wären jeden Augenblick ein Dutzend Damen und Herren zu erwarten, obwohl kaum jemand zu Besuch kommt und der Herr manchmal ganze Tage hintereinander verschwunden bleibt. Es ist gerade so, als ob man einem Geist dienen würde, von dem man nicht einmal weiß, ob er überhaupt sieht, was man tut.

Über all diese Dinge dachte ich nach, wenn ich die Gelegenheit dazu hatte, und die anderen schienen auch nicht frohgemuter zu sein als ich. Mr. Poole war wie ein Hund, der vor der Ladentür sitzt, ängstlich auf seinen Herrn wartet und bei jedem Schritt zusammenfährt. Die arme Annie hatte viel unter seiner scharfen Zunge zu leiden und ließ es, wie es ihre Art ist, still und schläfrig über sich ergehen. Köchin und ich waren der Meinung, daß harte Arbeit das beste Heilmittel für ein bedrücktes Gemüt ist, und so machten wir es uns zur Aufgabe, die Küche von oben bis unten zu schrubben und brachten sogar die schmalen Fensterscheiben zum Glänzen. Während wir damit beschäftigt waren, erzählte sie mir Geschichten über ihre Kindheit auf dem Land, denn sie ist dort aufgewachsen, und wie sie zuerst als Küchenmädchen auf einem großen Landsitz in S*** in den Dienst trat und was für feine Jagdgesellschaften die Herrschaften gaben, und wie die Herrin bei einem Sturz vom Pferd ums Leben kam und der Herr das Haus für alle Zeiten schloß und in die Stadt ging. Mit ihm war auch Köchin nach London gekommen, was, wie sie sagt, ein abscheulicher, schmutziger Ort ist, an dem kein Mensch leben kann, und sie schwört, daß sie wieder aufs Land zurückgehen wird, sobald sie kann.

So verbrachten wir die Tage, in denen der Herr ebensogut auf dem Mond hätte sein können wie auf der anderen Seite des Hofs, so we-

nig wußten wir über sein Tun und Treiben. Dann, am sechsten Morgen, kam Mr. Poole in die Küche gelaufen, sah für seine Verhältnisse geradezu fröhlich aus und verkündete, der Herr wünsche sein Frühstück in seinem Schlafzimmer, und ich solle mich gefälligst beeilen und in seinem Zimmer Feuer machen, so schnell ich könnte, denn der Herr wäre schon halb erfroren und das Zimmer so kalt, daß er sich noch den Tod holen würde.
Ich setzte meine Haube auf, denn es war so früh, daß ich noch gar nicht richtig angezogen war, band eine saubere Schürze um und lief hinauf zum Zimmer des Herrn. Ich klopfte an die Tür und hörte ihn »Herein« sagen, aber seine Stimme klang schwach und mißmutig, und so hielt ich den Blick gesenkt, machte nur einen schnellen Knicks und ging sofort an meine Arbeit. Obwohl ich kaum zu ihm hinübersah, fiel mir doch auf, daß er in den Kissen lehnte wie ein Kranker und so bleich war wie der Tod. Es dauerte nur ein paar Augenblicke, das Feuer anzuzünden, weil ich es schon vor drei Tagen aufgeschichtet hatte, und so war ich bald fertig und stand auf, um zu gehen, als der Herr plötzlich sagte: »Mary, ich möchte mit dir reden.«
Ich trat ein paar Schritte näher, konnte ihn aber nicht ansehen, weil es mich verlegen machte, von ihm angesprochen zu werden, wo er doch im Bett lag, obwohl er sich nichts weiter dabei zu denken schien.
»Ich habe deine Erzählung gelesen«, sagte er, »und fand sie überaus interessant.«
»Dann bin ich zufrieden, Sir«, erwiderte ich und nutzte die Gelegenheit, um ihm einen schnellen Blick zuzuwerfen, sah aber gleich wieder weg, weil seine freundlichen Augen direkt auf mein Gesicht gerichtet waren.
»Wie viele gute Geschichtenerzähler«, fuhr er fort, »wirfst du mehr Fragen auf, als du beantwortest.«
Ich wußte nicht, was ich darauf sagen sollte, weil es kein Kompliment zu sein schien und weil ich nicht verstand, was für Fragen ich

aufgeworfen haben sollte und wieso er meine Seiten eine ›Erzählung‹ nannte, wo ich doch nur aufgeschrieben hatte, was passiert war. So sagte ich nichts, sondern stand nur da und starrte das Rosenmuster des Teppichs an, als ob ich der Sprache nicht mächtig wäre.

»Zum Beispiel«, sagte er, »erklärst du nirgends, was für ein Verhältnis du zu deinem Peiniger hattest.«

Und natürlich dachte ich: Oh, das habe ich tatsächlich nicht getan, und ich fragte mich, wieso ich es ausgelassen hatte, obwohl ich es nie gerne zugegeben habe, nicht einmal mir selbst gegenüber.

»Das tut mir leid, Sir«, antwortete ich. »Er war mein Vater.«

Der Herr holte tief Luft. »Das habe ich vermutet, aber es stimmt mich trotzdem traurig, es zu hören.«

Wieder wußte ich nicht, was ich sagen sollte, außer vielleicht, daß ich von schlimmeren Fällen als meinem gehört hatte, aber das schien mir irgendwie nicht das Richtige zu sein, und so sagte ich gar nichts.

»Etwas anderes, was du nicht erwähnst, Mary, sind die Gefühle, die du diesem Ungeheuer gegenüber hattest.«

»Oh, ich denke nicht, daß er ein Ungeheuer war, Sir«, erwiderte ich. »Er war ein ganz gewöhnlicher Mann, nur daß der Alkohol aus ihm machte, was er aus so manchem Mann macht.«

Er schwieg, und ich dachte schon, daß ich etwas gesagt hatte, was ich nicht hätte sagen sollen, aber dann fragte er: »Du empfindest also keinen Haß auf diesen sogenannten Vater von dir, Mary?«

»Nun ja, Sir, es war so«, erklärte ich. »Als ich aus dem Hospital kam, war er fort, und ich habe ihn seitdem nicht wieder gesehen. Marm nahm eine Arbeit als Näherin an, die sie in ihrem Zimmer machen konnte, und ich trat in den Dienst ...« Ich wußte, daß ich seine Frage nicht beantwortet hatte, aber der Herr nahm meine Antwort hin und schien darüber nachzudenken.

»Und du meinst, daß es nur daran lag, daß er trank? Du meinst, es war nur der Alkohol, der ihn dazu veranlaßte, dich so zu peinigen?« Er stellte diese Frage behutsam und sehr ernst, als ob er wirklich dächte, ich wüßte die Antwort darauf und könnte ihn darüber aufklären. Es war eine Frage, über die ich selbst oft nachgedacht hatte, vor allem in den langen, dunklen Stunden, die mein Vater mich in meiner Kindheit durchleben ließ, und auch später, als ich in Häusern von Gentlemen wie dem Herrn vor ihm in Sicherheit war, und so versuchte ich, so ehrlich ich konnte zu antworten.

»Als ich sehr klein war«, sagte ich, »hat er nicht so viel getrunken. Er hatte Arbeit im Hafen, und obwohl er nie ein freundlicher Mann war, war er auch nicht grausam zu mir. Und da sein Wunsch, mich zu quälen, zur selben Zeit anfing wie sein Trinken, habe ich das eine eben als Grund für das andere angesehen.«

»Aber du bist dir nicht sicher, was der Grund für was war, Mary?« fragte der Herr.

»Es gibt viele Männer, die trinken, Sir, und manche von ihnen werden nur ausgelassen und fröhlich, andere hitzig und wollen sich mit ihren Kumpanen prügeln. Wenn mein Vater getrunken hatte, war es so, als ob er nicht genug davon bekommen könnte, andere leiden zu sehen, und weil ich nun einmal zur Hand war, machte es ihm eben Freude, *mir* wehzutun. Er war dann ein ganz anderer Mensch – sah sogar anders aus, Sir. Als ob der grausame Mann immer in ihm drin stecken und der Alkohol ihn nur herauslocken würde –.«

»Oder ihn aus ihm heraus*lassen*«, sagte der Herr mit leiser Stimme.

Ich hatte den Herrn nicht angeschaut, weil es mich verlegen machte, soviel zu reden, aber jetzt sah ich, daß er die Augen auf mich gerichtet hatte und auf jedes meiner Worte achtete, still und aufmerksam. Es war mir sehr merkwürdig dabei zumute, und ich wußte kaum, wo ich hinsehen sollte; dann klopfte es an der Tür, und meine Augen huschten voller Angst zu denen des Herrn. Einen Augenblick später ging die Tür auf, und Mr. Poole kam mit dem Frühstückstablett herein, und in diesem einen Augenblick sah ich zwei

Dinge auf einmal: erst den mitleidigen Blick, den der Herr mir zuwarf, dann, als ich mich zum Gehen umwandte, Mr. Poole in dem großen Drehspiegel; sein Blick war auf meinen Rücken gerichtet, und zwar voller Zorn, weil er sehen konnte, daß ich mich mit dem Herrn unterhalten hatte, was er nicht ertragen konnte. Als ich aus dem Zimmer lief, wußte ich, daß ich mich möglichst von ihm fernhalten sollte, bis dieser Tag vorüber war.

Am Abend erklärte Mr. Poole, der Herr hätte sich selber richtig krank gemacht durch zuviel Arbeit und zuwenig Essen, und tatsächlich blieb er zwei Tage im Bett liegen. Köchin sagte, sie wüßte schon, wie sie ihn wieder ›aufpäppeln‹ könnte, wie sie es ausdrückte, und zwar wollte sie ihm für den Anfang nur Suppe, Eier und schwachen Tee geben, um dann allmählich zu kräftigeren Sachen überzugehen. Mr. Poole bestand darauf, dem Herrn alles persönlich zu bringen und sich sogar um das Feuer zu kümmern, obwohl er gnädig genug war, mir zu erlauben, die Kohlen hinaufzutragen, eine Arbeit, für die seine schmalen Schultern anscheinend zu schwach waren. Er ließ kein Wort über mein Gespräch mit dem Herrn verlauten, hatte aber bei allem, was ich tat, ein wachsames Auge auf mich, und wenn ich einmal einen Moment Zeit hatte, ließ er sich sofort eine Arbeit einfallen, ihn zu füllen. Ich machte mir jedoch nichts daraus, war sogar froh darüber, alle Hände voll zu tun zu haben, denn ich sorgte mich um den Herrn und dachte, wenn ich meinen Teil dazu beitrüge, daß in seinem Haus alles reibungslos funktionierte, würde es ihm vielleicht dabei helfen, wieder zu Kräften zu kommen.
Die Methode, die Köchin sich ausgedacht hatte, war eine gute, und ein paar Tage später hatte der Herr sich erholt und konnte sein normales Leben wieder aufnehmen. Eines Morgens, als Köchin und ich Kartoffeln schälten, redete ich mit ihr über den Garten, den sie

den ›Hof‹ nennt, weil er, wie sie sagt, zu heruntergekommen ist, um ›Garten‹ zu heißen. »Aber das ist es ja gerade«, warf ich ein. »Da laufen wir ständig zum Gemüsehändler, um Petersilie und was weiß ich für Kräuter zu kaufen, und dabei könnten wir sie so leicht selbst anpflanzen.«

»Ein Kräutergarten«, sagte Köchin. »Ich habe auch schon daran gedacht. Am B*** Square hatten wir ebenfalls einen, in einem Hof, der auch nicht größer war als unserer hier. Aber zuerst müßte alles umgegraben werden, Mary, und mein armer Rücken ist für eine so schwere Arbeit viel zu steif.«

»Aber meiner nicht«, erklärte ich. »Nur habe ich es noch nie mit einem Garten versucht und wüßte nicht, wo ich anfangen sollte.«

»Das könnte ich dir zeigen«, sagte Köchin. »Ich habe nämlich eine Hand für so etwas; meine Mutter hat immer erklärt, das liege bei uns in der Familie.«

Und so plauderten Köchin und ich über den Garten, und als Mr. Poole zum Tee kam, hatte ich sie dazu überredet, mit ihm darüber zu sprechen, als ob es ihre Idee wäre, weil ich genau wußte, daß er niemals ja sagen würde, wenn er erfuhr, daß der Vorschlag von mir stammte.

Ich ging in mein Zimmer und beschäftigte mich eine Weile mit meinem Heft, und als ich wieder herunterkam, lächelte Köchin und sagte, es wäre alles abgemacht; Mr. Poole wäre mit dem Vorschlag einverstanden und hätte ihr erlaubt, alles, was wir beide an freier Zeit finden könnten, auf unser Vorhaben zu verwenden. Er hatte sogar erzählt, im Schuppen neben dem Laboratorium würden wir alle Gerätschaften finden, die wir dafür benötigten, denn zu Dr. Denmans Zeiten hätte es hier einen hübschen Garten gegeben, und seiner Meinung nach sei es wahrhaft eine Verschwendung, das Stückchen Erde so ungenutzt zu lassen. So waren Mr. Poole und ich wenigstens einmal einer Meinung.

Am nächsten Morgen war ich – lange bevor die Sonne aufging – auf den Beinen und hatte die Vortreppe geputzt, bevor die anderen wach wurden. So war es mir am liebsten, weil ich es nicht haben kann, wenn ich bei dieser Arbeit beobachtet werde, vor allem jetzt, da so viele der Häuser in unserer Nähe an alle möglichen Leute vermietet sind, so daß ein ständiges Kommen und Gehen herrscht, und nicht von den nettesten Herren, sondern von solchen, die es für schneidig halten, ein Mädchen anzusprechen und zu sehen, ob sie es von seiner Arbeit ablenken können.

Draußen war es dunkel und neblig, und die Gaslampen brannten noch. Jede von ihnen hatte einen gelben Lichtschein um sich herum, so daß sie aussahen wie eine Kette fremdartiger, heller Märchenwolken, die geisterhafte Lichttupfer auf die Straße malten, die so still war wie der Tod. Ich putzte die Treppe, dann die Messingverzierungen und trug meine Eimer schließlich an den Rinnstein, um sie auszuleeren. Dort blieb ich einen Augenblick stehen und betrachtete unsere Fassade, und mein erster Gedanke war, daß unseres das schönste und gepflegteste Haus in der ganzen Straße ist. Dann träumte ich ein bißchen vor mich hin, von den Häusern, in denen ich vorher war, und daß dies hier die beste Stellung ist, die ich je gehabt habe, weil ich mehr bezahlt bekomme, zwölf Pfund im Jahr, und weil es in der Küche großzügig zugeht und das Essen so gut ist, wie man es sich nur wünschen kann, und wir nicht einmal unser eigenes Bier bezahlen müssen. Und obwohl Mr. Poole mich ziemlich streng anfaßt, ist er nicht ungerecht, und unser Herr ist überall hoch angesehen und tut viele wohltätige Werke, und da er Junggeselle ist, haben wir nur ihn zu versorgen, zudem ist er auf seine Art noch so ordentlich wie ein Soldat.

Wie ich noch über all das nachdachte, sah ich oben im Schlafzimmer des Herrn eine Lampe aufleuchten und hatte die Befürchtung, er wäre vielleicht krank oder schlaflos, und so suchte ich meine Eimer zusammen und schickte mich an, ins Haus zu gehen, für den Fall, daß er läuten würde, aber da wurde die Lampe auch schon wieder gelöscht.

In der Küche setzte ich den großen Kessel auf und machte den Herd für Köchin an, die hereinkam, als ich noch damit beschäftigt war, und überrascht schaute, mich hier zu finden, weil sie sonst immer die erste ist, die aufsteht, und die Küche schön warm und den Tee fertig hat, wenn Annie und ich herunterkommen. Ich sagte, ich sei mit meiner Morgenarbeit schon fertig und könne für sie zum Markt laufen, damit wir beide vor dem Mittagessen eine Stunde Zeit hätten, um mit unserem Garten anzufangen. Ich konnte sehen, daß sie sich freute, und sie nannte mich »meine liebe Mary« und sagte, ich sei das beste Hausmädchen, das sie je gekannt hätte und ein Gewinn für unser Haus, worüber ich mich sehr freute, und ich war richtig stolz, daß mir die Idee mit dem Garten gekommen war.

Gegen halb elf Uhr hatten wir alles erledigt, und Köchin holte den Schuppenschlüssel von Mr. Poole, dann gingen wir hinaus, um mit dem Garten anzufangen. Im Schuppen fanden wir Schaufeln, Spaten, Rechen, eine gute Hacke, Handschuhe, mehrere leere Töpfe und sogar einen großen Sack Erde, alles fein säuberlich gestapelt und verstaut und wahrscheinlich, wie Köchin sagte, schon seit zwanzig Jahren unberührt, darauf wartend, daß es jemand zur Hand nahm.

Und so machte ich mich unter Köchins Anleitung an die Arbeit, und es war wirklich schwere Arbeit, weil die Erde so hart war, daß sie sich nur in großen Brocken lösen ließ. Köchin sagte, als erstes müßten die häßlichen Sträucher verschwinden, und sie gaben mir ganz schön zu kämpfen, obwohl sie aussahen, als wären sie überhaupt nicht mehr lebendig. Ich dachte, wie merkwürdig es doch ist, daß alle Pflanzen um ihr bißchen Leben kämpfen und sich danach sehnen, zu wachsen und zu gedeihen, ganz gleich, wie schlecht sie behandelt werden oder auf was für harten, unfruchtbaren Boden sie gefallen sind; so fingen die armen Sträucher an, mir fast ein bißchen leid zu tun, aber Köchin sagte, sie wären der Tod für unsere Kräuter und müßten deshalb weg.

Wir waren schon seit einer ganzen Weile bei der Arbeit – ich grub den Boden um, während Köchin die Erdklumpen mit dem Spaten zerkleinerte –, als wir hörten, wie die Laboratoriumstür geöffnet wurde und der Herr heraustrat; er schlenderte gemächlich auf uns zu und sah so kräftig und wohl aus, daß es eine reine Freude war. Köchin sprang sofort auf und fing an, sich den Staub von den Kleidern zu klopfen und machte ein nervöses und überraschtes Gesicht, weil sie den Herrn nur selten zu sehen bekommt, da sie doch immer in der Küche ist. Ganz verschreckt fragte sie: »Wieviel Uhr ist es denn, Sir? Sie kommen doch bestimmt wegen Ihres Mittagessens?«

Der Herr trat näher, und ich hörte auf zu graben und schämte mich ein bißchen, weil ich so verdreckt und verschwitzt und mein Gesicht vom Kampf mit den Sträuchern ganz rot war. Andererseits war ich aber auch stolz, denn da lagen sie auf den Fliesen und brauchten nur noch fortgeschafft zu werden. Der Herr sagte zu Köchin: »Es ist erst kurz nach elf, Mrs. Kent, und ich wollte nur ins Haus gehen, um vor dem Essen noch ein paar Briefe zu schreiben. Sie können Poole sagen, daß ich in der Bibliothek essen werde, und Sie brauchen sich wirklich nicht zu beeilen.«

Köchin machte einen Knicks und sagte: »Sehr wohl, Sir«, und dann zu mir: »Ich gehe mich jetzt waschen und das Essen aufsetzen, Mary. Aber du kannst hier ruhig noch ein bißchen weiterarbeiten, wenn du nicht zu müde bist.« Dann eilte Köchin ins Haus und ließ mich, auf meine Schaufel gestützt und schmutzig wie ich war, beim Herrn stehen.

»Soso, Mary«, sagte er. »Poole hat mir schon gesagt, daß wir einen Garten bekommen sollen.«

»Ja, Sir«, erklärte ich. »Köchin sagt, wir können unsere eigenen Kräuter pflanzen, und sie weiß, was in einem Garten getan werden muß.«

»Du nicht?«

»Nein, Sir«, antwortete ich. »Wir hatten früher zwar ein paar Topfgeranien in der Marley-Schule, aber sie sind auch das einzige, was ich je gepflanzt habe.«

Der Herr schien bei meiner Antwort interessiert aufzumerken. »Die Marley-Schule, Mary?« fragte er. »Das ist aber ein Zufall. Sie ist nämlich eins von meinen Projekten.«
»Tatsächlich, Sir? Sie haben dort als Lehrer gearbeitet?«
»Nein, Mary«, sagte er, anscheinend belustigt über meinen Gedanken. »Ich habe die Schule nie gesehen. Aber sie war zum Teil meine Idee, und ich habe das Geld für ihren Bau gegeben und bin immer noch im Direktorium, das sich um die Leitung der Schule kümmert.«
Ich fand es etwas merkwürdig, daß der Herr eine Schule leitete, die er nie gesehen hatte, und dann dachte ich, wenn er wüßte, wie es dort zugeht, würde er nicht so erfreut aussehen, aber sofort tat er mir leid, weil er doch so gute Absichten gehabt hatte und so froh darüber war, daß ich eine seiner Schülerinnen gewesen war, und deshalb sagte ich nur: »Es war dort, wo ich lesen und schreiben gelernt habe, Sir, und dafür bin ich Ihnen sehr dankbar.«
Darüber war er so erfreut, daß ein Lächeln über sein Gesicht flog, als ob jemand ihm ein schönes Geschenk gemacht hätte, und mein Dank schien ihn fast ein bißchen verlegen zu machen, denn er sagte: »Hm, ja, nun. Das ist wirklich sehr schön, Mary, sehr befriedigend für mich. – Ist es nicht bemerkenswert, daß du erst in meine Schule gegangen bist und jetzt in meinem Haus arbeitest?«
In diesem Augenblick hatte ich einen derart niederträchtigen Gedanken, daß es mir selbst die Sprache verschlug, und zwar, daß es an seiner Schule so übel zuging, daß es schier ein Wunder war, daß ich auch nur ein Wort lesen konnte und es in meinem Leben so weit gebracht habe, wie es der Fall ist, was nun wirklich nicht sehr weit ist, wie sogar der Herr sehen mußte. Und so sagte ich nichts, sondern fuhr mir nur mit dem Ärmel über die verschwitzte Stirn und sah den Herrn über den Garten hinweg an und hatte das Gefühl, die ganze Welt läge zwischen uns, und es gäbe keine Möglichkeit, sie zu überwinden, aber auch, daß wir auf eine seltsame Weise wie zwei Seiten derselben Münze waren, unsere unterschiedlichen Ar-

beiten im selben Haus verrichteten und uns, auch ohne ein Wort, so nahe waren wie ein Hund und sein Schatten.
Das Lächeln des Herrn verblaßte. Wir sahen uns noch einen Augenblick an, und ich schämte mich nicht mehr darüber, daß ich so schmutzig war, sondern war eher stolz. Dann sah der Herr hinunter auf den Spaten, den ich in die Erde gestoßen hatte, und sagte: »Also denn, viel Glück mit dem Garten, Mary.« Damit drehte er sich um und ging ins Haus.
Und so grub ich weiter, hatte aber auf einmal ein ganz sonderbares Gefühl dabei, als ob meine Arbeit kein gutes Ende nehmen und der Garten nie so werden würde, wie ich ihn mir vorstellte, sondern immer ein armes, verkümmertes, kränkliches Fleckchen Erde bleiben würde, in dem nichts gedeihen konnte, ganz gleich wie sehr Köchin und ich uns auch bemühen mochten. Und ich dachte an den Herrn, der heute so freundlich und aufmerksam gewesen war, gar nicht so fern, wie er mir vorgekommen war, bevor wir unsere Unterhaltung hatten und er meine Geschichte las, und ich erinnerte mich daran, wie er gefragt hatte, ob ich meinen Vater haßte, weil er mich so grausam behandelt hatte, und wie ich seine Frage nicht beantwortet und der Herr mich nicht gedrängt hatte, denn er muß damals schon verstanden haben, was ich erst in diesem Augenblick begriff, nämlich daß ich seine Frage nicht beantwortet hatte, weil ich die Antwort nicht wußte.
Ich glaube, meinen Vater zu hassen, würde bedeuteten, meine wahren Gefühle zu schmälern, die zwar heftig sind, aber nicht wie Haß, der mir einfach, rein und sauber zu sein scheint. Ich fühle, daß mein Vater diesen dunklen Fleck in mir geschaffen hat, der manchmal ganz unerwartet eine Traurigkeit über mich breitet, wenn ich eigentlich glücklich darüber sein sollte, daß ich eine gute Stellung und auch ein paar Freunde habe und jemanden wie Köchin, die mir zeigt, wie man einen Garten anlegt, und die selber ein einfacher Mensch ist und ihr Glück darin findet, ihre Arbeit zu tun und zu wissen, wo ihr Platz ist. Aber für mich gibt es oft, auch wenn ich sie

immer wieder überwinde, diese Finsternis und diese Traurigkeit, die unerwartet kommen und aus Dingen entstehen, die mich eigentlich glücklich machen sollten, wie der Gedanke an den Garten und die Arbeit mit Köchin. Aber es steigt in mir auf wie eine Dunkelheit, und ich bin dann wirklich in der Dunkelheit, in die mein Vater mich hineinstieß, weiß keinen Ausweg und kann nichts tun, als darauf zu warten, daß von irgendwoher die gnädige Befreiung kommt und ich wieder ich selbst bin.

Und so fühle ich, daß mein Vater mich so gemacht hat – oder mich so zurückgelassen hat, mit dieser Traurigkeit, die schwer zu ertragen ist und die mich wahrscheinlich nie völlig verlassen wird, ganz gleich, wieviel Glück ich vielleicht noch haben werde; sie sondert mich von den anderen ab, die so etwas nicht zu kennen scheinen. Und obwohl ich meinem Vater nicht verzeihen kann, kann ich auch nicht bedauern, daß ich bin, was ich bin, und es gibt Zeiten, in denen ich die Traurigkeit und die Dunkelheit nicht würde missen wollen, weil mir scheint, daß sie ein Teil dessen sind, wie wir das Leben sehen müssen, wenn wir irgendwann sagen können wollen, daß wir es gesehen haben. Und es hat etwas damit zu tun, daß wir allein sind und allein sterben, was uns allen bevorsteht. Es scheint mir, daß viele Menschen, vor allem die besseren Leute, viel Geld und ihre ganze Zeit darauf verwenden, alle Traurigkeit aus ihrem Leben zu verbannen, was ihnen meiner Meinung nach nie gelingen wird, weil sie *da* ist, ganz gleich, wie gut es uns in dieser Welt gehen mag, und weil man sie einfach durchlebt haben *muß*. Ich sehe, daß ich die Geduld habe zu warten, bis es vorüber ist, und ich würde mir, ganz gleich, wie dunkel es in mir ist, nie das Leben nehmen, denn wenn die Dunkelheit vorüber ist, was für ein Wunder ist dann selbst der zarteste Lichtstrahl!

Und dies ist etwas, was ich in unserem Herrn sehe, und wieso es mir solche Freude macht, ihm zu dienen, und was er, wie ich denke, auch in mir sieht, und weshalb er einen Blick in meine Geschichte tun wollte, weil wir beide nämlich Seelen sind, die diese Traurigkeit und diese Dunkelheit tief im Inneren kennen, und weil wir beide gelernt haben zu warten.

Nach meiner Unterhaltung mit dem Herrn im Garten schien ich überhaupt nicht wieder zu mir zu kommen. Es war, als hätte ich meine Kindheit ausgegraben, und den ganzen Rest des Tages waren meine Gedanken so hart und so schwarz wie die Erde. All die letzten Jahre habe ich nur selten wirklich über meine Vergangenheit nachgedacht, sondern versucht, sie hinter mir zu lassen und meine Arbeit zu tun, denn was für einen Sinn macht es, über Dingen zu brüten, die doch nicht geändert werden können. Ich weiß, daß Köchin sich darüber wunderte, daß ich beim Mittagessen so niedergeschlagen schien, obwohl sie doch so angetan von mir war und voller Pläne für unseren Garten, aber ich schaffte es kaum, den Kopf zu heben. Nach dem Essen nahm ich meine Eimer und meine Bürsten, um die Fliesen in der Halle zu scheuern, was eine langwierige, langsame, schmutzige Arbeit ist, die ich am liebsten im Knien und mit hochgebundenen Röcken verrichte, und ich brauche dazu eine Menge Wasser und viele Bürsten, erst um den ganzen Schmutz zu lösen, dann zum Nachwischen, bis das Wasser klar bleibt. Ich nehme es mit meinen Schwämmen auf und schütte neues hin, bis ich die Halle in einen richtigen kleinen See verwandelt habe.

Bevor ich anfing, machte ich Feuer im Kamin, damit die Halle schneller trocken würde, wenn ich fertig war, aber dadurch wurde mir bei der Arbeit so heiß, daß ich vor Schweiß triefte und das Gefühl hatte, in einer dieser Dampfkabinen zu sein, die es, wie ich gelesen habe, anscheinend in den Badeanstalten gibt. Ich arbeitete wie eine Wilde, schrubbte aus Leibeskräften und patschte durch das schmutzige Wasser, um meine Eimer neu zu füllen, wozu ich um das Haus herum und über den Hof wieder hineinging, so daß viele

Passanten mich barfüßig und mit hochgebundenen Röcken vorbeieilen sahen, und dann brauchte ich draußen auf der Treppe einen halben Eimer, um meine Füße zu waschen, bevor ich wieder ins Haus gehen konnte. Ich hoffte, meine düstere Stimmung würde sich mit dem Schmutz auflösen, aber das geschah nicht. Und dann kam mir ein Gedanke, der mich so plötzlich überfiel, daß ich meine Bürste fallenließ und mich auf den Knien aufrichtete wie ein Kaninchen, das einen Fuchs gehört hat, und dieser Gedanke war, daß mein Vater immer noch irgendwo am Leben ist.

Warum dieser Gedanke mich so erschreckte, weiß ich nicht, aber er tat es, und plötzlich war mir, als wäre mein Vater nicht nur irgendwo am Leben, sondern hier in der Halle. Das große Haus um mich herum war ganz still. Der Herr hatte sich nach dem Mittagessen in sein Laboratorium begeben, Mr. Poole machte eine Besorgung beim Apotheker, Mr. Bradshaw genoß seinen freien Tag, und Köchin und Annie waren in der Küche, und so wußte ich, daß niemand in meiner Nähe sein konnte, und doch meinte ich, Schritte zu hören, die auf mich zukamen.

Ich warf einen Blick zum Feuer hinüber, denn ich fröstelte plötzlich und mußte mich schütteln, wie um das Grauen zu verscheuchen. Aber es wollte nicht fortgehen, und ich hatte dasselbe Gefühl, das ich immer hatte, wenn ich *seine* Schritte in der Gasse hörte, nämlich daß ich diese Schritte unter tausenden heraushören würde, weil sie immer kamen, um mich zu holen, und es war, als ob jeder Schritt meinen Namen rufen würde. Dann spürte ich, daß das Wasser, das mir über das Gesicht lief, anders war als vorher, denn es waren Tränen. Ich konnte mich nicht daran erinnern, wann ich das letzte Mal geweint hatte. »Lieber Gott«, sagte ich laut. »Was ist bloß aus mir geworden?«

Und so mußte ich mich zwingen, wieder an meine Arbeit zu gehen und die Tränen mit all dem anderen Wasser fließen zu lassen, das ich an mir hatte, und das taten sie auch, und zwar in Strömen. Ich dachte an den Herrn, und daß die Aufmerksamkeit, die er mir zuteil werden ließ, diese Verwirrung, Traurigkeit und Furcht ausgelöst hatte, alles Gefühle, von denen ich glaubte, ich hätte sie ein für alle Mal begraben, und daß dies alles gar nicht gut für mich war, und doch konnte ich nicht ungeschehen machen, was geschehen war, noch dachte ich, daß ich es versuchen sollte.

Beim Abendessen machte Mr. Poole ein großes Getue, weil der Herr sich wieder in seinem Laboratorium eingeschlossen und erklärt hatte, man solle ihm nur ein wenig kalten Hammelbraten auf die Treppe zum Studierzimmer stellen, weil er unter keinen Umständen gestört werden wolle. Und Mr. Poole sagte, er für sein Teil hätte die Befürchtung, daß der Herr so wenig auf seine eigene Gesundheit gibt, daß es allmählich zur alleinigen Aufgabe der Dienerschaft werde, dafür zu sorgen, daß er einigermaßen bei Kräften bliebe. Ich war zu niedergeschlagen, um viel dazu zu sagen; nicht daß ich je sehr gesprächig wäre, vor allem dann nicht, wenn Mr. Poole in der Nähe ist, doch Köchin fiel auf, daß ich mein Essen kaum angerührt hatte. »Mary«, sagte sie, »du gehst am besten sofort ins Bett. Das frühe Aufstehen und die schwere Arbeit waren wohl zuviel für dich, und wir können nicht ohne dich zurechtkommen.« Mr. Poole zog die Augenbrauen hoch, als er das hörte, und sah mich lange an, dann erklärte er: »Du siehst tatsächlich etwas blaß aus, Mary. Ich glaube, Mrs. Kent hat recht.«

Ich dachte, der Schlag würde mich treffen, daß ich ein freundliches Wort von Mr. Poole zu hören bekam, und ich weiß, daß mein Mund aufklappte; dann dachte ich, daß ich wahrscheinlich halb tot aussah, und vielleicht hatten sie recht, und ich hatte tatsächlich etwas in den Knochen stecken. Also antwortete ich, »Ja, Sir«, und Köchin sagte, ich solle mein Bier austrinken und nach oben gehen, und das tat ich und lag schon um acht im Bett, noch vor Annie.

Ich schlief sofort ein und hörte Annie nicht einmal kommen, und ich glaube, ich habe mich bis kurz vor Anbruch der Morgendämmerung kein einziges Mal gerührt, aber dann klappten meine

Augen auf wie zwei Fenster, mein Herz raste, und ich wußte, daß etwas nicht in Ordnung war.
Jemand kam die Hintertreppe herauf, nicht bis zu uns auf den Dachboden, sondern nur bis zum Stockwerk darunter, zwischen der Küche und dem Schlafzimmer des Herrn. Das Haus war so still, daß das Knarren der Dielen wie Donner hallte. Ich hörte einen Schritt, dann noch einen, dann Stille. Meine Handflächen waren feucht, und meine Knie fühlten sich so weich an, daß ich dachte, ich hätte vielleicht geträumt und den Traum ins Wachsein mitgenommen; da ich nichts mehr hörte, versuchte ich, mich dadurch zu beruhigen, daß ich ganz langsam ein- und ausatmete.
Dann hörte ich noch einen Schritt, zögernd, dann wieder nichts. »Jetzt bin ich aber wach«, sagte ich laut und in der Hoffnung, Annie wäre vielleicht auch wach, aber sie rührte sich nicht, und da meine Augen an die Dunkelheit gewöhnt waren, konnte ich ihr Gesicht erkennen, das ganz schlaff war vor Schlaf, und ich hatte den seltsamen Gedanken, daß Annie, wenn sie schläft, wie ein Hund nach einer langen Jagd ist, und wenn man ihr einen Teller mit Essen vor die Nase hielte, würde sie bestimmt von Essen träumen.
Wieder ein Schritt, mein Gedanke verflog, dann noch einer. Er war jetzt auf dem Treppenabsatz und ging auf das Schlafzimmer des Herrn zu.
Ich dachte mir, es *muß* der Herr sein, der von seiner Arbeit zurückkommt und sich Mühe gibt, leise zu sein, um Mr. Bradshaw nicht zu stören, dessen Zimmer unter dieser Treppe liegt. Und ich kam mir sehr töricht vor, weil ich solche Angst hatte, obwohl es heute schon das zweite Mal war, daß ich Schritte vernahm. Dann hörte ich, wie die Tür zum Schlafzimmer des Herrn geöffnet wurde und er hineinging, also war es natürlich der Herr, obwohl sein Schritt etwas Seltsames an sich hatte, etwas Zögerndes, als ob er den einen Fuß ein wenig nachziehen würde, und dabei hat der Herr einen leichten, gleichmäßigen Gang.
Bestimmt ist er müde, dachte ich, und überhaupt bilde ich mir das

alles wahrscheinlich nur ein, denn wie sollte ich so etwas durch zwei Wände hindurch hören können? Aber dann erinnerte ich mich, daß mein Vater beim Gehen so eine zögernde Art gehabt und ich immer meinen Namen in seinen Schritten zu hören geglaubt hatte, lang auf der ersten Silbe – *Maaa*, und dann kurz *-ry*, *Maaa-ry*, bis ich dachte, ich würde jeden Augenblick anfangen zu schreien.

Und wieder fiel mir ein, wie es mir an diesem Nachmittag so plötzlich und unvermutet bewußt geworden war, daß mein Vater immer noch lebt, und wenn auch nur in meinem eigenen Kopf, daß er für eine Weile verschwunden war und ihn die Freundlichkeit und das Interesse des Herrn auf irgendeine seltsame Weise für mich wieder lebendig gemacht haben.

# Zweites Heft

Was ich bisher geschrieben habe, bringt mich bis zur letzten Nacht, und so beginne ich dieses neue Heft, das ich heute morgen für sieben Pence bei *Lett's* gekauft habe, um mein Leben in diesem Haus aufzuzeichnen.

Heute morgen debattierten Mr. Poole und Mr. Bradshaw über die beste Methode, den Drehspiegel aus dem Schlafgemach des Herrn in das Studierzimmer im Laboratorium zu bringen, denn anscheinend hatte der Herr Mr. Poole in aller Frühe zu sich gerufen und ihn darum gebeten, eben dies zu erledigen. Mr. Poole war dafür, den Spiegel in einem Stück, in Decken eingeschlagen, mit Hilfe des Messerjungen hinüberzutragen, da es ein großer, schwerer Spiegel ist, der mit beträchtlicher Sorgfalt behandelt werden muß. Mr. Bradshaw, der gut mit Werkzeugen umzugehen vermag, war dagegen der Meinung, man solle das Glas aus dem Rahmen nehmen, an dem es mit einem Kippgelenk befestigt ist, und den Spiegel in zwei Teilen ins Laboratorium bringen und dort wieder zusammensetzen. Während sie über die beste Methode diskutierten, rätselte ich herum, welchen Grund der Herr wohl haben könnte, einen Spiegel in seinem Laboratorium zu wollen, sagte aber nichts, weil ich wußte, daß Mr. Poole sich nur aufregen würde, wenn jemand die Wünsche des Herrn in Frage stellte, und mir nur antworten würde, ich solle mich um meine eigenen Angelegenheiten kümmern. Die beiden waren so gegensätzlicher Meinung, obwohl sie natürlich sehr respektvoll miteinander sprachen, daß es klar war, daß Mr.

Bradshaw Mr. Poole für einen störrischen, lästigen, aufgeblasenen Querkopf hielt, und Mr. Poole Mr. Bradshaw für einen unverschämten Angeber. Beide waren höchst besorgt wegen des Auftrags und hatten solche Angst, dem Spiegel könne etwas passieren, und stritten, wer dann die Schuld bekommen würde, wenn seine Methode versagte, daß ich insgeheim lächeln mußte.

Ich wußte, daß Mr. Poole völlig außer sich war, als er sagte, *ich* solle das Frühstück in den Salon bringen und den Herrn fragen, welche Wünsche er für das Mittagessen habe. Ich deckte das Tablett, und Köchin gab mir eine hübsche Vase mit einer einzelnen Rose, die sie von einem Strauß aufgespart hatte, den sie gestern auf dem Markt gekauft hatte, und sie machte sich sehr hübsch auf dem Tablett, wie ich fand. Köchin fragte, ob ich mich besser fühlen würde, und ich antwortete, ja, viel besser, weil ich doch so früh zu Bett gegangen wäre und so gut geschlafen hätte. Ich trug das Frühstück nach oben, und anscheinend hatte meine gedrückte Stimmung sich wirklich gehoben. Draußen war es zur Abwechslung einmal schön, die Sonne fiel durch die Scheiben, und es freute mich, daß sie so sauber und blank waren und daß alle Schränke und Tische glänzten, weil ich sie so schön poliert hatte. Als ich an die Salontür klopfte, rief der Herr »Herein«, und er klang froh und munter, wie ich fand, und das war er auch, denn als ich die Tür öffnete, sah er von seinem Schreibtisch auf, wo er damit beschäftigt war, etwas zu schreiben, und sagte: »Ah, Mary. Du bringst mir mein Frühstück. Ich hoffe nur, daß es gewaltig ist.«

»Ich glaube schon, Sir«, erwiderte ich, während ich ihm das Tablett brachte. Er räumte seine Papiere zur Seite, damit ich es vor ihn auf den Tisch stellen konnte. »Köchin sagt, gestern abend hätten Sie so wenig gegessen, daß nicht einmal eine Maus davon satt geworden wäre, und deshalb muß sie Sie mästen, wann immer sie kann.«

»Gestern abend konnte ich nichts essen, Mary«, sagte er und machte sich über den Speck her, bevor der Teller richtig vor ihm stand. »Ich war mit meiner Arbeit schon geraume Zeit nicht weitergekommen, aber gestern abend« – er hielt inne, um ein Stück Toast abzubeißen, – »gestern abend sind alle Schranken vor mir eingestürzt.« Er kaute einen Moment und sah dabei, dachte ich, wie ein halbverhungertes Kind aus. »Ausgezeichneter Toast«, fügte er hinzu.

»Ich würde sagen, es ist eher heute morgen gewesen, Sir«, erklärte ich, »denn ich hörte Sie mit der Sonne ins Haus kommen. Sie können kaum mehr als drei Stunden geschlafen haben.«

»Ich bin aber überhaupt nicht müde«, antwortete er.

»Vielleicht haben Sie eine Möglichkeit gefunden, ohne Schlaf auszukommen, Sir«, sagte ich. »Aber früher oder später macht es sich bestimmt bemerkbar, und Sie werden wieder krank werden.«

Einen Augenblick lang kaute der Herr schweigend, und da ich hinter ihm stand, konnte ich sein Gesicht nicht sehen. »Schimpfst du mich aus, Mary?« fragte er.

In seiner Stimme lag ein Unterton, der nicht erfreut klang, und ich war darüber so bestürzt, daß ich nichts erwiderte, sondern nur dastand und seinen Rücken anstarrte, bis er sich umdrehte und mich ansah, und auf seinem Gesicht lag jener gütige, interessierte Ausdruck, der mich immer dazu bringt, das zu sagen, was mir auf dem Herzen liegt.

»Mache ich dir zuviel Mühe, Mary?« fragte er dann leise. »Wünschst du dir, du hättest einen pünktlicheren Herrn, einen, der jeden Tag zum Gericht geht oder zur Bank und das Abendessen immer zur gleichen Zeit einnimmt, außer natürlich, er speist mit seinen Freunden im Club?«

Noch während er sprach, schüttelte ich den Kopf, und als er eine Pause machte, warf ich schnell ein: »O nein, Sir. Ich möchte nie einem anderen dienen als Ihnen.«

»Aber gewiß, das mußt du wohl sagen, Mary. Aber du bist sehr jung – und sehr schön, wie du sicher weißt. Wie kann man da von dir erwarten, daß du Gefallen daran findest, deine Jugend damit zu

vergeuden, einem Leben zu dienen, das so alt und vertrocknet und langweilig ist wie meines?«
Seine Worte taten mir weh, und ich fand meine Zunge wieder. »Und was sollte ich sonst tun, Sir?« fragte ich. »Oder meinen Sie, ich hätte lieber ein Haus voller eleganter Damen, in dem ich ständig Spielzeug und Schuhe für ungezogene Kinder suchen müßte und Böden schrubben und Kohlen schleppen für eine Herrschaft, die mir keinen Blick gönnt, außer vielleicht um zu sehen, ob ich etwas falsch gemacht habe? Nein, Sir, vielen Dank. Davon hatte ich genug, bevor ich hierherkam.«
Der Herr lächelte über meinen Ausbruch. »Du drückst die Dinge sehr überzeugend aus, Mary.«
»Es tut mir leid, Sir«, sagte ich. »Ich habe nur so deutlich gesprochen, weil ich es nicht ertragen kann, wenn Sie denken, daß ich mir ein anderes Leben wünsche als das, welches ich habe. Und wenn ich mit Ihnen schimpfe, so nur, weil ich mir Sorgen um Sie mache – wir alle tun das, wenn Sie sich ganze Tage einschließen, nichts essen und nicht schlafen.«
»Ich habe eben auch einen Herrn«, erwiderte er. »Und meiner ist vielleicht anspruchsvoller als deiner, Mary.«
Einen Moment rätselte ich, was er damit meinen könnte, aber dann erkannte ich, daß er von seiner Arbeit sprach, von seinen »wissenschaftlichen Untersuchungen«, wie Mr. Poole sie nennt, die nicht gestört werden dürfen, und ich erinnerte mich daran, daß er gesagt hatte, gestern nacht hätte er alle Schranken durchbrochen.
»Und gönnt Ihr ›Herr‹ Ihnen nicht einmal jetzt ein wenig Ruhe, Sir?« fragte ich. »Nicht einmal nach letzter Nacht?«
Der Herr fuhr zusammen, so als ob er vergessen hätte, daß ich da war, und plötzlich gemerkt hätte, daß ich ihm zu nahe war, ganz überraschend. Er sah mich so fragend an, daß ich das Gefühl hatte, er versuchte, das Rätsel zu lösen, wie es dazu gekommen war, daß ich vor ihm stand und gesagt hatte, was ich gerade gesagt hatte, und da ich die Antwort selbst nicht wußte, schwieg ich. Schließlich

fragte er: »Sehnst du dich wirklich nie nach einem anderen Leben, Mary?«
»Nein, Sir«, sagte ich. »Was hätte ich denn davon?«
»Oh«, antwortete er. »Es liegt also nur daran, daß du denkst, du könntest es sowieso nicht haben?«
»Nicht nur, Sir«, sagte ich. »Obwohl das sicher auch eine Rolle spielt.«
»Und wenn du könntest? Wenn ich dir sagen würde, daß es eine Möglichkeit gibt, ein Leben zu führen, in dem du tun kannst, *was* dir gefällt, *wann* es dir gefällt, ohne Konsequenzen, ohne Bedauern, würdest du dann nicht wollen?«
Der Herr war sehr aufgeregt, als er das sagte, und er schien so gespannt auf meine Antwort, daß ich wußte, daß ich gut darüber nachdenken und so ehrlich sein mußte, wie ich nur konnte. Aber ich wußte nicht, was er meinte, außer vielleicht, ich könnte von einem Leben träumen, in dem ich kein Dienstmädchen war, sondern eine vornehme Dame, die nichts zu tun hat, außer sich zu amüsieren. Ich habe genügend solche Damen gesehen, und sie nie auch nur einen Augenblick beneidet, weil es mir scheint, als wäre ihr Leben nur von einer niederen Gesinnung erfüllt, falls man überhaupt sagen kann, daß es von irgend etwas erfüllt ist, und zwar weil sie so träge und müßig sind. Und so wollte ich schon sagen, nein, so ein Leben wollte ich nicht haben, aber dann fiel mir ein, daß dem Herrn anscheinend so viel daran gelegen war, daß es keine Konsequenzen geben würde, daß er also etwas anderes meinen mußte als das, was ich dachte, und so sagte ich nur: »Ich glaube nicht, daß es Handlungen ohne Folgen geben kann.«
Der Herr sah überrascht aus – oder sogar enttäuscht, und er schien sich daran zu erinnern, daß ich ja nur ein Hausmädchen war, ich sah es seinem Gesicht an, und es verletzte meinen Stolz, obwohl ich nicht sagen könnte, wieso das so war, denn ich bin stolz auf das, was ich bin, und hatte ihm genau dies eben erst erklärt. Er sagte: »Das ist natürlich richtig, Mary. Unter *normalen* Umständen ist

das, was du sagst, völlig richtig«, und er betonte das Wort »normal«, als ob es eine Kluft zwischen uns wäre, und vielleicht hatte er recht damit. Mich befiel das Gefühl, dabei versagt zu haben, mir die Welt vorzustellen, in der der Herr sich immer bewegt und in der viele Dinge möglich sind, weil er ein Mann der Wissenschaften war. Ich war darüber sehr niedergeschlagen. Der Herr wandte sich wieder seinem Frühstück zu, und ich mußte mich räuspern, um ihn noch einmal auf mich aufmerksam zu machen und ihn zu fragen, was seine Wünsche für das Mittagessen waren.

»Sag' Poole, daß ich in der Bibliothek essen werde, Mary«, antwortete er. »Und daß mein Anwalt mir zur üblichen Zeit beim Abendessen Gesellschaft leisten wird.«

»Sehr wohl, Sir«, sagte ich, wie Mr. Poole es immer tut, wenn der Herr ihm seine Wünsche nennt. Der Herr schien es komisch zu finden, diese Worte aus meinem Mund zu hören, denn er drehte sich ein wenig in meine Richtung und fragte: »Wo ist Mr. Poole eigentlich, daß du auf die Frühstücksmission entsandt wirst, Mary?«

»Mr. Poole und Mr. Bradshaw sind mit Ihrem Drehspiegel beschäftigt, Sir«, erwiderte ich. »Und sie sind sich noch nicht darüber einig, wie man ihn am besten transportieren sollte.« Darüber mußte der Herr lächeln, und ich hatte das Gefühl, daß wir wieder auf gutem Fuß miteinander standen.

»Was meinst du, Mary? Werden Sie Erfolg haben?«

»O ja, Sir«, antwortete ich. »Daran habe ich keinen Zweifel. Aber es wird seine Zeit brauchen, denn wie es aussieht, braucht man eine Strategie dazu.«

»Dann wünsche ich den beiden viel Glück«, sagte der Herr. »Aber ich glaube, ich werde mich lieber von der Szene des Kampfes fernhalten.«

»Ja, Sir«, sagte ich und drehte mich um, um zu gehen, und als ich schon fast an der Tür war, rief der Herr mir nach: »Sorge dich nicht zu sehr um mich, Mary. Ich werde von jetzt an besser auf mich aufpassen. Das verspreche ich dir.«

Der Rest des Tages verlief ruhig. Mr. Bradshaw und Mr. Poole bekamen den Spiegel die Treppe hinunter und auf den Hof, ohne daß etwas passierte. Ich war gerade dabei, die Vorhänge aus dem Salon aufzuhängen, die ich am Morgen gewaschen hatte, da ich den Sonnenschein zum Trockenen nutzen wollte, hatten wir doch in letzter Zeit so wenig Sonne gehabt, als Mr. Poole rief, ich solle kommen, den Schlüssel zum Laboratorium aus seiner Tasche nehmen und die Tür aufschließen, da er es nicht selber tun konnte, weil er unter der Last des Spiegels gebeugt war, den sie doch im ganzen eingewickelt hatten – also hatte Mr. Poole gewonnen. Ich ließ die Vorhänge im Korb liegen, lief zu ihm und fischte den Schlüssel aus seiner Tasche. Dann mußte ich mich an ihnen vorbeizwängen, da sie unter dem Vordach zusammengedrängt standen wie Hunde im Regen, und schloß die große Tür für sie auf. Da ich nicht mehr zurück konnte, blieb mir nichts anderes übrig, als das Gebäude zu betreten, und natürlich war ich sehr gespannt darauf, endlich zu sehen, wo der Herr so viel seiner Zeit verbrachte (wenngleich ich nicht wagte, es mir anmerken zu lassen). Ich hatte das Gefühl, gar nicht schnell genug sehen zu können, obwohl es nicht viel zu sehen gab.

Der erste Raum ist der alte ›Anatomiesaal‹, in dem Dr. Denman für seine Studenten Operationen durchführte. Der Herr hat nichts daran verändert, und so steht immer noch ein unheimlich aussehender Tisch, der am Boden festgeschraubt ist, in der Mitte des Raumes, und an den Wänden gibt es zwei Reihen von Bänken, die etwas erhöht sind und ein Pult vor sich haben, so daß ich mir gut vorstellen konnte, wie die Studenten die Ellbogen aufstützten, um zu sehen, wie jemand aufgeschnitten wurde, denn Dr. Denman war ein Chirurg, wie ich von Mr. Poole weiß, und er hatte einen guten Ruf bei den Studenten, obwohl sie ihn manchmal einen »Metzger« nannten, weil er, wie sie sagten, noch Gründe fand, selbst einen völlig gesunden Mann aufzuschneiden, nur weil es ihn interessierte, wie er von innen aussah.

Der Raum ist ziemlich groß; die Fenster befinden sich hoch oben und sogar an der Decke, so daß das Licht in breiten Streifen reinfällt, die sich überkreuzen und an manchen Stellen sammeln, während sie andere im Dunkeln lassen. Der Herr benutzt den Raum nur als Lager, und so standen überall Kisten herum, aus denen teilweise Stroh quoll, und Ballen von Packstroh lagen in den Ecken. Außerdem lag überall Werkzeug herum. Ich sah einen Hammer, der neben einer Kiste auf dem Boden lag, daneben eine Art Brecheisen und eine Axt, die halb im Stroh verborgen war.

Wie es aussah, hatten die Spinnen es sich hier schon seit langer Zeit gemütlich gemacht, vor allem hoch oben in den Ecken und an den Fenstern, wo sie sich anscheinend am liebsten aufhalten, um all die dummen Fliegen und Käfer zu fangen, die sich vom Licht anlocken lassen. Der Boden bestand aus glatten Steinfliesen, die ich genauso auf Hochglanz bringen könnte wie die, die wir in der Halle haben, wenn ich eine Woche nichts anderes täte, so dick war der Dreck, der auf ihnen lag. Auf der anderen Seite des Raumes war eine Treppe, die zu einem kleinen Absatz und einer zweiten Tür führte, die mit dunkelrotem Stoff bespannt war und aussah, als wäre sie der Zugang zu einem Herzen, und zu dieser Tür schleppten Mr. Poole, Mr. Bradshaw und der Messerjunge den großen Spiegel. Ich sah, daß sie ihn die Treppe hinauftragen wollten, und Mr. Poole befahl mir, den Schlüssel zu nehmen, der neben der Tür an der Wand hing. Ich fand es seltsam, eine Tür abzuschließen und den Schlüssel gleich daneben zu hängen, aber so pflegte es der Herr zu tun, wenn er will, daß Mr. Poole das Studierzimmer betritt, da es nur diesen einen Schlüssel gibt, den er für gewöhnlich bei sich trägt. Mr. Poole befahl mir, die Tür zu öffnen, also zwängte ich mich auf der Treppe an ihnen vorbei und schloß auf.

Der ›Anatomiesaal‹ hatte mich irgendwie traurig gemacht. Ein Zimmer, um das sich niemand kümmert, ist für mich wie ein Kind oder Tier, das sich ohne Liebe durchs Leben schlagen muß; möglicherweise lag es aber auch daran, daß die Zimmer von Menschen, denen nichts am Leben liegt – oder an anderen Menschen –, so oft vernachlässigt sind. Und deshalb erschrak ich beim Anblick des Studierzimmers, denn es war unübersehbar ein Raum, den der Herr liebte, aber es war noch etwas anderes darin, das ich nicht benennen konnte – die tiefe Traurigkeit eines Menschen vielleicht, der nicht geliebt wird. Alles war sauber und aufgeräumt, wie es die Art unseres Herrn ist, und ich sah, daß er keine Hilfe brauchte, um das Zimmer in Ordnung zu halten. Es gab einen Kamin, davor einen bequemen Sessel und daneben einen Teetisch. Der Kamin hatte ein hübsches Messinggitter mit zwei wunderschönen Messingbabys rechts und links davon, die sich ein wenig zurücklehnten, wie um ihre Füße zu wärmen, und sie hatten ein so strahlenes Lächeln und eine so glückliche Art an sich, daß es mir ganz warm ums Herz wurde, als ich sie ansah; ich überlegte mir, wer wohl der Mann gewesen war, der sich die Freude gemacht hatte, etwas so Schönes herzustellen. Die Babys sind schöner als alle Kamingitter, die wir im Haus haben, aber natürlich müßten sie einmal gründlich poliert werden, obwohl sie nicht staubig waren, also mußten der Herr – oder Mr. Poole – sie regelmäßig mit einem Tuch abreiben. Auf dem Boden lag ein guter Teppich, und an den Wänden gab es Regale voller Bücher. Ein großer, geschwärzter Kessel stand auf einem Herd, wie man ihn auf dem Land kennt, und daneben ein Teegeschirr aus feinem Porzellan, mit einem Muster aus Rosen und Stiefmütterchen. Das war der eine Teil des Raumes, und er war ein Arbeits- und Studierzimmer, an dem jeder Gentleman seine Freude gehabt hätte. Der hintere Teil jedoch war völlig anders. Hier gab es drei hohe Fenster mit Fensterbänken, die breit genug waren, um darauf zu sitzen und auf den Hof hinaussehen zu können, und sie ließen eine Menge Licht herein, das über den langen Tisch fiel, der direkt davor stand, und über die drei großen Schränke mit Schubladen, die alle in der schönen Schrift des Herrn beschriftet waren. Der Teppich endete ein gutes Stück vor dem Tisch, so daß er auf den kalten Fliesen stand, und auf dem Tisch standen die seltsamsten

Flaschen und Behälter sowie lange, miteinander verbundene Glasröhren mit Korkstöpseln und andere Gerätschaften wie Trichter, merkwürdig geformte Löffel, Meßbecher, Waagen und Siebe – so viele verschiedene Arten, daß ich sie kaum alle aufnehmen konnte –, und trotz aller Ordnung gab es doch so viele unterschiedliche Dinge, daß mir der Kopf schwirrte.

Mr. Poole und Mr. Bradshaw hatten den Messerjungen fortgeschickt und waren in einer Ecke damit beschäftigt, den Spiegel auszupacken; sie hatten ihn in dem Teil des Raumes abgestellt, der mehr wie ein Wohnzimmer war, was ich richtig fand, weil es mir schien, als würde sich so ein schönes, altes Stück in dem kalten Teil des Raumes wie ein verwaistes Kind ausmachen, und ich fragte mich, ob sie den Platz aus demselben Gefühl heraus gewählt hatten, oder ob es der Wunsch des Herrn war, die beiden Welten für immer getrennt zu halten.

Ich machte einen Schritt zurück auf den Teppich und hatte dabei das Gefühl, mich auf einem Rückzug zu befinden, und so blieb ich stehen und betrachtete noch einmal den Tisch, von dem ich wußte, daß der Herr hier seine wissenschaftlichen Arbeiten durchführte, und dachte dabei, daß dies der Ort war, der ihn umbrachte, und deshalb haßte ich ihn – ich verhärtete mein Herz gegen ihn.

Dann rief Mr. Poole ungeduldig meinen Namen und sagte, ich könne wieder an meine Arbeit gehen. Ich drehte mich um und sah mein Bild in dem Spiegel, den sie ausgepackt und aufgestellt hatten, und als ich meine eigene Gestalt anstarrte, schien es mir für einen kurzen Augenblick, als ob ich am Rande der Welt stehen und ins Nichts abstürzen würde, wenn ich nicht vorsichtig war. Ich schüttelte mich, denn ich hatte das Gefühl, in einem Traum gefangen zu sein. Dann ging ich zurück an meine Arbeit, und obwohl ich den ganzen Rest des Tages alle Hände voll zu tun hatte, empfand ich eine solche Unzufriedenheit, daß jede Handreichung eine Last für mich war.

Warum bloß ist mein Herz so schwer?

Ich weiß, daß es daran liegt, daß der Herr gesagt hat, ich wäre schön, wodurch er meine Eitelkeit und den Wunsch geweckt hat, etwas sein zu wollen, was ich nicht bin. Bevor ich mich hinsetzte, um zu schreiben, zündete ich die Kerze an und betrachtete mein Gesicht in der Fensterscheibe, und als ich mein Nachthemd anzog, hielt ich einen Augenblick inne, um meinen Körper anzusehen. Wie weiß meine Haut im Kerzenlicht ist. Ich bürstete mein Haar und ließ es über meine Brüste fallen, und ich dachte: Ist das ein Anblick, der dem Herrn gefallen würde?

Zehn Tage sind vergangen, in denen wir so beschäftigt waren, daß ich keine Zeit hatte, auch nur ein Wort aufzuschreiben. Der Herr ist bei uns und guter Dinge. Ständig ist er am Kommen und Gehen und hat an drei von fünf Abenden Gäste, und einen Tag gab er sogar ein großes Essen für acht Personen, für das Köchin und ich uns zwei Tage die Füße abgelaufen haben, um es vorzubereiten. Er ist kein einziges Mal in sein Laboratorium gegangen und scheint nicht einmal daran zu denken. Als ich zu Mr. Poole sagte, die Unterhaltung bei Tisch müsse bestimmt sehr wissenschaftlich sein, da die Herren doch alle gelehrte Doktoren sind (bis auf Mr. Utterson, der das hat, was man als einen ›juristischen Kopf‹ bezeichnet und seine Ansichten beisteuert, wo sie von Nutzen sind), lachte er mich aus und erwiderte: »Aber nein, Mary, sie reden ausschließlich über eine Darbietung, die Mr. Littleton gesehen hat, bei der eine junge Dame an einem Trapez über das Publikum fliegt und kopfüber an den Knien oder an den Füßen hängt und nur ein winziges Trikot mit lauter silbernen Sternen anhat, das ihre Figur ganz enthüllt und nichts zum Erahnen übrig läßt.«
Darüber war ich so schockiert, daß ich sagte: »Der Herr war doch sicher nicht in so einem Spektakel, oder?« und Mr. Poole warf mir

einen langen, ungerührten Blick zu, der sowohl »Natürlich war er das« bedeuten konnte, als auch: »Wie kannst du so etwas nur denken!«, und ich weiß nicht, was von beidem.

Zudem ißt und trinkt der Herr mehr als üblich, was nur gut für ihn sein kann, wie ich meine. Er hat etwas übrig für guten Wein, und Köchin sagt, unser Keller könne es mit jedem anderen in London aufnehmen. In den letzten Tagen hat der Herr Mr. Poole mit schöner Regelmäßigkeit hinuntergeschickt, um eine Flasche zu holen, die »Vollkommenheit« erreicht hat, wie Köchin es nennt, und Mr. Poole sagt, es sei ein Wunder, daß der Herr so genau weiß, was im Keller liegt, und wie lange es schon liegt, und sogar, wo genau es liegt. Diese Flaschen läßt er seinen Besuchern kredenzen, denn er ist ein großzügiger Gastgeber, der gerne das Beste teilt, was er zu bieten hat, und hinterher, wenn die Gäste gegangen sind, nimmt er die geöffnete Flasche vielleicht mit in die Bibliothek und trinkt den Rest über einem Buch, oder einfach so, vor dem Kamin. Dort fand ich ihn auch gestern abend nach dem Essen, als Mr. Poole mich hinaufschickte, um das Feuer nachzulegen, weil es fast niedergebrannt war, und im Haus ist in letzter Zeit eine Kälte, die wir, obwohl es ein schöner Sommer ist, anscheinend weder mit Kohlen noch mit Saubermachen vertreiben können.

Der Herr stand am Feuer, wie es seine Art ist, und drehte sich nur kurz zur Tür, um auf mein Klopfen »Herein« zu rufen. »Ich bin gekommen, das Feuer nachzulegen, Sir«, sagte ich, und er nickte und trat ein Stück zur Seite, aber nur ein kleines Stück, so als könnte er es nicht ertragen, sich von dem bißchen Wärme zu trennen, das noch übrig war. »Sehr schön, Mary«, sagte er dann, »ich glaube, es ist fast ausgegangen, und ich bin so unruhig, daß ich wahrscheinlich noch eine ganze Weile gar nicht erst versuchen werde, schlafen zu gehen.« Und so mußte ich mich gleich neben ihn knien, was mich ganz verlegen machte, um die Asche aus dem Kamin zu scharren und neue Kohlen aufzulegen.

»Du bist gewiß auch halb erfroren, Mary? Unsere Küche ist doch eine riesige, dunkle Höhle.«

»O nein, Sir«, antwortete ich. »Köchin hat den großen Herd den ganzen Tag unter Feuer, und da kommt mir die Küche wie ein Hochofen vor. Außerdem macht Kälte mir nichts aus, weil ich daran gewöhnt bin.« Während ich sprach, fingen die Kohlen Feuer, und eine Woge der Hitze schien unter meinen Händen hervorzuquellen. Ich lehnte mich ein wenig zurück, während die Welle vor mir aufstieg.

»Ah«, sagte der Herr, kam näher und streckte die Hände aus. »So ist es gut. Ich fürchte, ich werde mich nie an die Kälte gewöhnen können.«

Ich stand auf, rieb mir die schmutzigen Hände an der Schürze ab und trat einen Schritt zurück, damit der Herr sein In-die-Flammen-Starren wieder aufnehmen konnte, und sagte: »Das liegt daran, daß Sie ein Gentleman sind, Sir, und dünneres Blut haben als ich.«

Der Herr lachte leise auf und antwortete, ohne mich anzusehen: »Als Arzt und Wissenschaftler, Mary, halte ich es für meine Pflicht, dir zu sagen, daß deine Theorie jeder Grundlage entbehrt.«

»Entschuldigen Sie, Sir«, sagte ich und meinte damit, daß es mir leid tat, etwas Dummes gesagt zu haben, aber der Herr dachte, ich hätte ihn nicht verstanden, und so drehte er sich zu mir um und erklärte: »Alles menschliche Blut ist gleich, Mary. Unter dem Mikroskop könnte ich dein Blut vielleicht von dem eines Affen unterscheiden, nicht aber von meinem eigenen.«

»Ich verstehe, Sir«, sagte ich, ein bißchen verärgert darüber, mich über meine Dummheit belehren lassen zu müssen, und ich sah den Herrn fest an, und zu meiner Überraschung schien er rot zu werden, obwohl es vielleicht nur das Feuer war, das ihm das Blut zu Kopf steigen ließ, doch ich wagte es kaum, den Gedanken auch nur für mich zu denken, weil es vielleicht schon wieder ein Fehler von mir war. Der Herr nahm die Karaffe von dem Tablett, das Mr. Poole hereingebracht hatte, und schenkte sich ein Glas Portwein ein, während ich dabeistand und ihn beobachtete und nicht wußte, was ich als nächstes sagen sollte. Dann sah er mich an, und seine Stimmung schien sanfter zu werden, denn er fragte freundlich: »Was macht der Garten, Mary? Es kommt mir vor, als ob ich wochenlang nicht einmal einen Blick darauf geworfen hätte, so beschäftigt war ich mit meinen Projekten.«

»Mir geht es ähnlich, Sir«, sagte ich. »Und kaum daß ein Samen, den wir gepflanzt haben, ein wenig wächst, sind auch schon zwei andere, die wir gar nicht haben wollen, rechts und links davon und machen ihm die Sonne streitig.«

»Unkraut, Mary«, erwiderte der Herr und stellte sein Glas so heftig auf das Tablett, als wollte er ein Unkraut zerstampfen, das dort wuchs. »Wo kommt es her, wenn du es nicht doch auf irgendeine Weise gepflanzt hast?«

»Ich denke, die Luft muß voll davon sein, Sir«, sagte ich. »Denn es gibt so viel davon, daß ganze Wälder wachsen, ohne daß sie gepflanzt wurden. Aber am meisten wundert mich, wieso das Unkraut, sobald es nur ein Fleckchen Erde gefunden hat, so viel kräftiger ist als die Pflanzen, die wir gesetzt haben?«

»Und weißt du eine Antwort auf diese Frage, Mary?« fragte er interessiert.

»Ich habe darüber nachgedacht, Sir«, erwiderte ich. »Und es scheint mir, daß sie, eben weil sie wild sind, einen stärkeren Lebenswillen haben.«

Der Herr sah mich mit einem beinahe gespenstischen Lächeln an und wiederholte meine Worte, als ob sie eine große Wahrheit enthielten, die er soeben wie aus einer Öffnung des Himmels erfahren hatte.

»Ich glaube, das trifft auf viele Dinge zu, die unter Entbehrungen zu leiden haben, auch auf Kinder«, fuhr ich fort. »Wenn niemand sich um sie kümmert, werden sie stark und kräftig und lieben das bißchen Leben, das sie sich zusammenkratzen können, und kämpfen darum, es zu behalten, während ein verhätscheltes Kind krank wird und stirbt.«

Der Herr schenkte sich ein neues Glas Portwein ein, und ich sah, daß seine Hand zitterte. Sein Gesicht war blaß geworden, auf seiner Oberlippe und auf seiner Stirn standen Schweißperlen, so daß er aussah wie ein Mann, der Angst hat, und nicht wie einer, der sich mit seinem Hausmädchen über Unkräuter unterhält. Er hob das Glas an seine Lippen, schien den kleinen Schluck, den er trank, aber nicht zu schmecken, und sah mich über den Rand hinweg mit gesenkten Lidern an, so als ob er nicht glauben könnte, was seine Augen ihm zeigten und er deshalb einen anderen Blickwinkel suchen müßte.

»Sir«, sagte ich, »fühlen Sie sich nicht wohl?«

»Warum setzt du mir so zu, Mary?« anwortete er mit heiserer Stimme.

»Wie meinen Sie das, Sir?« fragte ich.

»Die Dinge, die du sagst, und diese ernste, besonnene Art, die du hast, als ob du immer mehr meinst, als du sagst.«

Ich senkte den Blick und hatte dabei das Gefühl, ihn nie wieder ansehen zu können. Ich war so verwirrt, daß mein Mund ganz trokken wurde, und der Herr stand einfach so da, ohne sich zu bewegen, das Glas in der Luft.

»Es tut mir leid, Sir«, sagte ich, »wenn ich zu offen heraus war. Ich habe nur versucht, ehrlich zu sein und Ihnen so gut zu anworten, wie ich kann.«

Immer noch sagte der Herr nichts, und während ich dort stand und wartete, hörten wir das Geräusch von Regentropfen, die an die Fensterscheibe schlugen, ganz leise und wie von fern, so daß das Zimmer mit dem flackernden Feuer und den zugezogenen Vorhängen wie ein Zufluchtsort vor der kalten Dunkelheit war, die draußen herrschte.

»Wie viele Menschen wissen über dich Bescheid, Mary?« sagte er schließlich. »Wie viele wissen, woher du die Narben an deinen Händen hast?«

Ich versteckte meine Hände auf dem Rücken, so überrascht war ich, daß der Herr auf sie zu sprechen kam. »Nur Sie, Sir«, antwortete ich. »Es ist keine Geschichte, die ich gern erzähle.« Ich wollte noch hinzufügen, daß niemand sie hatte hören wollen, was mir als das eigentlich Erstaunliche erschien, aber der Herr sagte schon: »Ich dachte, du könntest nicht darüber sprechen. Deshalb habe ich dich gebeten, sie aufzuschreiben.«

»Ja, Sir«, erklärte ich. »Das stimmt auch.«

»Kann ich dir vertrauen, Mary?« fragte er. »Wie du mir vertraut hast?«

Ich dachte zuerst, der Herr wolle mir vielleicht etwas geben, was er über sein eigenes Leben geschrieben hatte, aber das kam mir gleich zu phantastisch vor, vor allem, da er so unsicher und nervös zu sein schien, mich zu fragen. »Ich hoffe, das können Sie, Sir«, sagte ich. »In allen Dingen.«

Er stellte sein Glas ab und sah mich noch einen Augenblick an, daß ich das Gefühl hatte, er versuchte, mein Innerstes zu lesen.

»Ja«, sagte er dann, »ich denke, das kann ich.« Damit ging er an seinen Schreibtisch und nahm einen Umschlag heraus, mit dem er mehrmals gegen seine andere Handfläche tippte, so als würde er immer noch abwägen, ob er ihn mir geben sollte oder nicht.

»Du hast diese Woche doch deinen halben freien Tag, nicht wahr, Mary?« fragte er, den Blick immer noch auf den Brief gerichtet.

»Ja, Sir«, antwortete ich. »Am Donnerstag.«

»Ich möchte, daß du diesen Brief für mich abgibst«, sagte er. »Er muß spätestens am Donnerstag persönlich abgeliefert werden. Und niemand darf davon wissen – nicht Mr. Poole, nicht Annie, verstehst du?«

»Ja, Sir«, erklärte ich.

Er hielt mir den Brief hin, aber ich war zu ängstlich, den Schritt zu machen und ihn zu nehmen, obwohl ich so neugierig darauf war, die

Adresse zu lesen, daß ich die Augen nicht davon abwenden konnte. Folglich standen wir einen Augenblick da, und es war ein unbeholfener Augenblick, dann überbrückte der Herr die Distanz zwischen uns, und ich streckte die Hand aus, ohne nachzudenken, vielleicht sogar, um ihn zurückzuhalten, doch als er wieder zurücktrat, lag der Brief in meiner Hand.
Der Herr sah mich gespannt an, als ich den Brief drehte und die Adresse las. Ich gab mir große Mühe, mir nicht anmerken zu lassen, was ich fühlte, denn ich wußte, wo die Adresse war, und ich fragte mich, wie es kam, daß der Herr so eine Straße überhaupt kannte. Kein Gentleman konnte in dieser Straße etwas zu tun haben, was seinen Namen nicht ruinieren würde, und daß der Brief an eine Mrs. Farraday gerichtet war, beunruhigte mich nur noch mehr. Woher konnte der Herr eine *Frau* kennen, die in einer solchen Straße lebte?
»Kannst du den Brief überbringen, Mary?« fragte er mit leiser Stimme.
Ich drehte den Brief erneut um, damit ich die Adresse nicht länger sehen mußte. Und dann, mit einem Gefühl, als ob der Brief mir die Finger verbrennen würde, wenn ich ihn noch länger festhielt, öffnete ich die Knöpfe an meinem Handgelenk und schob ihn in meinen Ärmel. »Ja, Sir«, sagte ich. »Das kann ich.«
»Du wirst keine Antwort erhalten, außer vielleicht ein ›Ja‹ oder ›Nein‹, und du kannst sie mir am Freitag geben, wenn du wieder zurück bist.«
»Ja, Sir«, sagte ich.
»Es geht um eine Angelegenheit, die für mich von einiger Bedeutung ist«, erklärte der Herr. »Ich muß mich völlig auf deine Loyalität verlassen können, Mary, und auf dein ...«, er zögerte, bis ich den Kopf hob und seinen ruhigen, steten Blick erwiderte, »... und auf dein Schweigen.«
»Bitte, Sir«, war alles, was ich herausbrachte.
»Dann bin ich beruhigt«, sagte er, »und brauche mir keine Sorgen

mehr zu machen.« Damit drehte er sich wieder zum Kamin um, während ich noch einen Augenblick stehenblieb und seinen Rücken ansah und seine Haare, die dicht und silbern und etwas zu lang für die Mode sind und sich über dem Kragen locken, und ich dachte, daß ich gerne eine Locke davon abgeschnitten hätte. Schockiert über meine eigenen, seltsamen Launen, die ich scheinbar nie werde kontrollieren können, ging ich hinaus und machte die Tür leise hinter mir zu.

Es ist spät, im Haus schläft alles, nur ich kann keine Ruhe finden. Stundenlang habe ich neben Annie gelegen und in die Dunkelheit gestarrt und Gedanken gehabt, die mich bitter und verwirrt gemacht haben. Schließlich stand ich auf und zündete die Kerze an, um mir, falls das überhaupt möglich ist, dadurch über die Dinge klar zu werden, daß ich sie aufschreibe. Der Mond ist voll und wirft ein weißes, kaltes Licht auf das Fensterbrett, an dem ich sitze. Draußen gibt es nicht viel zu sehen, nur die Rückseite des Nachbarhauses und ein kleines schwarzes Viereck voller Sterne.
Der Herr hat gut reden, daß er sich keine Sorgen mehr zu machen brauche, und bestimmt tut er das auch nicht, aber dafür liege ich schlaflos und empfinde nicht etwa Freude darüber, daß er mir vertraut und mich schätzt, sondern bin nervös und ängstlich. Der Brief liegt in meiner Kommode, in meinem zweiten Nachthemd versteckt, und dort muß er noch eine weitere Nacht bleiben, bevor ich die unschöne Aufgabe erledigen kann, ihn zu überbringen.
Nachdem ich den Herrn gestern abend verlassen hatte, sagte ich zu mir selbst, daß es sich bestimmt nur um eines der wohltätigen Werke handelt, die er so oft und gerne tut, und daß ich, sobald ich das Haus erreicht habe, sehen werde, daß es ein Leuchtturm der Ehrbarkeit inmitten der Finsternis von Armut und Schmutz ist, die es umgeben. Ich erinnerte mich sogar, daß es an dem Platz, auf den

die Straße führt, ein Haus gibt, das zum Teil von der Kirche geleitet wird (einer Kirche, die abends ihre Türen verschließen muß, solcher Art ist der Charakter der Gemeindemitglieder), ein Haus für heimatlose Kinder, in dem sie sich eine oder zwei Nächte ausruhen können, bis ein anderer Platz für sie gefunden ist. Aber ich weiß sehr wohl, daß diese Straße nur auf den Platz zuläuft, nicht jedoch an ihm liegt, also kann es nicht dasselbe Haus sein. Und selbst wenn es das wäre, wieso müßte der Herr dann so heimlich tun? Im allgemeinen ist es ihm doch eher recht, wenn bekannt wird, daß er zu jenen gehört, die sich um ihre weniger glücklichen Mitmenschen bemühen.

Nein, nichts an diesem Brief ist so, wie es sein sollte, und ich fürchte den Morgen, an dem ich ausgehen und ihn überbringen muß. Dennoch habe ich das Gefühl, der Herr hätte mich nicht darum gebeten, wenn es nicht, wie er es ausdrückte, eine Angelegenheit ›von einiger Bedeutung‹ für ihn wäre – von einer ganz beträchtlichen Bedeutung, möchte ich sagen –, und ich spüre auch, daß er großes Vertrauen in meinen Charakter und das Wohlwollen haben muß, das ich ihm entgegenbringe, wenn er mich, und nicht Mr. Poole, darum gebeten hat, diesen Gang für ihn zu erledigen.

Der Herr weiß doch, daß niemand ihm treuer ergeben sein könnte als Mr. Poole. Deshalb kann es nur einen Grund dafür geben, daß er mich ausgesucht hat, und der ist, daß es sich um eine Angelegenheit handelt, von der er nicht will, daß Mr. Poole davon erfährt, was mich wieder zu dem Gefühl zurückbringt, daß es etwas ist, mit dem kein anständiger Gentleman etwas zu tun haben sollte.

Wie sehr es mich bedrückt, daß ich nur wegen dem, was der Herr über mich weiß, als diejenige ausgewählt worden bin, die sein wie auch immer geartetes schmerzliches Geheimnis am ehesten wahren wird.

Nun liegt der unglückselige Botengang hinter mir, und ich hoffe von Herzen, daß ich nie wieder einen ähnlichen unternehmen muß. Als ich wieder in meinem kleinen Zimmer unter dem Dach unseres schönen Hauses war, hatte ich das Gefühl, nach einer langen Reise durch die Unterwelt ins helle Licht des Tages zu treten.

Ich stand früh auf und erledigte meine Morgenarbeiten in aller Eile, wie ich es an meinen halben Tagen immer tue, damit ich am nächsten Tag nicht im Rückstand bin. Ich trug Kohlen ins Haus, wischte Staub, zog das Bett des Herrn ab, wendete die Matratze, fegte den Teppich mit Teeblättern, räumte das Zimmer auf und konnte sogar noch im Salon Staub wischen und das Kamingitter polieren. Dann trug ich zwei Eimer Wasser herein und wusch mich am Herd in der Küche, was ich normalerweise sehr gerne tue, und Köchin saß dabei und unterhielt sich mit mir. Aber sie fragte mich natürlich auch dieses Mal, was für Pläne ich hätte, und so mußte ich lügen und sagen, ich würde mich nach Stoff für einen neuen Mantel umsehen, weil mein wollener für die Jahreszeit zu warm wäre, und daß ich dann in den Regent's Park gehen würde, wie ich es an meinen halben Tagen immer tue, egal ob es regnet oder die Sonne scheint, um mir die Rosen anzusehen und mit dem Gärtner zu plaudern, einem freundlichen, alten Mann vom Land, der Mr. Tott heißt und immer nach mir Ausschau hält und mir von den Rosen erzählt. Das Herz tat mir weh, weil ich Köchin anlügen mußte, und der Gedanke an mein wirkliches Vorhaben bedrückte mich so, daß ich die Lüge kaum über die Lippen brachte, aber Köchin schien es ganz zufrieden zu sein und wünschte mir einen schönen Nachmittag. Dann zog ich, wie ich es immer tue, meine gute Krinoline, das bedruckte Kleid, die Haube und die Handschuhe an, und als ich in meinen Mantel schlüpfte, dachte ich, daß es eigentlich eine Verschwendung war, in diesen Kleidern, die mir für gewöhnlich ein so festliches und fröhliches Gefühl geben, zu einem Botengang auszugehen, der mir schier das Herz brach. Ich hatte den Brief schon am

Morgen in meine Manteltasche gesteckt, und so verließ ich rasch das Haus und wünschte mir mehr als alles auf der Welt, es wären tatsächlich ein Stück Stoff und ein Spaziergang im Park, zu denen ich unterwegs war.

Ich fuhr zum St. James's Park, um wenigstens einen Teil des Weges durch einen stillen, grünen Ort zu gehen, der auf dem Hinweg meine Entschlossenheit festigen und auf dem Rückweg meine Stimmung aufmuntern sollte. Das Wetter war grau und regnerisch, wenn auch nicht kalt, und viele Menschen waren unterwegs und genossen das wenige an frischer Luft, das sie bekommen konnten. Vom Park war es noch ein weiter Weg durch eine dichte, bunt gedrängte Menge von Leuten, die ihre Einkäufe erledigten, von Kutschen, die an mir vorbeirasten und deren Fahrer jeden anschrien, der tollkühn genug war, die Straße überqueren zu wollen, und schweißigen Pferden mit wilden Augen, die wegen ihrer Scheuklappen weder nach rechts noch nach links sehen konnten und von der Peitsche und dem wilden Donnern ihrer eigenen Hufe vorwärts getrieben wurden, was ein trauriger und beängstigender Anblick war. Ich hielt mich dicht an den Häusern und bewegte mich vorsichtig und wurde doch ständig von Leuten angerempelt, die sich um die Marktstände drängten. Dann aber, als ob ich eine Trennlinie oder Grenze überschritten hätte, hörten der Lärm und der Verkehr plötzlich auf, die Straßen wurden enger, und alles um mich herum war dunkel und gewöhnlich – niedrige Türen, lampenlos und schmutzig, viele von ihnen offen, und davor die armseligen Bewohner, die entweder auf den Stufen oder mitten im Schmutz der Straße hockten. Überall waren Kinder; sie drängten sich in Torwegen, sammelten sich an den Straßenecken, schlängelten sich allein oder zu zweit zwischen den Passanten auf dem Bürgersteig hindurch, ein Auge immer auf der Suche nach einer Tasche, die sich als freigiebig oder unbewacht erweisen könnte – gerissene, spitzgesichtige, blasse, halb verhungerte, boshafte Kinder ohne ein Zuhause, in das sie zurückgehen könnten, und ohne einen Menschen, der sich sorgen würde, wenn er sie nie wieder zu sehen oder zu hören bekam. An einer Ecke lief ich an einem ernst dreinschauenden Mädchen vorbei, dessen Revier die Kreuzung war und das mit süßer, trauriger Stimme um einen Penny bettelte. Ich griff in meine Manteltasche und fand einen, den ich der Kleinen, als wir die andere Straßenseite erreicht hatten, in die ausgestreckte Hand drückte. Sie sah mich kaum an, sondern schloß die weißen Finger fest um die Münze – sicher die erste, die sie an diesem Tag gesehen hatte –, drehte sich um und fing an, einen jungen Rüpel zu beschimpfen, der mich in seiner Hast, den wie auch immer gearteten üblen Geschäften nachzugehen, die er im Kopf hatte, fast umgerannt hätte. Ich blieb stehen, schaute noch einmal zu der Kleinen zurück, und sah mich selbst in dem hoffnungsvollen, traurigen Gesicht – bloß daß ich mehr Glück gehabt hatte als sie, denn meine Marm hatte mir immerhin ein Zuhause gegeben, so gut sie eben konnte, und mich nicht auf die Straße geschickt. Aber schließlich besaß ich keine Brüder und Schwestern, die auch gefüttert werden mußten, und als ich das Glück hatte, eine Schule besuchen zu dürfen, fand ich noch die Kraft, unseren armen Lehrern, die fast genauso verhungert waren wie wir, wenigstens ein bißchen Wissen abzutrotzen.

Das hier waren nicht die Straßen, in denen ich meine Kindheit verbracht hatte, obwohl sie es hätten sein können und ihnen bald ähnlich genug sehen werden, je mehr die ärmlichen Häuser unter der Last viel zu vieler Menschen nachgeben. Schon als Kind schien es mir, daß das, was Orte wie diesen hier so böse werden ließ, nicht so sehr die Tatsache war, daß sie schmutzig, überfüllt, häßlich und halb zerfallen waren, sondern daß die Menschen, die in ihnen leben, genau wissen, daß es Orte sind, an denen keine Regeln gelten, und so tun sie einfach, wonach ihnen zumute ist. Würde man die besseren Kreise an so einen Ort bringen und sagen, sie müßten hier leben, wüßten sie nicht, wie sie das anstellen sollten.

Ich eilte mit gesenktem Blick weiter und hatte dabei das Gefühl, vom dumpfen Sog einer Traurigkeit bewegt zu werden, die aus meiner Kindheit stammte, nun jedoch an diesen Botengang geknüpft war, an den ich nicht ohne Schaudern denken konnte. Noch einmal versuchte ich, mir einzureden, daß es sich bestimmt um einen guten Zweck handelte, den der Herr ersonnen hatte, um das Elend rund um mich herum durch ein wenig Essen, ein Bett oder ein Buch zu lindern, aber obwohl ich mir gut zuredete, konnte ich es nicht glauben. Hier und da waren Häuserfronten zu sehen, die einen besseren Eindruck machten als ihre Nachbarn – zwar weder sauber noch einladend, aber auch nicht ganz so heruntergekommen und von jeder nur erdenklichen Spur des Verfalls und der Verzweiflung gezeichnet –, und zu guter Letzt fand ich mich vor einem solchen Haus wieder; es trug die Nummer, die der Herr auf seinem Brief angegeben hatte.

Eine Stufe trennte die Tür vom Schmutz der Straße, und ich hob meine Röcke an und stellte mich darauf. Da ich weder einen Klopfer noch eine Klingel finden konnte, hämmerte ich zweimal mit der Faust gegen das Holz und wartete. Nichts geschah, und so hämmerte ich noch einmal. Darauf hörte ich eine Bewegung, das Rascheln von Röcken und schnelle Schritte. Einen Augenblick später wurde die Tür geöffnet, und ich sah mich den kalten, harten, gierigen Augen einer Frau gegenüber, für die jedes neue Gesicht nur Anlaß für Mißtrauen und Verachtung zu sein schien. Sie war groß und nicht unbedingt gut gekleidet, aber auch nicht in den ärmlichen Lumpen ihrer Nachbarn auf der Straße, und ihre Haare, die drahtig, silbergrau und unordentlich waren, schienen sich wie im Zorn zu sträuben. Ihr Kleid war sauber, für den Vormittag aber zu weit ausgeschnitten, und die Knochen, die an ihrem Hals vorstanden, wo eine vornehme Dame vielleicht ein Medaillon an einem Stückchen Band getragen hätte, sahen ebenso spitz und zornig aus wie alles andere an ihr. Als sie den Mund öffnete, um zu sprechen, klang ihre Stimme heiser und ihre Aussprache barsch, als ob sie die Worte hassen würde, die über ihre Lippen kamen.

»Na, was haben wir denn da für ein feines junges Fräulein?«, krächzte sie. »Bist wohl gerade auf die Straße gesetzt geworden, wenn mich nicht alles täuscht, weil du das Silber geklaut hast, oder war es der Brandy, Kleines?«

»Ich suche eine Mrs. Farraday«, sagte ich.

»Du hast sie gefunden«, lautete die kurze Antwort.

Ich zog den Brief aus meinem Ärmel, und meine Hände zitterten so sehr, daß ich die Knöpfe kaum aufbekam, und während ich mich noch mit ihnen abmühte, erklärte ich der Frau mein Anliegen und wünschte mir von Herzen, die Angelegenheit wäre bereits erledigt und ich selbst weit, weit fort. »Ich habe einen Brief von Dr. Jekyll«, sagte ich. »Er hat mich gebeten, ihn Ihnen zu überbringen und auf Ihre Antwort zu warten, die Sie mir direkt und mündlich geben können.« Damit zog ich den Brief hervor. Noch ehe ich ihn ihr geben konnte, hatte sie ihn mir schon aus der Hand gerissen und das Siegel erbrochen. »Und was will Harry Jekyll heute von Mrs. Farraday?« fragte sie, zog ein Blatt Papier aus dem Umschlag, entnahm ihm zwei Banknoten, die sie so flink in den Ausschnitt ihres Kleides gleiten ließ, daß ich die Summe nicht erkennen konnte, und überflog den Brief mit hochgezogenen Augenbrauen und einem selbstgefälligen Lächeln auf den Lippen. Ich war schockiert darüber, mit welcher Vertrautheit sie den Namen des Herrn im Mund führte, und empfand einen derartigen Widerwillen gegen sie, daß ich ein Stück zurücktrat und versuchte, meine Gedanken dadurch abzulenken, daß ich mich fragte, wie es wohl kommen mochte, daß eine Frau wie sie lesen konnte.

»Hab' ich mir doch gleich gedacht, daß es so etwas sein würde«, sagte sie nach einer Weile, wobei sie mich von oben bis unten ansah, als wäre ich eine Komplizin.

»Es tut mir leid, aber ich weiß überhaupt nicht, worum es geht«, sagte ich.

»Dann sei froh, Kleines«, antwortete sie. »Ich wünschte, ich wüßte auch nichts von so einem, wie er mir hier geschickt wird.«

Ich schwieg, während sie den Brief zu Ende las, wobei sie gelegent-

lich ein Zischen von sich gab wie eine Schlange, die eine Maus gefunden hat, und mir über das Blatt Papier hinweg schnelle, funkelnde Blicke zuwarf. »Die Bedingungen sind akzeptabel«, erklärte sie schließlich. »Eines muß man Harry Jekyll lassen: Er weiß, daß alles seinen Preis hat.«
»Dann lautet Ihre Antwort also ›ja‹?« war alles, was ich hervorbrachte.
Sie faltete das Papier zusammen, stopfte es in den Umschlag zurück und steckte es zu den Banknoten in ihrem Busen, wobei sie mich auf eine so abstoßend selbstgefällige Art anlächelte, daß ich mich in meinen Kleidern immer kleiner machte vor lauter Angst, sie könnte mich gleich berühren.
»Wie unschuldig du aussiehst«, sagte sie schließlich. »Und wie kühl du bist. Und stolz noch dazu, möchte ich wetten. Aber das wird dir mit der Zeit schon vergehen.«
Ich schwieg, erwiderte ihren beleidigenden Blick jedoch mit Augen, in die ich eine solche Vielfalt von Gefühlen hineinlegte, daß sie davon ziemlich ernüchtert wurde, denn sie verlor anscheinend das Interesse daran, mich zu verspotten, und sagte nur: »Du kannst deinem Herrn erklären, daß ich eine Woche brauchen werde, um das Haus freizumachen, denn schließlich kann ich keinen auf die Straße setzen, der die Miete schon bezahlt hat. Und dann brauche ich noch eine Woche, um die« – sie zögerte über dem Wort – »die Veränderungen vorzunehmen, die er wünscht.«
»Gut«, erwiderte ich, war über ihre Antwort aber so verwirrt, daß ich einen Augenblick darüber nachdenken mußte. »Dann sage ich ihm, daß Ihre Antwort ›ja‹ lautet, ›in zwei Wochen‹.«
»Sag ihm, was du willst«, antwortete sie. »Und richte ihm aus, Mrs. Farraday läßt ihm dazu gratulieren, daß er sich so ein eingebildetes, verlogenes kleines Milchgesicht als Botin ausgesucht hat, und wenn er das nächste Mal etwas von mir will, soll er gefälligst selber kommen. Es wird ihm schon kein Zacken aus der Krone fallen.« Damit schlug sie mir die Tür vor der Nase zu, und mir war

ganz schwindlig vor Erleichterung, weil ich dachte, jetzt wäre alles vorbei und ich könnte den Rest meines Lebens leben, ohne noch einmal mit einer solchen Frau an solch einem Ort in der Tür stehen zu müssen.
Ich drehte mich um und lief die geschäftige Straße entlang, ohne nach rechts oder links zu sehen, den Blick stur geradeaus gerichtet, und wünschte mir nur, wieder zu Hause in meinem stillen Zimmer zu sein, wo ich am besten darüber nachdenken konnte, was diese merkwürdige Geschichte bedeuten mochte.

Heute morgen war ich früh auf den Beinen – überhaupt habe ich die ganze Nacht schlecht geschlafen, bestimmt wegen der Last der Schuld, die ich wegen meines Botengangs von gestern empfinde, obwohl es eigentlich nicht meine eigene ist, sondern vielmehr die Schuld des Herrn, denn schließlich ist es meine Pflicht zu tun, was er verlangt. Aber es *war* mein halber Tag, und ich hätte durchaus das Recht gehabt, mich zu weigern, obwohl mir diese Möglichkeit keinen Augenblick in den Sinn gekommen war, erst hinterher, als alles vorbei war. Ich zog mich an und ging hinunter in die Küche, hoffend, schon bei der Arbeit zu sein, wenn Köchin herunterkam, aber natürlich war sie bereits da und fragte mich sofort, wie mein Tag gewesen sei und ob ich den Stoff für den Mantel gefunden hätte, und so mußte ich meinen Tee trinken und ihr vorlügen, daß ich erst in diesen Laden gegangen war und dann in jenen und daß mir nichts so richtig gefallen hätte. Es fällt mir nicht leicht zu lügen, und ich kann es nicht gut, und so hatte ich das Gefühl, daß Köchin mich merkwürdig ansah, und ich merkte, daß ich vor lauter Verlegenheit rot wurde. Aber dann kam Mr. Poole herein und sagte, der Herr sei die ganze Nacht in seinem Laboratorium gewesen und eben erst ins Haus gekommen, und er hätte gerne sein Frühstück und ein Feuer – und dann seine Ruhe, da er bis zum Mittagessen schlafen wolle, weil er so erschöpft sei. Köchin machte sich an ihren Pfannen zu schaffen, und ich zog Haube und Schürze an und war dankbar für die Gelegenheit, meine Antwort schon so früh loswerden zu können. Mr. Bradshaw kam herein, und er und Mr. Poole setzten sich an den Tisch, um auf ihr eigenes Frühstück zu warten. »Dann gehe ich jetzt Feuer machen«, sagte ich und hatte dabei das Gefühl, überall um mich herum Mißbilligung zu spüren, obwohl das wahrscheinlich nur meine Einbildung war, da ich schließlich nichts getan hatte, was ungewöhnlich gewesen wäre.

Ich ging die Treppe hinauf und klopfte an die Tür des Herrn. Er rief mich herein, und ich fand ihn, wie ich es erwartet hatte, im Morgenrock auf dem Bett liegend. »Ich bin gekommen, um Feuer zu machen«, erklärte ich, und er sagte nur: »Ja, gut«, und so machte ich mich sofort und ohne ihn richtig anzusehen an die Arbeit. Mein Herz klopfte, als ob ich etwas zu befürchten hätte, und im Geiste ging ich immer wieder die Sätze durch, mit denen ich antworten wollte, wenn er mich fragte, wie es mir auf meinem Botengang ergangen war und was Mrs. Farraday gesagt hatte, Sätze, die ihm zeigen würden, wie unbehaglich und traurig mir zumute war, damit er mir alles erklären und mich beruhigen könnte.

Als ich aufstand und mich zu ihm umdrehte, sah ich, daß der Herr sich in die Kissen zurückgelehnt und die Augen geschlossen hatte. Er sah aus wie ein Toter, blaß und mit eingefallenen Wangen, und ich war verzweifelt, weil ich wußte, daß ich jetzt nichts zu ihm sagen konnte, und so blieb ich am Fußende des Betts stehen und schaute ihn unschlüssig an.

Seine Augenlider flackerten, und er sah, daß ich an seinem Bett stand, schien jedoch zu schwach zu sein, um mich richtig wahrnehmen zu können; er machte die Augen wieder zu und drehte den Kopf zur Seite. Ich dachte schon, daß mir nichts anderes übrigbleiben würde, als zu gehen und zu einem späteren Zeitpunkt mit ihm zu sprechen, aber gerade als ich meinen Entschluß gefaßt hatte, sagte er, immer noch ohne mich anzusehen: »Hast du meinen Brief überbringen können, Mary?«

»Ja, Sir«, sagte ich.

»Und die Antwort?«

Mein armer Kopf fühlte sich an, als ob er platzen wollte, und ich wußte, daß ich keinen der Sätze sagen konnte, die ich mir so sorgfältig zurechtgelegt hatte. Ich brachte es nicht einmal über mich, den Namen der Frau auszusprechen, und erst recht konnte ich nicht sagen, wie erschrocken und besorgt ich gewesen war, weil sie so unehrerbietig von ihm gesprochen und so unhöflich mit mir geredet hatte, nur weil sie wußte, daß ich etwas mit ihm und seinem Haus zu tun hatte, und ich hörte mich sagen: »Ihre Antwort lautet ›ja‹, Sir, aber sie sagt, Sie müssen zwei Wochen warten.«

Der Herr seufzte.

»Gut«, erwiderte er dann. »Es soll mir recht sein.«

Er drehte sich nicht zu mir um und öffnete nicht einmal die Augen, und da er halb zu schlafen schien, ging ich hinaus.

Auf der Treppe fühlte ich mich so müde und erschöpft, als hätte ich den ganzen Tag gearbeitet, statt, wie es nach meinem halben Tag eigentlich sein sollte, ausgeruht und willens zu sein, einen ganzen Palast auf Hochglanz zu polieren, sollte sich die Gelegenheit dazu ergeben. Köchin war gerade mit den Eiern und dem Speck fertig, und ich nahm meinen Teller und setzte mich neben Mr. Bradshaw, der in sehr fröhlicher Laune war und mich mit »dem jungen Mann« im Park neckte, mit dem ich meinen halben Tag ja auf sehr »anstrengende« Weise verbracht haben müßte, wie er es ausdrückte, denn seiner Meinung nach sähe ich recht erschöpft aus.

Ich hob den Kopf von meinem Teller und sagte so inbrünstig: »Mr. Bradshaw, ich wäre froh, Sie hätten recht«, daß wir alle lachen mußten.

Zwei Wochen sind vergangen, seit ich das letzte Mal geschrieben habe, und heute morgen mußte ich daran denken, daß heute der Tag ist, an dem die Abmachung zwischen dem Herrn und Mrs. Farraday in Kraft tritt. Ich habe viele Stunden damit verbracht, mir zu überlegen, um was es sich bei dieser Abmachung handeln könnte, und ich glaube, ich muß eine ganz gehörige Portion Phantasie besitzen, wenn ich bedenke, wie viele Geschichten mir eingefallen sind. Manche davon machen dem Herrn alle Ehre, bei anderen bin ich entsetzt darüber, daß es sie in meinem Kopf überhaupt gibt. Es geht mir gar nicht gut, und ich bin der ganzen Sache schrecklich müde. Der Herr ist viel beschäftigt, entweder in seinem Laboratorium oder mit Besuchen, oder er empfängt Gäste, und wenn ich, was selten genug vorkommt, mit ihm in einem Zimmer bin, scheint er zu denken, daß alles so ist, wie es immer war. Ich gebe mir Mühe, das ebenfalls zu glauben, und verrichte meine Arbeit mit dem besten Willen, aber ich kann es nicht glauben, ganz gleich wie sehr ich es versuche.
Ich denke mir, daß der Herr in jenem Haus Zimmer angemietet hat, oder vielleicht sogar das ganze Haus, und zwar für einen anderen Mann, den Mrs. Farraday (falls das wirklich ihr Name ist, denn in meinen schlimmsten Augenblicken zweifle ich an allem) kennt, für den sie aber keine Vorliebe empfindet.
Das einzige, was meine Stimmung ein wenig aufheitert, ist die Arbeit im Garten. Ein paarmal ist es Köchin und mir gelungen, uns am frühen Morgen eine Stunde freizumachen, oder auch am späten Nachmittag, jetzt, da die Tage doch so lang sind, und viele unserer Pflanzen stecken die Köpfe schon aus der Erde. Selbst eine Stunde Arbeit kann jetzt bereits einen großen Unterschied ausmachen. Das Wetter ist grau, viel zu kalt und zu naß für die Jahreszeit, der kälteste Sommer seit langem, aber unsere Kräuter und Blumen scheinen trotzdem zu gedeihen. Wir haben zwei Sorten Petersilie – eine krause, von der Köchin sagt, sie werde sie zum Garnieren nehmen, und eine mit glatten Blättern zum Kochen –, Rosmarin und

Thymian und Minze – eine schier unverwüstliche Pflanze, die unter der Erde wandert und an einer ganz anderen Stelle, die gar nicht für sie bestimmt war, wieder an die Oberfläche kommt, was, wie Köchin sagt, das Ärgerliche an ihr ist, denn wenn wir uns nicht darum kümmern würden, wäre der ganze Garten im Nu mit Minze zugewachsen –, Salbei, Knoblauch und Ringelblumen, um Käfer fernzuhalten, eine Reihe mit Stiefmütterchen, die noch nicht blühen, und eine Reihe mit Mohn, der gerade kommt und so zart aussieht, daß ich fürchte, es wird nichts aus ihm werden, sowie zwei Randeinfassungen, eine mit Lavendel und eine mit Fingerhut. In der Mitte hat Köchin Platz gelassen für einen Buchsbaum, nach dem sie, wie sie sagt, als Geschenk für mich Ausschau hält, weil Buchsbaum eine gute Heirat bringt.

Noch ist nichts von alldem groß genug, um geerntet zu werden, aber man sieht schon, wie es einmal aussehen wird. Wir sind ständig dabei, zu gießen und zu zupfen und Unkraut zu jäten, worin Köchin mich anleitet.

Manchmal, wenn ich nicht soviel zu tun habe, gehe ich nach dem Abendessen ein wenig hinaus und sehe mir den Garten an und atme den Duft der Kräuter ein, den die feuchte Luft zu einem Ganzen zu vermischen scheint, obwohl ich denke, daß ich alle Kräuter herausfinden könnte, wenn ich es versuchen würde. Als ich gestern so stand und mir dachte, daß es zu manchen Zeiten wirklich ein Segen ist, daß wir eine Nase haben, obwohl man sie zu anderen am liebsten verschließen würde, wie wir es mit unseren Augen tun, wenn wir etwas nicht sehen wollen, hörte ich den Herrn durch den überdachten Durchgang gehen, der auf die Seitenstraße führt. Ich wußte, daß es der Herr sein mußte, weil der Durchgang außer der Tür zur Straße nur noch eine andere Tür hat, die in den alten Anatomiesaal führt, aber die Schritte klangen nicht wie die des Herrn, sondern schwerer und unregelmäßiger, so als ob er den einen Fuß ein wenig nachziehen würde. Aber es kann nur der Herr gewesen sein, und meine Ohren müssen mich getäuscht oder die Steinplatten

im Durchgang das Geräusch verzerrt haben. Auf jeden Fall ging er am Anatomiesaal entlang, schloß die Tür zur Straße auf und trat hinaus.
Wieso war ich darüber bloß so überrascht, und wieso war ich so bedrückt bei dem Gedanken, daß der Herr in seinem eigenen Haus kommt und geht, ohne daß wir immer darüber Bescheid wissen? Zudem wäre es wirklich unnötige Mühe und ein unnötiger Umweg, über den Hof und durch das Haus zur Vordertür zu gehen, wo der andere Ausgang doch so viel bequemer zu erreichen ist.
Aber, dachte ich, wie oft glauben wir, daß der Herr in seinem Laboratorium ist und nicht gestört werden darf, und dabei ist er vielleicht gar nicht da?
Ich blieb stehen und lauschte, aber sonst waren keine Geräusche zu hören, und dann fing es leicht an zu regnen, und das Plätschern schien meinen Kopf so anzufüllen, daß ich mich nicht bewegen konnte. Ich hoffte, daß der Herr daran gedacht hatte, seinen Schirm mitzunehmen – ein törichter Gedanke, aber er schien mir wichtig zu sein, und ich wiederholte ihn immer wieder, als ob das Denken daran den Schirm in die Hand des Herrn zaubern könnte. Und dabei wurde ich selbst ganz naß, aber das machte mir nichts. Ich sah auf meine Hände hinunter, die ich, ganz gleich wie oft ich sie schrubbe, nie richtig sauber bekomme und in denen ich in letzter Zeit, da das Wetter so merkwürdig ist, dauernd Stiche und Schmerzen habe, die sich anfühlen wie pochende Herzen, und ich dachte an den Abend, der schon so lange zurückzuliegen scheint, an dem der Herr meine Hände in die seinen nahm und sie im Lampenlicht betrachtete, und daran, wie scheu und verlegen ich war, aber auch, ich kann es nicht leugnen, froh darüber, daß er von mir Notiz genommen hatte und sich für mich interessierte.
Während ich noch diesen traurigen Gedanken nachhing, steckte Mr. Poole den Kopf durch die Küchentür und rief meinen Namen. »Mary! Hast du nicht mehr Verstand, als draußen im Regen zu stehen und zu träumen?« Also ging ich hinein und überlegte mir da-

bei, was für einen Eindruck Mr. Poole wohl von mir haben muß, der nichts über mich weiß, und über unseren Herrn vielleicht weniger, als er je vermuten würde.

Heute morgen war ich dabei, den Tisch im Salon zu polieren, um genau zu sein, kniete ich darunter, um die Beine zu machen, die auf großen, geschnitzten Tierfüßen stehen, von denen ich gerne denke, daß es Löwenklauen sind, als der Herr unerwartet und in großer Eile hereinkam, sich auf ein Sofa warf, die langen Beine von sich streckte und einen tiefen Seufzer ausstieß, als ob er am Ende eines Kampfes angelangt wäre. Dann sah er mich, oder vielmehr meinen Rücken, und sagte: »Mary, gut, daß du da bist. Das hier mußt du unbedingt hören!«
Und so mußte ich unter dem Tisch hervorrutschen und mich zu ihm umdrehen, und ich dachte, daß es keinen guten Eindruck machen würde, wenn ich aufstand, weil der Herr doch fast lag, und so setzte ich mich auf die Fersen und antwortete: »Ja, Sir.«
»Es ist mir unbegreiflich«, fuhr er fort, »aber sie wollen meine Schule schließen.«
»Es tut mir leid, das zu hören«, sagte ich.
»Die Direktoren sind der Meinung, daß es ein gefährlicher Zeitvertreib sei, den Armen Bildung zu geben.«
»Ich verstehe nicht, wie das der Fall sein sollte«, erwiderte ich.
»Anscheinend hat die Schule zweien unserer Schüler nichts Gutes gebracht, obwohl man nicht sagen kann, daß sie nicht von ihr profitiert hätten, denn sie haben sich bis zum Hilfslehrer emporgearbeitet und ihre Stellung dann dazu benutzt, sich mit dem ganzen Schulgeld, das sie in die Finger bekommen konnten, aus dem Staub zu machen.« Hier lachte der Herr auf und drehte die Augen zur Decke, als hätte er noch nie etwas so Lächerliches gehört.
»Es tut mir leid, Sir«, sagte ich, »wenn Ihre Freunde deswegen das

Gefühl haben, daß ihre Bemühungen ein böses Ende genommen hätten.«
»Sie meinen, das einzige, was wir erreicht haben, sei, Taschendieben beizubringen, wie man Betrügereien begeht.«
»Aber sie müssen doch damit gerechnet haben, daß so etwas immer einmal vorkommt, Sir«, erklärte ich.
»Genau das habe ich auch gesagt. Natürlich kann es nicht ausbleiben, daß der eine oder andere auf dem Weg verlorengeht, aber wieso sollte das zu der Schlußfolgerung führen, daß wir das ganze Unternehmen aufgeben müssen? Übrigens habe ich dich als Beispiel für eine Schülerin angeführt, die unsere Schule durchlaufen hat, ohne daß ihr die moralischen Werte verloren gegangen wären. Ich habe ihnen gesagt, mein Hausmädchen kann so gut lesen und schreiben wie jeder einzelne von euch und hat wahrscheinlich ein ausgeprägteres Verständnis für Recht, Ordnung und Moral, als ihr alle zusammen es zu haben scheint.«
Ich wurde rot und stotterte: »Sie schmeicheln mir, Sir.«
»Nein, Mary, das tue ich nicht, und du würdest mir recht geben, wenn du dich nur fünf Minuten mit diesen Narren unterhalten müßtest. Zum Beispiel hat Littleton, dessen Name gewiß eine zutreffende Beschreibung der Größe und Dichte seines Gehirns ist, erklärt, was ihn persönlich anginge, so bräuchte ein Hausmädchen überhaupt keinen Sinn für Moral haben – und die ganze Bande von Eseln hat eine volle Minute lang laut und schallend gewiehert.«
»Es tut mir leid, das zu hören, Sir«, sagte ich.
»Ich bin nicht so naiv zu glauben, daß wir die Probleme der Welt nur mit Hilfe einer Schule lösen werden, aber wir haben nun einmal die Verpflichtung, Leiden zu mildern, wo immer wir können. Und Unwissen ist auch Leiden, auch wenn die armen Kreaturen, die vor unsere Türen gespült werden, es vielleicht nicht wissen. Jede Schule muß allein durch ihre Existenz eine Macht des Guten sein.«

Ich lächelte, sowohl über die Hitzigkeit der Rede des Herrn, als auch über den seltsamen Gedanken, auf den er mich gebracht hatte.

»Wieso lächelst du, Mary?« fragte er sofort. »Habe ich unrecht? Sprich ganz offen.«

»Ich habe nur gedacht, daß es niemals so etwas wie eine ›Macht des Guten‹ geben kann, Sir«, sagte ich. »Auch wenn es noch so schade ist.«

Der Herr riß die Augen weit auf und protestierte. »Aber Mary, ich versuche doch gerade, so eine Macht zu sein.«

»Genau das ist es ja, Sir«, erwiderte ich. »Das Gute ist etwas, das immer versucht werden will, weil es nämlich Mühe bedeutet und uns nicht einfach zufällt, während das Übel von ganz alleine kommt. Und außerdem scheint mir, daß die beiden Worte nicht zueinander passen, weil Macht nie etwas anderes als das Böse erzeugen kann.«

Der Herr dachte über meine Worte nach. »Das ist eine finstere Sichtweise, Mary. Wenn sie wahr wäre, müßten wir an unseren Bemühungen verzweifeln – hätte es keinen Sinn, sich überhaupt zu bemühen.«

»Oh, mir scheint es, Sir«, sagte ich rasch, »daß es auf keinen Fall etwas schaden kann, es zu versuchen. Ihre beiden Schüler sind ja, wenn man es genau nimmt, nicht schlimmer geworden, nur weil sie gelernt haben, eine Schule statt einer Tasche zu berauben.«

Der Herr lächelte. »Und mir scheint es, Mary, daß es viele Menschen gibt, denen es nicht schwerfällt, gut zu sein. Dich zum Beispiel.«

»Sein und tun ist etwas anderes, Sir«, antwortete ich. »Ich habe nicht den Wunsch, anderen Menschen Schmerz und Leid zuzufügen, wie so manche es tun – wenn es das ist, was Sie meinen. Aber wenn es darum geht, Gutes zu *tun*, so muß ich gestehen, daß ich keinen Gedanken darauf verwende. Ich denke nur daran, das zu tun, was ich tun muß, um so zu bleiben, wie ich bin.«

»Und das *ist* gut«, sagte der Herr, als ob es ein Kompliment wäre.

Aber mir kam eine Antwort auf die Lippen, von der ich wußte, daß der Herr sie verstehen würde wie vielleicht kein anderer.

»Nein, Sir«, sagte ich. »Es ist *sicher.*«

Der Herr beugte sich vor, stützte das Kinn in eine Hand und sah mich mit einem so langen und verständnisvollen Blick an, daß Worte überflüssig waren. Und nur weil wir schwiegen, hörten wir Mr. Pooles Schritte durch die Halle kommen, denn er geht wie ein Geist und taucht oft so plötzlich in einer Tür auf, daß man meinen könnte, er wäre den Bodendielen entsprungen. Der Herr und ich tauschten einen warnenden Blick, denn wenn Mr. Poole sah, daß ich auf den Fersen hockte und mit dem Herrn redete, würde er sehr ungehalten sein, und das wußte der Herr ebensogut wie ich. Also drehte ich mich schnell um und beschäftigte mich wieder mit meinen Löwenklauen, und der Herr lehnte sich behaglich im Sofa zurück. Im nächsten Augenblick steckte Mr. Poole den Kopf durch die Tür, schien überrascht, den Herrn zu sehen, und sagte: »Oh, Sir, ich wußte gar nicht, daß Sie schon zurück sind.«

Es ist sehr spät.

Ich bin müde, weiß aber, daß ich bestimmt nicht schlafen kann, bevor ich meine armen Gefühle nicht enträtselt habe, die den ganzen Tag über in einem schrecklichen Durcheinander waren, so daß in meinem Kopf ein ganzer Chor von Stimmen herrscht, die alle gehört werden wollen. Wenn der Herr guter Dinge und freundlich zu mir ist, so wie er es heute war, und mich nach meiner Meinung fragt und mir zuhört, wie mir noch nie jemand zugehört hat, dann fliegt die ganze Traurigkeit, die ich fühle, plötzlich davon wie ein Vogel und fällt ganz und gar von mir ab, und ich empfinde ein solches Hochgefühl, wie es wahrscheinlich nur wenige in diesem Leben je kennenlernen. Und obwohl ich mir selbst sage, daß dies alles überhaupt nichts zu bedeuten hat, daß er nur ein Gentleman ist, der mangels eines besseren Zeitvertreibs ein wenig mit seinem Hausmädchen schwatzt, glaube ich es nicht, will es nicht glauben, sondern antworte mir: Nein, es ist *meine* Gesellschaft, die er wünscht, und nicht irgendeine andere! Wenn er mit mir darüber spricht, daß man Gutes tun muß und daß seine Bemühungen von jenen blockiert werden, die nur an Geld und Prestige denken, dann erscheint mir meine Sorge über den Botengang nach Soho und mein Mißtrauen dieser Frau gegenüber, die er sich als Helferin ausgesucht hat, als die schlimmste Ausgeburt meines mißtrauischen Hirns, und ich frage mich, wie ich auch nur denken konnte, daß der Herr andere als gute Absichten haben könnte oder er mir eine Erklärung schuldig sei. Dann schäme ich mich über mich selbst und nehme mir vor, meinen Platz so zu akzeptieren, wie der Herr ihn für mich bestimmt, und nicht so, wie ich ihn vielleicht gerne haben möchte. Wenn er sagt, daß er Vertrauen zu mir hat, und mir *zeigt*, daß er mir mehr als irgend jemand sonst in diesem Haus vertraut, dann schöpfe ich neuen Mut und freue mich darüber, daß ich ihm von Nutzen sein kann und denke, daß ich dieses Vertrauen wahren muß und meine Pflicht offensichtlich ist; und doch ist da auch eine andere Stimme, die immer wieder sagt, daß dies alles nichts zu bedeuten hat, daß er einfach fröhlich ist und sich darin gefällt, solche Dinge zu einem Mädchen zu sagen, das nicht anders kann, als ihm gehorchen. Ich bin sicher, daß dies Mr. Pooles Meinung ist, und obwohl er kein Wort sagt, behandelt er mich so kühl, daß alle im Haus es spüren, bis auf den Herrn natürlich, den so etwas nicht bekümmert. Als ich nach meinem Gespräch mit dem Herrn an diesem Morgen in die Küche kam, saß Mr. Poole am Tisch, neben Mr. Bradshaw, der nicht umhin konnte, den kalten Blick zu bemerken, den er mir zuwarf, sowie den Ton, in dem er mit mir sprach und mir anriet, eine Möglichkeit zu finden, den Salon erst am Nachmittag zu machen, wenn die Wahrscheinlichkeit, daß er benutzt wird, geringer ist.

Da! Ich höre den Herrn aus seinem Laboratorium zurückkommen und durch das dunkle, stille Haus gehen, und sicher denkt er, daß wir alle schlafend in unseren Betten lägen und er der einzige sei, der noch wach ist.
Kann er fühlen, daß ich hier liege, ihn höre, seinetwegen schlaflos bin? Wird er an mich denken, wenn er in sein Zimmer geht, die Lampe anzündet, die ich für ihn geputzt habe, sich auf das Bett setzt, das ich für ihn gemacht, das Wasser trinkt, das ich für ihn hochgetragen, oder das Feuer anzündet, das ich für ihn vorbereitet habe, und davor stehenbleibt und in die brennenden Kohlen starrt, bis der Schlaf endlich zu uns beiden kommt?

Als wir heute mit unserem Tee fertig waren, wurde Mr. Poole von der Klingel in den Salon gerufen, kam aber gleich wieder zurück, um zu sagen, wir möchten uns alle in seinem Zimmer versammeln, da der Herr uns etwas mitzuteilen habe. Natürlich waren wir alle sehr gespannt, und Köchin sagte, es sei bestimmt etwas Ernstes, vielleicht habe der Herr finanzielle Einbußen erlitten und könne es sich nicht leisten, ein so großes Haus zu führen, was ihr in ihrer letzten Stellung passiert sei, aber Mr. Poole erklärte, sie solle ihre Zunge hüten, und das wäre nicht sehr wahrscheinlich, und sicher wolle der Herr nur eine Kleinigkeit im täglichen Ablauf der Dinge geändert wissen, oder vielleicht hätte er vor, eine Auslandsreise zu machen.
Und so beeilten wir uns, den Tisch abzuräumen, dann öffnete Mr. Poole die Tür zu seinem Zimmer, und wir gingen alle hinein – Köchin, Mr. Bradshaw, Annie, ich selbst, Mr. Poole, und Peter, der Messerjunge, der sehr aufgeregt war, weil das hier seine erste Stellung und er noch ein halbes Kind ist und bestimmt nicht so leicht eine neue Arbeit findet. Dann standen wir herum und wollten uns weder setzen noch in einer Gruppe zusammenstehen, noch in einer

Reihe aufgereiht, und so drängelten wir uns alle um den Tisch und warfen uns besorgte Blicke zu, und Köchin sagte, die Sache gefalle ihr ganz und gar nicht.
Schließlich hörten wir die Schritte des Herrn auf der Treppe, dann tauchte er in der Tür auf und sah genauso aus wie gestern, müde, aber guter Dinge, und er schaute uns der Reihe nach an und sagte: »Da seid ihr ja alle.«
Mr. Poole, der an einer Vitrine lehnte, erklärte so steif er nur konnte: »Wir sind alle interessiert zu erfahren, was Sie uns zu sagen haben, Sir.«
Der Herr sah zu Köchin hinüber, die ganz blaß geworden war und sich an einer Stuhllehne festhielt, und erwiderte:
»Interessiert scheint mir nicht der richtige Ausdruck zu sein, Poole. Unsere arme Mrs. Kent sieht aus, als würde sie jeden Augenblick ohnmächtig werden.« Dann lachte er, ging zu Köchin hinüber und zog ihr einen Stuhl hervor, auf den sie sich dankbar fallen ließ. »Bitte, setzt euch doch, alle wie ihr da seid«, sagte der Herr. »Und seid versichert, daß ich euch nicht zusammengerufen habe, um vernichtende Neuigkeiten mitzuteilen. Was ich euch zu sagen habe, ist eher belanglos und dürfte keine, absolut *keine*, meine liebe Mrs. Kent, Veränderung der Pflichten mit sich bringen, denen ihr alle so getreulich nachkommt.«
Und so setzen wir uns rund um den Tisch, mit Ausnahme von Mr. Poole, der auf dem Stuhl vor seinem Schreibtisch Platz nahm und ihn so drehte, daß er mit dem Gesicht zum Herrn saß, ohne daß wir anderen sein Gesicht sehen konnten.
»Wie ihr alle wißt«, begann der Herr, »und wie du, Mary, schon öfters gesagt hast« (hier war ich froh, daß ich Mr. Pooles Gesicht nicht sehen konnte, obwohl ich sicher war spüren zu können, wie seine Augen sich in meinen Hinterkopf bohrten), »nimmt meine Arbeit im Laboratorium so viel Zeit und Energie in Anspruch, daß ich von beidem kaum genug habe, um sie bewältigen zu können. Auf jeden Fall komme ich nicht so schnell voran, wie ich es gerne

möchte, und deshalb habe ich mich nach einiger Überlegung und geraumer Suche dazu entschlossen, mir einen Assistenten zu nehmen.« Hier machte der Herr eine Pause, als ob wir dazu etwas zu sagen hätten, was nicht der Fall war. Ich fand es sehr merkwürdig, daß der Herr sich einen Assistenten nehmen wollte, und es irritierte mich, obwohl ich keinen Grund dafür hätte nennen können.

»Ich teile euch diesen Entschluß mit«, fuhr der Herr fort, »weil es für mich und meine Arbeit wichtig ist, daß ihr alle wißt, daß dieser junge Mann, Mr. Edward Hyde, in meinem Haus wie auch in meinem Laboratorium völlig freie Hand genießt und ihr alle ihn mit demselben Respekt und demselben Diensteifer behandeln sollt, die ihr mir gegenüber zeigt.«

Da wir alle stumm blieben, sagte Mr. Poole: »Sie können sich darauf verlassen, Sir.«

»Gut. Dann wäre das alles. Im übrigen gehe ich davon aus, daß mein Assistent sich nur selten im Haus aufhalten und seine Arbeit zum größten Teil auf das Laboratorium beschränken wird, aber ich möchte sicher sein, daß er kommen und gehen kann, wann immer er will, ohne daß ihr euch darüber beunruhigt – und sollte er eure Hilfe benötigen, so seid versichert, daß er meinem ausdrücklichen Wunsch entsprechend über dieselbe Autorität verfügt wie ich selbst.«

Ich sah zu Köchin hinüber, die jedes Interesse an den Bemerkungen des Herrn verloren hatte, sobald sie erkannt hatte, daß sich in ihrem Bereich nichts ändern mußte, und während ihre Augen weiterhin aufmerksam auf den Herrn gerichtet schienen, waren ihre Hände damit beschäftigt, die Schürze in ihrem Schoß glattzustreichen und mit den Fingern den Saum abzutasten, vielleicht auf der Suche nach einem losen Faden. Ich hätte gerne einen Blick auf Mr. Pooles Gesicht geworfen, der bestimmt nicht erfreut war über die Aussicht, einen jungen Mann im Haus zu haben, der vielleicht versuchen würde, ihn herumzukommandieren oder den täglichen Ablauf auf sonst eine Weise zu stören, aber natürlich konnte ich mich nicht umdrehen. Trotzdem mußte ich lächeln, als ich daran dachte, daß er dem Herrn bestimmt ein ganz und gar ausdrucksloses Gesicht zeigte, während seine Gedanken sich in Wirklichkeit überschlugen, und ich hob den Kopf und sah, daß der Herr, der aufgehört hatte zu sprechen, mich direkt anschaute, und mich so belustigt – beinahe zärtlich, dachte ich – anlächelte, daß mir das Blut ins Gesicht stieg, weil die anderen es auch sahen.

»Also schön«, sagte der Herr, ohne den Blick von mir zu lösen. »Ich werde mich auf euch verlassen, wie ich es immer tue.« Damit ging er aus dem Zimmer, und wir hörten ihn mit schnellen Schritten die Treppe hinauflaufen. Wir blieben noch einen Augenblick stumm sitzen, bis Köchin fragte: »Ich hoffe doch nicht, daß er seine Mahlzeiten im Haus einnehmen wird, oder?«, und Mr. Poole antwortete schnell: »Nein, das glaube ich nicht.« Dann standen wir auf, schoben unsere Stühle zurück und gingen wieder an unsere Arbeit, und ich bin sicher, daß jeder von uns versuchte, sich das Gesicht und das Verhalten des neuen jungen Herrn vorzustellen, dieses Mr. Edward Hyde.

Beim Abendessen sprachen Mr. Bradshaw und Mr. Poole über die Eröffnung des Herrn, während wir anderen stumm zuhörten. Mr. Bradshaw, der seit fünf Jahren im Haus ist, wollte wissen, ob der Herr je zuvor so eine Hilfe gebraucht hatte, und Mr. Poole, der niemals müde wird, uns daran zu erinnern, daß er schon seit zwanzig Jahren hier ist, erklärte uns, daß es in der ganzen langen Zeit nie eine solche Person gegeben hatte. Mr. Poole konnte sich jedoch viele Gründe dafür denken, wieso der Herr ausgerechnet jetzt auf diesen Plan verfallen war, zum Beispiel, weil seine wohltätigen Werke, auf die er und Mr. Poole zu Recht stolz sind, mehr Zeit in Anspruch nehmen als zuvor, so daß er weniger Zeit für seine Forschungen hat und bis tief in die Nacht hinein arbeiten muß, wie wir alle wissen, und dadurch seine Gesundheit aufs Spiel setzt. Oder weil der Herr allmählich in die Jahre kommt und er denkt, daß es, wenn seine Arbeit weitergeführt werden soll, jemanden geben muß, der sie versteht und sie auch in seiner Abwesenheit fortsetzen kann. Oder, und das überraschte mich, weil der Herr Junggeselle ist, noch dazu ein wohlhabender, und keine Erben hat. Vielleicht, sagte Mr. Poole, hat er einen jungen Herrn gefunden, der ihm als beides dienen kann, als Assistent und als Empfänger *aller* seiner Belange, und der Herr möchte ihn so viel wie möglich um sich haben, um sich zu vergewissern, daß er die richtige Wahl getroffen hat.

Mr. Bradshaw nickte zu all dem, fragte sich jedoch, ob der Assistent in den Diensten des Herrn stehen würde, so wie wir alle, oder ob er mehr ein verläßlicher Freund war, der, um ein Beispiel zu nennen, wie der Anwalt des Herrn, Mr. Utterson, behandelt werden mußte.

Mr. Poole erwiderte, dies sei eine heikle Frage, und die Antwort müsse zu einem gewissen Teil von der Stellung des jungen Mannes abhängen. Er habe jedoch das Gefühl, daß der Assistent, ganz gleich, ob er nun für seine Arbeit bezahlt werde oder nicht, in den Augen des Herrn keineswegs ein Bediensteter sei, da er im Haus ja sämtliche Freiheiten genießen solle. Mr. Bradshaw, der gerne einmal einen Spaß macht, sagte daraufhin, seiner Meinung nach hätte Mr. Poole doch schon sämtliche Freiheiten im Haus, wie könnte dieser junge Mann dann noch mehr genießen?

Darüber regte Mr. Poole sich ganz schrecklich auf, denn er merkt nie, wann Mr. Bradshaw einen Spaß macht, obwohl wir anderen es immer sofort wissen, und erklärte, er habe es so verstanden, daß der Herr wünschte, daß wir alle darauf eingerichtet sein sollten, Befehle von diesem Mr. Hyde entgegenzunehmen, und er persönlich wäre durchaus dazu bereit.

Dann schwiegen die beiden Männer, und Köchin sagte noch einmal, daß die Sache ihr ganz und gar nicht gefalle, aber wie es aus-

sieht, müssen wir wohl das Beste daraus machen. Und damit war die Diskussion zu Ende.
Nach dem Essen ging Mr. Poole in sein Zimmer und schloß die Tür hinter sich, und Mr. Bradshaw ging in seine Kammer, während Köchin und ich am Tisch sitzen blieben und unser Bier tranken und die arme Annie ihre Töpfe scheuerte. Dann ging die Tür wieder auf, und Mr. Poole steckte den Kopf herein, machte ein böses Gesicht und sagte: »Mary, ich hätte gerne ein Wort mit dir gesprochen, bevor du zu Bett gehst.«
Ich trank mein Glas aus und ging sofort zu ihm hinein, und er machte die Tür zu; Köchin und Annie fragten sich gewiß, was ich wohl verbrochen hatte, aber ich wußte genau, was es war, und ich hatte recht. Mr. Poole setzte sich an seinen Schreibtisch, während ich vor ihm stehenblieb und die Hände unter der Schürze faltete wie ein kleines Mädchen, das bei einer Missetat erwischt worden ist, und genau so kam ich mir auch vor.
»Ich muß dir sagen, Mary, daß dein Verhalten in diesem Haus mich bestürzt, um nicht zu sagen bekümmert, und eine Bemerkung, die Dr. Jekyll anläßlich seiner heutigen Ansprache fallenließ, hat mich zu der Überzeugung gebracht, daß ich es mir zur Aufgabe machen muß, dich in deinen Pflichten zu unterweisen, da er selber dies offensichtlich aus reiner Güte unterlassen hat.«
»Ja, Sir«, sagte ich.
»Kannst du dir denken, wovon ich spreche?« fragte er, nur um mich dazu zu bewegen, mich selbst zu beschuldigen, und ich war der ganzen Sache so müde, daß ich beschloß, sie so schnell wie möglich hinter mich zu bringen.
»Ich glaube schon«, antwortete ich. Das überraschte ihn ein wenig, wie ich sah, was mich wiederum freute.
»Und worum handelt es sich deiner Meinung nach?«
»Darum, daß der Herr erklärt hat, ich hätte zu ihm gesagt, daß er seine Gesundheit aufs Spiel setzt, wenn er so viel an seinen Forschungen arbeitet, und daß es mir nicht zusteht, so etwas zu tun.«

»Ganz recht, Mary. Und wie denkst du jetzt darüber, da du es doch getan hast?«

»Daß es vorlaut von mir war, Sir. Es wird gewiß nicht wieder vorkommen.«

Er schwieg und sah mich unzufrieden an, und ich konnte fühlen, wie wenig er mich leiden kann, aber ich hielt den Blick gesenkt, denn ich wußte, wenn ich ihn ansah, würden meine Gefühle sich auf meinem Gesicht spiegeln, und dann würde er einen Weg finden, mich aus dem Haus zu ekeln.

»Wir alle machen uns Sorgen um Dr. Jekylls Gesundheit, Mary«, sagte er. »Und zwar keiner mehr als ein anderer. Wir können unserer Sorge Ausdruck verleihen, indem wir uns darum bemühen, daß in seinem Haus alles seinen geregelten Gang geht, nicht jedoch, indem wir seine Bürde noch dadurch vergrößern, daß wir ihm unsere persönlichen Ansichten aufdrängen.«

Ich wußte nicht, was ich darauf antworten sollte, da es keine Frage zu sein schien, sondern vielmehr seine Art, einer Sache Nachdruck zu verleihen, und so stand ich nur da und starrte den Teppich an.

Schließlich sagte er: »Das ist alles für den Augenblick, Mary. Du kannst jetzt gehen.«

»Ja, Sir«, erwiderte ich. Und: »Danke, Sir«, und dann ging ich hinaus und ohne ein Wort an Köchin und Annie vorbei und direkt in mein Zimmer, als ob ich bestraft worden wäre, und bei jedem Schritt fühlte ich, wie die Last der Verzweiflung, die sich über mich senkte, immer größer wurde, denn wenn Mr. Poole sich dazu entschließt, mein Feind zu sein, wird er auch dafür sorgen, daß der Herr nicht mehr mein Freund sein kann.

Köchin hat ihn gesehen. Sie war heute morgen auf dem Markt, und als sie um die Ecke bog, sah sie ihn in aller Eile die Straße überqueren. Die Sonne war eben erst aufgegangen, die Straßenlampen brannten noch, und der Nebel war so dicht, wie er es die ganzen letzten drei Tage gewesen ist, so daß er, wie sie sagt, aus der Dunkelheit aufzutauchen schien, als ob er ein Teil von ihr wäre. Zuerst beachtete sie ihn nicht weiter, da sie nicht jeden Fremden anstarrt, den sie auf der Straße sieht, aber dann sah sie, daß er einen Schlüssel in der Hand hielt und den Blick auf die Durchgangstür zum Laboratorium des Herrn gerichtet hatte, und da blieb sie stehen, um ihn genauer zu beobachten.

Das alles erzählte sie uns beim Frühstück, als Mr. Poole beim Apotheker war, da er bestimmt nicht geduldet hätte, daß wir über den Assistenten des Herrn tratschen, obwohl ich sicher bin, daß Mr. Poole genauso neugierig ist wie wir. »Was für eine Art Gentleman ist er denn?« fragte Mr. Bradshaw.

»Das ist schwer zu sagen«, antwortete Köchin. »Ich habe ihn ja nur so kurz gesehen, und dann war er schon durch die Tür und verschwunden. Aber er ist sehr klein, kaum größer als du, Mary, vielleicht nicht einmal so groß« (was bedeuten muß, daß er wirklich sehr klein ist, da ich an keinem Maßstab gemessen groß bin und nur selten einmal einen Mann sehe, der kleiner ist als ich). »Dabei ist er nicht zierlich, aber kräftig ist er auch nicht.«

»Aha«, sagte Mr. Bradshaw. »Das ist ja ein sehr klares Bild, Mrs. Kent. Er ist klein, aber nicht klein.«

»Ich glaube, er geht ein bißchen krumm«, fuhr Köchin fort. »Oder vielleicht sind seine Beine zu kurz für den Rest.«

»Aha«, sagte Mr. Bradshaw. »Ist er ein Zwerg?«

»Nein«, erwiderte Köchin. »Kein Zwerg, aber es ist schon etwas Komisches an ihm.«

»Haben Sie sein Gesicht gesehen?« warf Annie zu meiner Überraschung ein, denn Annie hat nur selten die Energie, sich für irgend etwas zu interessieren.

»Nur undeutlich«, sagte Köchin. »Aber ich konnte sehen, daß er dunkel ist, und seine Haare sind lang und lockig, beinahe wie

Stroh, und er hat mehr davon, als den meisten Herren lieb wäre. Er ist glatt rasiert, und eigentlich war er ganz gut gekleidet, obwohl er in meinen Augen recht mitgenommen aussah, als ob er sich nach einer durchwachten Nacht nicht umgezogen hätte.«

»Das wird seinem neuen Herrn aber gar nicht gefallen«, erklärte Mr. Bradshaw. »Vielleicht bleibt er ja nicht lange, wenn es jetzt schon so mit ihm anfängt.«

Dann schwiegen wir, weil wir Mr. Poole hereinkommen hörten, aber ich glaube, wir hatten alle dasselbe Gefühl, und Mr. Bradshaw hatte ausgedrückt, was wir alle wünschten. Obwohl der Assistent des Herrn noch nicht einmal im Haus gewesen war, störte er uns jetzt schon. Ich räumte meinen Teller weg und ging hinaus, um meine Eimer zu füllen, weil ich die Vortreppe machen wollte, aber als ich auf den Hof trat, schien es mir kaum der Mühe wert zu sein, weil der Nebel so dicht war, daß ich kaum etwas erkennen konnte, und es unwahrscheinlich war, daß irgend jemand unsere Treppe überhaupt bemerken würde, aber dennoch müssen solche Arbeiten regelmäßig getan werden. Als meine Eimer voll waren, fing ich an, meine Röcke hochzubinden, weil ich es nicht leiden kann, wenn sie ständig durch die Nässe schleifen, obwohl ich andere gesehen habe, denen das nichts auszumachen scheint und die lieber bis zu den Knien naß werden, statt ihre Knöchel vorzuzeigen, was mir wie falsche Scham vorkommt, und als ich noch damit beschäftigt war, hörte ich, wie die Tür zum Anatomiesaal geöffnet wurde und jemand auf den Hof trat.

Ich dachte mir, daß ich jetzt also Mr. Hyde sehen würde, obwohl ich wegen des Nebels noch gar nichts erkennen konnte, und es war mir peinlich, ihm so zu begegnen – ich glaube, daß ich sogar ein bißchen verärgert war. Dann hörte ich Schritte, die sich auf das Haus zubewegten, und dachte, nein, das sind die Schritte des Herrn, und einen Augenblick später erfolgte die Bestätigung, denn ich hörte ein Poltern und dann die Stimme des Herrn, die »Verdammt!« rief, überrascht und gequält. Ohne zu überlegen, lief ich

auf das Geräusch zu und fand den Herrn, der über die Kante einer Steinplatte gestolpert und gestürzt war, auf Händen und Knien.
»Gütiger Himmel, Sir«, rief ich. »Haben Sie sich wehgetan?«
Der Herr setzte sich auf und reckte die Beine von sich. »Mir scheint, das habe ich, Mary«, erwiderte er. »Ich habe es in meinem Knöchel knacken gehört, als ich hinfiel.«
»Bewegen Sie sich nicht, Sir«, sagte ich. »Ich werde Mr. Poole holen.«
»Nein. Laß mich einfach einen Augenblick sitzen und nachsehen, was ich mir getan habe. Wahrscheinlich ist der Knöchel nur verstaucht.«
»Soll ich Ihnen den Schuh ausziehen?«
Der Herr lachte. »Wenn du meinen Fuß in dieser Suppe finden kannst, Mary, sollten wir ihn uns schon ansehen. Es ist der rechte.«
Ich kniete mich hin und begann, den Stiefel aufzuschnüren und das Leder vorsichtig auseinanderzuziehen, dann packte ich die Ferse und versuchte, den Stiefel so vorsichtig wie möglich vom Fuß zu ziehen, aber trotzdem stöhnte der Herr auf.
»Soll ich nicht doch lieber einen Doktor holen?« fragte ich. »Vielleicht ist er gebrochen, Sir.«
»Ich glaube, wir haben schon einen Doktor im Haus«, antwortete der Herr, worüber ich lachen mußte.
»Es tut mir leid, Sir«, sagte ich. »Ich habe nicht daran gedacht.«
»Halte den Fuß an der Ferse fest, Mary, und bewege ihn vorsichtig im Kreis. Dann kann ich sagen, was ich mir getan habe.«
Ich tat, wie er mich geheißen, war aber sehr ängstlich, weil es mir schien, als müßte ich ihm auf jeden Fall wehtun, aber er blieb still; dann sagte er: »Das reicht. Es ist nicht so schlimm, wie ich zuerst gedacht habe, aber ich werde wohl eine Weile nicht darauf laufen können.« Ich kniete immer noch auf den Steinplatten, den Fuß des Herrn im Schoß, und überlegte, was wir am besten tun sollten, um

ihn ins Haus zu schaffen; und obwohl ich dachte, daß ich stark genug sei, ihm zu helfen, wenn er bereit war, sich auf mich zu stützen, wollte ich die Entscheidung ihm überlassen. Eine Weile sahen wir beide auf seinen armen Fuß, der so lang und schmal war, daß ich die Knochen durch den Strumpf hindurch fühlen konnte, und es schien mir, als wären sie viel zu zart, um einen Mann von der Größe des Herrn zu tragen. Dann hob ich den Kopf und sah, daß der Herr mich anschaute, und das machte mich ganz verlegen, weil ich weder eine Haube noch eine Schürze trug und meine Haare sich gelöst hatten, und so strich ich sie mit den Händen zurück und erklärte: »Ich wollte gerade die Eimer für die Vortreppe füllen.«

Der Herr war sehr blaß, und er biß sich auf die Lippen, während ich sprach, und da wußte ich, daß er Schmerzen hatte und ins Bett gehörte. Der Nebel um uns herum war so dicht, daß wir weder das Haus noch die Tür zum Anatomiesaal sehen konnten und uns in einer Welt aus Wolken zu befinden schienen, ganz so, als wären wir in den Himmel gefallen. »Mir ist so seltsam«, sagte der Herr. »Ich glaube, ich muß mich hinlegen«, und damit legte er sich auf die feuchten Platten und schloß die Augen, sprach aber weiter. »Nur für einen Augenblick, Mary«, sagte er. »Dann kannst du mir helfen, ins Haus zu gehen. Ich habe die letzte Nacht überhaupt nicht geschlafen, und dieser Sturz hat mir den letzten Rest meiner Kraft geraubt.«

Auf einmal fühlte ich mich sehr hilflos, und ich dachte, wenn der Herr nicht einmal sitzen kann, werde ich ihn nie allein ins Haus bekommen, denn er ist viel zu schwer für mich. Dann fiel mir ein, daß sein Assistent noch im Laboratorium sein mußte, da Köchin doch gesehen hatte, wie er hineinging, und sicher würde der Herr wollen, daß er hörte, was geschehen war, und so sagte ich: »Sir, es scheint Ihnen gar nicht gut zu gehen. Soll ich Ihren Assistenten holen?«

Der Herr schlug die Augen auf, stützte sich auf die Ellbogen und sah mich erstaunt an. »Meinen Assistenten?« fragte er. »Der ist nicht da.«

»Oh«, war alles, was ich dazu sagte, da ich nicht wollte, daß der Herr merkte, daß wir alle zusammengesessen und getratscht hatten, kaum daß einer von uns den Mann zu Gesicht bekam.
»Mary«, sagte der Herr dann. »Ich muß ins Bett. Wenn du dich hierhin stellen und mir erlauben willst, mich auf dich zu stützen, müßten wir es eigentlich schaffen.«
Also sprang ich auf, und der Herr richtete sich auf einem Fuß auf, legte einen Arm über meine Schulter, und ich umfaßte seinen Rükken, obwohl ich im ersten Augenblick ein seltsames Gefühl dabei hatte. Auf diese Weise humpelten wir in die Halle; dann stützte er sich auf das Geländer, um die Treppe hinaufzukommen, während ich neben ihm ging. Oben angelangt, lehnte er sich aufs neue auf mich, und so schafften wir es über den Flur bis in sein Zimmer. Er ließ sich in den Sessel am Kamin fallen und sah so blaß und geschwächt aus, daß ich fürchtete, er würde ohnmächtig werden, aber er lehnte den Kopf nur mit einem Seufzer in die Kissen zurück und sagte: »Jetzt komme ich alleine zurecht, Mary. Aber ich muß dich bitten, mir meinen Stiefel zu holen.«
»Ja, Sir«, antwortete ich. »Ich bringe ihn sofort.« Und damit lief ich aus dem Zimmer und die Treppe hinunter, obwohl es keinen Grund zur Eile gab, weil schließlich weder der Herr noch der Stiefel fortlaufen würden. Ich überlegte mir dabei, was man bei so einer Verletzung am besten tat – sollte man den Fuß in heißem Wasser baden oder vielleicht lieber einen Verband darum machen, damit er nicht bewegt werden konnte? –, was völlig überflüssig war, weil ich in solchen Dingen überhaupt nicht bewandert bin, im Gegensatz zum Herrn, und so trat ich in den Hof hinaus und stellte fest, daß der Nebel immer noch so dicht war, daß ich den Stiefel nicht entdecken konnte. Mein Kopf befand sich mitten im Nebel, aber als ich den Blick senkte, konnte ich meine Füße sehen, und da beschloß ich, mich hinzuknien und zu versuchen, unter dem Nebel hindurchzusehen. Das tat ich auch und spähte in die Richtung des Anatomiesaals, in der der Stiefel eigentlich liegen mußte, konnte ihn je-

doch nicht finden. Also drehte ich mich zum Haus um, und da war er, und in meiner Brust fing es an zu pochen, denn er lag auf der *anderen* Seite des Gartens.

Ich war mir ganz sicher, daß ich den Garten nicht umrundet hatte, um zum Herrn zu kommen, obwohl es möglich gewesen wäre, indem ich zwischen Einfassung und Haus hindurchlief; aber ich glaubte nicht, daß ich das getan hatte, und ich war sicher, daß der Herr auf der Seite des Gartens gestürzt war, auf der ich jetzt kniete. Und dennoch mußte ich mich geirrt haben, sagte ich mir. Kein Mensch wäre auf die Idee gekommen, den Stiefel fortzuschaffen, selbst wenn jemand in den Hof gekommen wäre, denn was für einen Sinn hätte das gehabt, und so ging ich schnell hinüber und hob ihn auf und schimpfte mich selbst aus, weil solche Dinge nun einmal passieren, wenn der Nebel so dicht ist, wie er es jetzt war, und man nicht einmal sicher sein konnte, daß man richtig hörte, so daß eine Stimme sehr weit weg klingen mochte, obwohl sie in Wirklichkeit ganz nah war. Und dann, wie um es mir zu beweisen, hörte ich eine Stimme meinen Namen rufen. »Mary«, so als ob sie direkt an meinem Ohr wäre. Ich bekam einen solchen Schrecken, daß ich den Stiefel des Herrn an meine Brust drückte, und meine Haut wurde so kalt, daß sich Tropfen auf meiner Stirn bildeten. Wo bin ich, fragte ich mich. Stehe ich mit dem Gesicht zum Haus oder zum Laboratorium? Und ich wußte nicht, ob ich laufen oder stehenbleiben sollte, und so drehte ich mich langsam um mich selbst, bis ich die Stimme noch einmal hörte, »Mary«, schärfer jetzt, aber dieses Mal erkannte ich sie. Und ich rief: »Mr. Bradshaw, ich bin hier.«

»Komm schnell herein«, sagte er, freundlicher als eben, denn es ist nicht seine Art, barsch zu seinen Mitmenschen zu sein, und ich folgte seiner Stimme durch den Nebel. »Der Herr hat sich verletzt«, berichtete er, »und Mr. Poole sucht überall nach dir.«

Nichts ist so, wie es sein sollte. Der Herr wollte nicht einmal einen einzigen Tag im Bett bleiben, sondern stand sofort wieder auf, humpelte an seinem Stock umher und erklärte, er könne seine Arbeit nicht länger vernachlässigen, und so stakste er gestern nach dem Mittagessen über den Hof zu seinem Laboratorium und kam nicht wieder zurück. Obwohl er keine Anweisungen erhalten hatte, ließ Mr. Poole von Köchin ein Essenstablett richten und brachte es hinüber. Kurz darauf kam er wieder, sah sehr verwirrt aus und sagte, der Herr müsse in seinem Studierzimmer eingeschlafen sein, denn er habe auf Mr. Pooles Klopfen keine Antwort gegeben, und so habe er das Tablett vor die Tür gestellt. Dann aßen wir selbst zu Abend, machten die Küche sauber, und ich erledigte ein paar Nadelarbeiten, während Köchin ihre Einkaufsliste schrieb und Mr. Poole sich in sein Zimmer zurückzog.

Wir waren alle drei zu besorgt, um zu Bett zu gehen, denn obwohl es nicht ungewöhnlich ist, daß der Herr fortgeht, war irgend etwas nicht so, wie es sein sollte. Wir blieben bis fast elf Uhr auf und warteten darauf, den Herrn hereinkommen zu hören, aber er kam nicht. Kurz bevor wir zu Bett wollten, erklärte ich, ich hätte vergessen, meine Bürsten ins Haus zu bringen (was der Wahrheit entsprach, ich hatte sie wirklich vergessen), und ging in den Hof. Es war endlich Sommer geworden, warm und schwül, und die Luft drückend und voller Gartengerüche, und es war angenehm, dort zu stehen und mich umzusehen und darauf zu warten, daß meine Augen sich an die Dunkelheit gewöhnten. Ich betrachtete die fensterlose Wand des Laboratoriums, dessen große Tür vor den grauen Steinen wie ein schwarzer Fleck wirkte, und ich hatte das Gefühl, wenn ich sie nur fest genug ansah, könnte ich sie dazu zwingen, sich zu öffnen, und der Herr würde herauskommen, denn ich war in einiger Sorge um ihn, und die Wand war für mich wie ein leeres, augenloses Gesicht voller Geheimnisse. Natürlich kam er nicht, und so ging ich schließlich wieder hinein und räumte meine Bürsten weg. Köchin sah mich an, als glaubte sie, ich hätte etwas gesehen, aber ich sagte nur »Gute Nacht« und stieg die lange Treppe mit dem Gefühl hinauf, nicht die Kraft zu haben, bis nach oben zu kommen.

Ich schlief sofort ein und wurde erst wieder wach, als es fast schon hell war. In der Luft lag der dumpfe Glanz, der immer da ist, bevor der Tag kommt, und da das Fenster offen stand, drang sogar das Rascheln der Vögel zu mir. Abgesehen davon war es ganz still. Trotzdem hatte ich das Gefühl, daß etwas mich geweckt hatte, und im nächsten Augenblick wußte ich auch, was: Jemand kam mit schnellen Schritten über den Hof, durch die Küchentür ins Haus und die Hintertreppe hinauf. Es ist der Herr, dachte ich, wußte aber sofort, daß es nicht stimmte, denn mit dem verletzten Fuß konnte er sich unmöglich so schnell bewegen. Dann wußte ich, daß es derselbe Schritt war, den ich schon einmal gehört hatte, im Durchgang zur Straße, leicht und dennoch schleifend. Ich setzte mich im Bett auf, Annie lag mit dem Rücken zu mir, und ich wußte, daß sie bestimmt nicht wach war. Und so saß ich da, spitzte die Ohren und hörte ein Geräusch, das mir sehr laut vorkam, und das war das Pochen meines eigenen Herzens. Die Schritte gingen in den ersten Stock hinauf, aber nicht, wie ich es erwartet hatte, weiter nach oben zum Zimmer des Herrn, sondern ohne zu zögern, als ob sie ihren Weg genau kennen würden, in den Salon.

Das kann doch nicht rechtens sein, dachte ich. Ich muß hinuntergehen und nachsehen, was da vorgeht. Ich schwang die Beine über die Bettkante, stand auf und fühlte mich sehr zittrig, schimpfte mich selbst aus und sagte mir, was hast du denn zu befürchten, du mußt doch nur hinuntergehen und an Mr. Bradshaws Tür klopfen. Dann fiel mir gerade noch rechtzeitig ein, daß ich Mr. Bradshaw nicht im Nachthemd wecken konnte, und so holte ich meinen alten Mantel vom Haken und zog ihn über. Währenddessen hörte ich, daß der Eindringling eine Schublade öffnete. Dann war es wieder still.

Mit dieser Dreistigkeit wird er nicht ungestraft davonkommen, dachte ich, öffnete die Tür und ging so schnell und leise ich konnte

die Treppe hinunter bis zum Absatz, wo ich stehenblieb, denn wieder waren Schritte zu hören. Er verließ den Salon, lief zur Treppe und würde im nächsten Augenblick fort sein. Wenn ich mich beeilte, würde ich ihn vielleicht gerade noch sehen.
Ich warf einen hoffnungsvollen Blick auf die Schlafzimmertür des Herrn. War er da? War er ins Haus gekommen, ohne daß ich ihn gehört hatte? Mein Herz hämmerte, denn nun waren die Schritte genau unter mir, und wenn ich noch einen Schritt tat, würde er den Kopf heben und mich hier oben stehen sehen. Im übrigen bewegte auch er sich nicht mehr, sondern schien auf dem Absatz stehengeblieben zu sein und darauf zu warten, daß ich mich zu erkennen gab. Fast hatte ich das Gefühl, daß er gesehen werden *wollte*, daß er mich im Geiste zu zwingen suchte, diesen einen Schritt zu tun, aber ich konnte es nicht. Statt dessen wich ich zurück, lehnte mich an die Wand und fühlte, wie mein Mund trocken wurde und meine Knie nachgaben, so daß mein einziger Gedanke war, jetzt nur nicht fallen! In diesem Augenblick lief er weiter die Treppe hinunter; ich rutschte auf den Teppich, vergrub das Gesicht in den Händen und hörte, wie die Küchentür geöffnet und wieder geschlossen wurde. Wellen der Angst fluteten über mich hinweg, und das war seltsam, denn ich wußte doch, daß er fort war und ich nichts mehr zu befürchten hatte. Aber ich kauerte – am ganzen Körper zitternd – auf dem Boden und versuchte, mich ganz klein zu machen, die Tränen in meinen Augen verfluchend. *Er* hatte es immer gehaßt, wenn ich weinte, es machte ihn wütender als alles andere, und ich mußte immer dafür bezahlen, wenn er mich dabei ertappte. Nun hatte ich denselben Gedanken, den ich als Kind so oft gehabt hatte, wenn ich hörte, wie er kam, um mich zu holen, wenn er im Zimmer war und ich nicht den Mut hatte, den Kopf zu heben und nachzusehen, wo er war, weil ich immer hoffte, daß er mich nicht bemerken würde, wenn ich mich ganz klein machte. Und ich dachte, bitte, bitte, mach, daß er mich nicht sieht, mach, daß er nicht an mich denkt. Wen flehte ich eigentlich an?

Nach einer Weile kam ich wieder zu mir, wischte mir die Augen und merkte, wo ich war. Das Fenster über dem Treppenabsatz ist aus Buntglas, und das schwache Morgenlicht warf rote Tupfer wie Blutpfützen auf den Teppich und auf meine Hände. Ich stand nicht sofort auf, sondern blieb noch eine Weile sitzen und redete streng auf mich ein. Als erstes sagte ich mir, daß der Eindringling der Assistent des Herrn gewesen sein mußte, daß er, weil er ohne Schwierigkeiten ins Haus gelangt war, einen Schlüssel besaß, und obwohl es eine ungewöhnliche Stunde war, um in unser Haus zu kommen, hatte er sicher im Auftrag des Herrn gehandelt. Ich stand auf, zog den Mantel über meinen Schultern zurecht und ging leise nach unten, denn in einer weiteren Stunde würde das Haus wach sein, und es gibt viele Menschen, die in der letzten Stunde vor dem Aufstehen nur einen leichten Schlaf haben – ich weiß jedenfalls, daß es bei mir so ist. Ich erreichte den Salon, der dunkel war, weil die Vorhänge noch zugezogen waren, und blieb in der Tür stehen, um nachzusehen, ob alles seine Ordnung hatte. Der Sekretär unter dem Fenster war geöffnet und die Schublade herausgezogen, und aus irgendeinem Grund fing ich bei diesem Anblick an zu zittern. Aber ich ging hinüber, um nachzusehen, und fand das große Scheckbuch offen und die Feder nicht in ihrem Halter, wo der Herr sie immer verwahrt, sondern einfach daneben, so daß die Tinte auf das Löschblatt tropfte. Ohne zu überlegen räumte ich die Feder fort, klappte das Buch zu und legte es in die Schublade zurück. Erst dann dachte ich, daß es vielleicht besser gewesen wäre, wenn ich nichts angerührt hätte.

Vor allem aber wunderte ich mich darüber, daß Mr. Edward Hyde, denn nur er konnte es gewesen sein, Schecks aus dem Scheckbuch des Herrn schrieb, zu einer solchen Stunde und in solcher Eile.

Ich schloß den Sekretär und drehte mich um, und dabei war mir so unbehaglich zumute, als ob ich einem bösartigen Hund, der mich jeden Augenblick anspringen und umwerfen könnte, den Rücken

zugekehrt hätte, und so rannte ich geradewegs aus dem Zimmer und die Treppe hinauf. Auf dem ersten Absatz blieb ich stehen und sah zur Schlafzimmertür des Herrn hinüber.
Lag er hinter dieser Tür und schlief?
Ich wußte, daß es nicht der Fall war, obwohl ich nicht hätte sagen können, woher ich es wußte, und auch nicht, woher ich plötzlich die Empörung und die Kühnheit nahm zu tun, was ich nun tat. Ich ging zur Tür und klopfte, ohne zu wissen, was ich sagen würde, wenn der Herr tatsächlich »Herein« rief, denn ich wußte, daß er das nicht tun würde. Dann öffnete ich die Tür, langsam zuerst, bis ich das große Bett sehen konnte, leer und ordentlich aufgeschlagen, so wie ich es gerichtet hatte. Einen Augenblick später betrat ich das Zimmer und machte die Tür hinter mir zu. Ich kenne jeden Zollbreit dieses Zimmers, denn ich habe es oft genug saubergemacht, und doch schien es mir, als würde ich mich an einem fremden Ort voller Geheimnisse befinden. Vielleicht lag es am Licht, das sehr schwach war, obwohl ich durchaus erkennen konnte, wo ich mich befand. Die Fenster standen offen, und der Spitzenvorhang bauschte sich ein wenig im Wind, der warm war und sehr schwül. Ich konnte riechen, daß es bald regnen würde.
Wie seltsam mir zumute war. Wie seltsam *ich* war. Ich machte ein paar Schritte und betrachtete mich im Rasierspiegel des Herrn. Meine Haare hatten sich gelöst und fielen wirr um mein Gesicht, das blaß und zornig aussah, und meine Augen glänzten hell, was bestimmt von den Tränen kam. Auf meiner Stirn hatten sich zwei Falten gebildet, die ich mit der Hand glattstrich. Dann ließ ich meinen Mantel auf den Teppich gleiten, um meinen Hals und meine Schultern betrachten zu können – auch sie waren, wie mir schien, viel zu blaß, sogar vor dem Weiß meines Nachthemds. Aber meine Schultern und Arme sind kräftig von der schweren Arbeit, die ich verrichte, vor allem vom Kohlenschleppen, und es freute mich zu sehen, daß ich, obwohl ich klein bin, kräftig und gesund aussehe. Ich hätte gerne einen Blick in den großen Drehspiegel geworfen,

aber der stand jetzt ja im Studierzimmer des Herrn, wo vielleicht, dachte ich, der Herr in eben diesem Augenblick den Kopf von der Arbeit hob, um entweder sich selber zu erblicken oder Mr. Edward Hyde, der mit einem Scheck hereingelaufen kam. Der Gedanke erboste mich so sehr, daß ich mich vom Spiegel abwandte und statt dessen das Bett des Herrn betrachtete. Es ist ein schönes Stück – schwer und dunkel und mit Schnitzereien fremdländischer Früchte und Blumen am Kopfteil, das sehr hoch ist, und am Fußteil, das ebenfalls höher ist als die meisten, und mit Füßen, die aussehen wie Vogelkrallen und auf Kugeln aus schimmerndem Holz ruhen. Wann immer ich sie poliere oder das Bett mache oder die Matratze umdrehe, kann ich nicht umhin, die Schnitzereien zu bewundern. Und plötzlich überkam mich eine so große Kühnheit, daß ich zum Bett hinüberging, die Decke glattstrich und meine Wange daran schmiegte. Meine Angst war völlig verschwunden, und mit ihr anscheinend auch jeder Rest von Verstand, denn als ich daran dachte, daß Mr. Poole hereinkommen und mich dabei ertappen könnte, wie ich im Nachthemd vor dem Bett des Herrn schmachtete, mußte ich mir ein Lachen verbeißen.

Dann erstarrte ich aber doch und dachte daran, daß man mich ja tatsächlich hören könnte, daß sogar meine nackten Füße auf dem Teppich mich verraten könnten, sobald ich versuchte, zur Tür zu gehen. Ich lehnte mich an das Bett und ließ meine Augen durch das Zimmer wandern, über das Rasierbecken des Herrn, den Kamin, der jetzt kalt war, denn er war seit dem gestrigen Tag nicht angezündet worden, den burgunderroten Sessel, den der Herr manchmal vors Feuer zieht, die Bilder an den Wänden, die samt und sonders Zeichnungen und Gemälde von Landschaften in mächtigen, dunklen Rahmen sind, und über die schweren, burgunderroten Vorhänge und die Spitzengardinen darunter, die im Wind raschelten. Und dann kam wieder die Traurigkeit über mich, und ich hatte das Gefühl, sehr tief zu sinken, und schuld daran waren die Angst, die ich auf der Treppe gehabt hatte, und die Erinnerungen, die

durch sie geweckt worden waren, Erinnerungen daran, daß ich gejagt wurde und keinen Platz hatte, an dem ich mich verstecken konnte. Und ich dachte, ich will nicht mehr leben, wenn ich mich nicht einmal in *diesem* Haus sicher fühlen kann, bei *diesem* Herrn, der sich um mich sorgt und mit mir spricht und mich so schätzt, wie niemand zuvor es getan hat. Wenn ich mich sogar in diesem Haus ducken muß, wenn ich sogar hier weinen muß, was soll dann aus mir werden?
Ich schlüpfte in meinen Mantel und zog ihn fest um mich, denn mir war plötzlich so kalt, daß ich zitterte; dann ging ich – so leise ich konnte – aus dem Zimmer und durch den Flur hinauf in mein Zimmer. Annie schlief tief und fest, und einen Augenblick später glitt ich neben sie und blieb ganz still liegen, ohne zu schlafen, bis eine lange Stunde vergangen und es Zeit war, aufzustehen und mich wieder an die Arbeit zu machen.

Wir alle waren den ganzen Morgen über, während wir Zimmer lüfteten, Silber putzten, Kleider bürsteten, Töpfe scheuerten und das Haus für einen Herrn in Ordnung hielten, der nie da ist, sehr schlechter Dinge. Mr. Poole ging zum Laboratorium und brachte das Tablett mit dem Abendessen des Herrn zurück. Er hatte es nicht einmal angerührt. Es ist so warm draußen, daß ich die beiden letzten Tage in der Halle und im Salon kein Feuer machen mußte, und so beschloß ich, das schöne Wetter zu nutzen, zog nach dem Mittagessen meine älteste Schürze an, holte meine Bürsten und die Wichse hervor und begann, die Kaminroste sauberzukratzen und zu schwärzen und die Asche hinauszuschleppen, eine Arbeit, bei der ich immer so schwarz werde wie ein Rabe. Ich war halb in den Kamin in der Halle hineingekrochen, als Mr. Bradshaw mich fast zu Tode erschreckte, indem er mir auf den Rücken tippte, aber als ich sein Gesicht sah, konnte ich

ihm nicht böse sein, denn es schien, als ob er derjenige wäre, der den Schrecken abbekommen hatte.
»Mary«, sagte er, »laß alles stehen und liegen und komm sofort in die Küche. Dem Herrn geht es gar nicht gut.«
Ich zupfte meine Kleider so gut es ging zurecht, obwohl ich gegen den Ruß und die Asche nicht mehr machen konnte, außer zu versuchen, sie nicht über den ganzen Teppich zu verstreuen, und folgte Mr. Bradshaw in die Küche.
Der Herr saß völlig in sich zusammengesunken am Tisch und sah mehr tot als lebendig aus. Als ich hereinkam, hob er den Kopf und schaute mich an, als ob er mich nicht kennen würde. Überhaupt schien er kaum zu wissen, daß er sich in seinem eigenen Haus befand. Mr. Poole stand über ihn gebeugt wie eine Glucke, und Köchin war auf seiner anderen Seite, aber sie schienen beide nicht zu wissen, was sie tun sollten. Köchin sagte: »Ich weiß wirklich nicht, wie er über den Hof gekommen ist. Er kann ja kaum gehen!« Sein Stock lag auf dem Boden, wohin er ihn anscheinend hatte fallen lassen, als er sah, daß er sich am Tisch festhalten konnte. Seine Kleider hingen schief, sein Kragen war lose, er hatte keinen Mantel an, und ich sah, daß seine Manschetten nicht richtig zugeknöpft waren, als wäre er in großer Eile gewesen. Er legte den Kopf auf die Arme und stöhnte. In diesem Augenblick schien Mr. Poole endlich zu sich zu kommen und fing an, mit Befehlen um sich zu werfen, an Köchin, den Kessel aufzusetzen und Wasser heißzumachen, an mich, das Bett des Herrn aufzuschlagen, und an Mr. Bradshaw, ihm dabei zu helfen, den Herrn die Treppe hinaufzubringen.
Ich zog meine Schürze aus, klopfte mich – so gut es ging – ab und wusch mir in aller Eile die Hände in einem Eimer. Der Herr hob den Kopf und sagte: »Meine Stiefel. Bitte, zieht sie mir aus.« Und Köchin erklärte: »Sein armer Knöchel. Jetzt hat er ihn bestimmt völlig ruiniert.«
Mr. Poole sagte, sie solle den Mund halten, und kniete sich nieder, um dem Herrn die Stiefel auszuziehen, und ich sah, daß der Knö-

chel gewaltig angeschwollen und so empfindlich war, daß Mr. Poole keine andere Möglichkeit sah, als den Socken mit der Schere aufzuschneiden. Dann lief ich die Treppe hinauf, um das Zimmer zurechtzumachen.
Mir kam das Zimmer warm und schwül vor, aber ich wußte, daß der Herr es kühl finden würde, und so machte ich als erstes das Fenster zu. Dann deckte ich das Bett auf, legte den Morgenrock des Herrn bereit, füllte die Schüssel mit Wasser und öffnete die Tür zum Ankleideraum. Ich konnte hören, wie sie ihm die Treppe hinaufhalfen; einen Augenblick später waren sie an der Tür. Mr. Bradshaw und Mr. Poole stützten den Herrn, der auf einem Fuß hüpfte und den Kopf hängen ließ, als hätte er nicht die Kraft, ihn hochzuhalten. Sie setzten ihn so ungeschickt in den Sessel, daß ich dachte, er würde sofort wieder herausfallen, aber der unsanfte Ruck schien ihn wieder zu sich zu bringen, denn er hob den Kopf und sah sich um, erschöpft, aber auch irgendwie erleichtert. Mr. Bradshaw ging wieder hinunter, während Mr. Poole die Schere vom Frisiertisch holte und die Socke des Herrn aufschnitt.
»Ich hätte gerne ein Feuer, Mary«, sagte der Herr, sah dabei aber nicht mich an, sondern seinen Knöchel, der nun nackt und in der Tat ein so beklagenswerter Anblick war, geschwollen und blaugrün verfärbt, daß wir alle drei nicht anders konnten, als ihn anzustarren, und ich sagte: »Ach du lieber Himmel, Sir! Jetzt ist er sicher gebrochen.«
Aber der Herr antwortete: »Nein, das ist er nicht. Ich hätte ihn nur nicht so früh wieder belasten dürfen.« Mr. Poole zog dem Herrn auch die andere Socke aus, und ich beschäftigte mich mit meinen Kohlen. Der Herr sagte: »Helfen Sie mir bitte beim Auskleiden, Poole. Ich fürchte, ich werde ein paar Tage nichts weiter tun können, als das Fußende meines Bettes anzustarren.« Mr. Poole erwiderte, wie er es immer tut: »Sehr wohl, Sir«, und half dem Herrn, sich auf ein Bein zu stellen und zum Bett zu hüpfen, wo er sich am Fußende festhalten konnte. Für gewöhnlich benutzt der Herr sein

Ankleidezimmer, aber heute war nicht daran zu denken, ihm die zusätzlichen Schritte zuzumuten, und da ich ihnen den Rücken zukehrte und über das Feuer gebeugt war, das überhaupt nicht brennen wollte, weil der Kamin zwei Tage lang kalt gewesen war, beachteten sie mich nicht weiter. Ich hörte ein Rascheln, als der Herr das Hemd über den Kopf streifte, und das Klimpern seiner Manschetten- und Kragenknöpfe, dann ein leises Stöhnen, wohl als er sein Gewicht auf den schlimmen Fuß verlagerte, um Mr. Poole dabei zu helfen, ihm die Hose auszuziehen.

Als ich fertig war und mich umdrehte, saß der Herr im Morgenrock auf seinem Bett und sah, von seinem silbernen Haar abgesehen, wie ein krankes Kind aus. Er lehnte sich in die Kissen zurück und sagte mit schwacher Stimme: »Poole, bleiben Sie bitte noch einen Augenblick hier. Es gibt da noch ein paar Dinge, die unverzüglich erledigt werden müssen und die ich nur Ihnen anvertrauen kann.« Mr. Poole war gerade dabei, die Kissen aufzuklopfen, deshalb konnte ich sein Gesicht nicht sehen, war mir jedoch sicher, daß es sehr selbstgefällig sein mußte, da nichts ihn mehr freute, wie wenn der Herr ihm vor allen anderen den Vorrang gibt. »Bradshaw kann die Halle hüten, während Sie unterwegs sind«, fuhr der Herr fort. Dann, gerade als ich das Zimmer verlassen wollte, wandte er sich zu mir: »Mary, sag Köchin bitte, sie soll mir eine Kleinigkeit heraufschicken. Etwas Tee und ein wenig Brühe, falls sie welche hat. Die könnte ich, wie mir scheint, essen. Sag ihr, ich habe keinen großen Appetit. Sie weiß dann schon Bescheid.«

»Ja, Sir«, erwiderte ich, ging hinunter und dachte, Gott sei Dank, dann kann ich mich wenigstens ein bißchen saubermachen, während Köchin das Tablett für den Herrn richtet, denn ich hasse es, mich vor dem Herrn zu zeigen, wenn ich so voller Kohlenstaub bin, und ich habe immer Angst, etwas anzufassen, solange ich mich nicht richtig gewaschen habe. Köchin hatte den großen Kessel schon aufgesetzt, also schüttete ich etwas Wasser in die Schüssel und wusch mir das Gesicht und den Hals und die Hände und die Arme bis zum

Ellbogen. Mr. Poole kam sehr aufgeregt herein und erklärte, er wüßte nicht, ob er zum Tee zurück wäre, da die Botengänge, die der Herr ihm aufgetragen hatte, ihn in die hintersten Ecken der Stadt schicken würden. Dann war er fort, und Köchin und ich unterhielten uns ein wenig, während wir das Tablett für den Herrn zurechtmachten.

»Er müßte unbedingt ein bißchen Fleisch essen«, sagte Köchin, »und ich habe so ein schönes Stück Schweinebraten da, aber es hat wohl keinen Zweck, es zu servieren, wenn er es sowieso nicht herunterbekommt.«

»Er sieht sehr schwach aus«, sagte ich.

»Kein Wunder«, erwiderte Köchin. »Ich dachte, dieser Assistent wäre dazu da, die Gesundheit des Herrn zu schonen, aber wie es aussieht, macht er alles nur noch schlimmer.« Ich röstete den Toast, und Köchin kochte ein paar Eier weich, wie der Herr sie am liebsten hat, pellte sie und legte sie in eine kleine Schüssel, und daneben stellte sie eine Tasse Rinderbrühe und ein Schüsselchen mit wilden Erdbeeren mit Sahne, die er, wie Köchin sagte, »zwar bestimmt nicht ißt, aber wer weiß, vielleicht locken sie ihn ja doch. Er ißt sie von allen Früchten am liebsten, und sie sind so schwer zu bekommen.« Außerdem gab es eine Kanne Tee. Wir stellten keine Blumen auf das Tablett, weil er doch im Bett essen würde, und ich knöpfte mir meine besten Manschetten an, die ich am liebsten nehme, wenn ich dem Herrn serviere, und dann ging ich mit dem Tablett hinauf, das mit dem weißen Leinentuch und dem Geschirr mit dem leuchtenden Blumenmuster einen hübschen Anblick bot und, wie ich dachte, seine Stimmung sicher aufmuntern würde.

Ich klopfte mit dem Fuß an, weil ich die Hände nicht frei hatte, der Herr rief »Herein«, und ich stieß die Tür auf und hatte das Gefühl, daß jetzt alles gut werden würde.

Der Herr lag in den Kissen, aber seine Augen waren offen, und er lächelte mich an und sagte: »Ah, Mary. Da bist du ja.«

Ich trug das Tablett zum Bett und stellte es über seine Beine, und er

war mir dabei behilflich, indem er sich etwas aufrichtete und seine Beine so ausstreckte, daß das Tablett nicht wackeln konnte. »Mir ist kalt, Mary«, sagte er dann. »Würdest du mir bitte die Schoßdecke bringen.«
Ich wollte meinen Ohren nicht glauben, denn das Zimmer war so stickig, daß ich kaum noch Luft bekam, aber ich tat, was der Herr mich geheißen, und stopfte die Decke unter das Tablett, so daß er bis zu den Füßen zugedeckt war. Er sah mir dabei wie benommen zu. »Sollten wir nicht etwas für Ihren armen Knöchel tun, Sir?« fragte ich, während ich die Decke so über ihn breitete, daß sie nicht zu schwer auf seinem kranken Fuß lag. »Ihn vielleicht in heißem Wasser baden?«
»Nein, Mary«, erwiderte er mit so schwacher Stimme, daß ich den Kof hob und sah, daß er sich in die Kissen zurückgelehnt und die Augen geschlossen hatte.
»Soll ich Ihnen den Tee einschenken, Sir?« fragte ich.
»Bitte«, war alles, was er darauf erwiderte, ohne die Augen zu öffnen.
Es war mir etwas peinlich, mich über ihn beugen zu müssen, um den Tee einzuschenken, aber ich tat es und richtete mich dann wieder auf, damit er die Tasse nehmen konnte. Er sah mich an, als wüßte er zwar, was nun zu tun war, es aber nicht tun konnte. »Meine Hände«, flüsterte er.
»Was ist damit, Sir?« fragte ich. »Was soll ich tun?« Daraufhin hob er eine Hand und sagte: »Ich habe überhaupt kein Gefühl in den Händen, Mary. Sie sind so kalt.« Und so nahm ich seine Hand in meine und erschauderte, denn es war, als würde man einen Eisblock anfassen. »Gütiger Himmel, Sir«, entfuhr es mir, und ich fing an, seine Hände zwischen meinen zu reiben, erst die eine, dann die andere, was ihm gutzutun schien. »Wir müssen unbedingt dafür sorgen, Sir, daß Sie wieder ein bißchen Wärme in die Knochen bekommen«, sagte ich, und der Herr richtete sich in den Kissen auf, ich hielt ihm die Tasse an die Lippen, und er trank einen Schluck,

dann noch einen. »Das tut gut«, sagte er. »Genau das habe ich gebraucht.«

Und so flößte ich ihm eine Tasse Tee ein, dann zerbröckelte ich den Toast, mischte ihn unter die Eier und fütterte ihn damit. Ich sagte, er solle die Hände um die Teekanne legen, um sie zu wärmen, und das tat er auch, und ich gab ihm ein paar Löffel der heißen Brühe zu trinken. Er nahm alles dankbar an und schien willens, alles zu tun, was ich sagte. Nach einer Weile nahm er mir den Löffel aus der Hand und aß den Rest der Brühe alleine, während ich neben ihm stehenblieb, um zu sehen, was ich noch tun könnte. Seine Bewegungen waren langsam und vorsichtig, als ob es ihm Schmerzen bereiten würde, den Löffel zu heben, und er sprach nicht. Erst als er den Löffel auf das Tablett legte, seufzte er und murmelte: »So, das ist genug.«

»Wollen Sie die Erdbeeren nicht wenigstens probieren, Sir?« fragte ich. »Köchin sagt, Sie essen sie so gerne.«

»Nein«, antwortete er. »Du kannst ihr aber sagen, sie soll sie für mich aufheben. Und jetzt habe ich noch eine Sache zu erledigen, dann muß ich schlafen.«

»Ja, Sir«, sagte ich und nahm das Tablett fort.

»Wenn du damit fertig bist, Mary, möchte ich, daß du mir mein Scheckbuch aus dem Salon bringst. Ich glaube, ich habe es auf dem Sekretär liegenlassen.«

Ich erschrak, als ob sich eine kalte Hand um mein Herz geschlossen hätte, ließ mir jedoch nichts anmerken, sondern erklärte nur: »Ich habe es heute morgen gefunden, als ich in den Salon ging, Sir, und es weggelegt«, und ich hatte das Gefühl, daß wir beide wußten, daß nicht *er* es gewesen war, der das Buch hatte liegenlassen, weil er gar nicht im Haus gewesen war, um es tun zu können. Und er kam mir ein wenig nervös vor, als er sagte: »Sehr schön, bring es bitte her, da ich ja nicht hinuntergehen kann. Ich glaube, ich habe eine Eintragung vorgenommen, die nicht ganz vollständig ist.«

Ich fühlte eine große Verwirrung, wie ein Summen im Kopf, und ich wußte, daß ein Teil davon die Traurigkeit darüber war, daß der Herr mich angelogen hatte und ich ihn, aber ich brachte es nicht über mich, ihm zu sagen, daß ich schon in der Nacht in den Salon gegangen war. Und so blieb ich wie angewurzelt stehen, das Tablett in der Hand, und sah den Herrn auf eine Weise an, daß all meine Gefühle auf meinem Gesicht zu lesen waren. Seine Augen begegneten den meinen, aber nur für einen kurzen Augenblick, denn die Lüge stand zwischen uns, und er konnte meinen Blick nicht erwidern. Ich drehte mich um und trug das Tablett hinunter in die Küche, wo Köchin in jede Schüssel spähte, um zu sehen, was er gegessen hatte. »Er ist so schwach, daß ich ihn mit einem Löffel füttern mußte«, berichtete ich, und Köchin schüttelte den Kopf über die ganze Geschichte und sagte: »So schlimm hat es noch nie um ihn gestanden.«

Dann ging ich in den Salon, holte das Scheckbuch hervor und füllte den Federhalter. Da war der Tintenklecks auf dem Löschblatt, wie um mich daran zu erinnern, daß ich nicht geträumt hatte; es war nicht der Herr gewesen, der das Buch zuletzt benutzt hatte. Aber, dachte ich, Mr. Edward Hyde mag schreiben, soviel er will, der Scheck des Herrn nutzt ihm gar nichts ohne dessen Unterschrift, und vielleicht war es das, was der Herr gemeint hatte, als er sagte, er hätte eine Eintragung vorgenommen, die nicht vollständig war. Meine Hände zitterten, und es verlangte mich danach, das Buch aufzuschlagen und nachzusehen, was darin geschrieben stand, ich hatte aber nicht den Mut dazu. In der Nacht hätte ich es tun können, aber da war ich nicht einmal auf den Gedanken gekommen.

Ein Geräusch am Fenster ließ mich zusammenfahren – es war eine Taube, wie ich sofort sah, die auf die Dachtraufe flatterte. Dann spürte ich eine Bewegung hinter mir, wirbelte herum und sah, daß es nur mein Spiegelbild in der Scheibe über dem Sekretär war. »Du bist schreckhaft wie eine Katze«, schalt ich mich selbst. Ich hatte das Gefühl, daß das Zimmer mich anstarrte, mich belauschte, und über allem schien ein Schatten zu liegen, so daß ich nicht mehr richtig sehen konnte. Die große Vase mit den Rosen, die kleine Statue des Mannes, der eine Kugel hochhielt, der grün-goldene Engel im Oberlicht über dem Fenster, all die Dinge, die mir für gewöhnlich so freundlich und tröstlich erscheinen, schienen sich nun wie eine Last über mich zu legen und mir Böses zu wünschen. Ich stürzte hinaus, das lederne Buch, das mich, wie ich mir sagte, nun wirklich nichts anging, fest an mich gedrückt, und lief die Treppe hinauf zum Zimmer des Herrn. Ich klopfte an die Tür, erhielt keine Antwort, öffnete sie vorsichtig, denn schließlich hatte der Herr mir aufgetragen zurückzukommen, und fand ihn – schlafend. Er lag flach auf dem Rücken, die Hände über der Schoßdecke gefaltet, während seine nackten Füße am unteren Ende hervorragten. Ich ging leise ein paar Schritte ins Zimmer hinein, ohne zu wissen, was ich tun sollte, und als ich sah, daß er tief und fest schlief und es eine Schande wäre, ihn zu wecken, faßte ich meinen Entschluß, ging leise über den Teppich und legte das Buch auf seinen Nachttisch, wo er es finden würde, wenn er aufwachte.

Ich konnte jedoch nicht gehen, ohne noch einen langen Blick auf meinen schlafenden Herrn zu werfen, denn er sah sehr verändert aus, und zwar auf eine Weise, die mein Herz anrührte. Sein Mund war halb geöffnet, und obwohl er nicht schnarchte, kam und ging sein Atem mit einem kleinen Ächzen. Wenn der Herr wach ist, wirkt sein Gesicht intelligent und gütig, aber im Schlaf war es melancholisch und traurig und seine Stirn gefurcht von irgendeiner privaten Sorge, aber das war vielleicht nur meine Einbildung. Es bedrückte mich zu sehen, daß er plötzlich alt schien, obwohl der Schnitt seines Gesichts so energisch und elegant ist, daß die Jahre ihn nur würdiger und ehrbarer aussehen lassen. Eine silberne Haarsträhne war ihm in die Stirn gefallen, und ich konnte mich nur mit Mühe daran hindern, sie zurückzustreichen, fast so, als wollte ich ihn auf dem Totenbett schön machen. Bei dem Gedanken, der Herr könne tatsächlich einmal für immer von mir gehen, wurde mir das Herz so schwer, daß ich mich abwenden mußte.

Wenn er so weitermacht wie bisher, dachte ich, kommt dieser Tag vielleicht früher, als ich es ertragen könnte.

Der Herr ist wieder auf den Beinen, aber es war für uns alle eine schwere Zeit. Mehrere Tage war er zu krank, um außer schlafen etwas anderes tun zu können, dann war er noch einen Tag recht geduldig, denn schließlich weiß er so gut wie jeder andere, wie gefährlich es ist zu denken, man wäre gesund, nur weil man es müde ist, krank zu sein.

Köchin und ich waren ständig damit beschäftigt, uns Dinge auszudenken, die ihm das Gefühl geben sollten, daß es keinen Grund für ihn gibt, aufzustehen und herumzulaufen, und so schickte Köchin ihm zu allen möglichen Zeiten kleine Schälchen mit Leckereien, um ihm Appetit zu machen, und tatsächlich hatte sie damit einigen Erfolg, denn selbst, wenn seine Launen ihren schwärzesten Tiefpunkt erreicht hatten, hellte sein Gesicht sich auf beim Anblick eines Puddings oder eines Toasts mit Marmelade, und ich veränderte ständig irgendwelche Kleinigkeiten in seinem Zimmer, brachte ihm frische Blumen, die zum Teil aus unserem eigenen Garten stammten, versuchte immer wieder, ein bißchen frische Luft ins Zimmer zu lassen (obwohl der Herr einen großen Abscheu vor offenen Fenstern und einem kalten Kamin hat), und lief ständig im Haus herum, um ihm Bücher, Papiere und Hefte zu holen. Mr. Bradshaw, der überaus geschickt ist, hatte sich eine Möglichkeit ausgedacht, das Tablett des Herrn so zu verändern, daß es sich schräg stellen und als Schreibunterlage verwenden ließ, was dem Herrn sehr gefiel, denn er führt eine große Korrespondenz, mit der er in letzter Zeit in Rückstand geraten war, und so konnte er sich um seine wohltätigen Werke kümmern, ohne das Bett verlassen zu müssen.

Aber natürlich war seine Geduld nach einer Woche erschöpft, und er stand auf und humpelte umher, wenn auch dieses Mal mit soviel

Rücksicht auf seinen Knöchel, daß er wenigstens klingelte oder rief, um sich die Treppen hinauf und hinunter helfen zu lassen. Er empfing ein paar Gäste, unter ihnen Mr. Utterson und Mr. Littleton, der den Herrn immer zornig macht, so daß ich es gar nicht gerne sehe, wenn er ins Haus kommt, und Mr. Zeal, seinen Weinhändler, über dessen Namen und Verhalten Mr. Bradshaw sich immer königlich amüsiert, weil er sagt, eigentlich seien sie ein und dasselbe, und dann erzählt er uns von der Eifrigkeit des Mr. Zeal und wie all seine Kunden eifrig zum eifrigen Mr. Zeal laufen, worüber die arme Annie lachen muß, bis ihr der Bauch wehtat. Dann verbrachte der Herr zwei lange Tage bis in die Nacht hinein in seiner Bibliothek und brannte die Lampen so weit herunter, daß fast nichts mehr übrig war, und ich wußte, daß er bald wieder in sein Laboratorium gehen würde. Wenigstens ist sein Knöchel gut verheilt, und er scheint ohne Schwierigkeiten gehen zu können, und sein Gesicht hat wieder etwas Farbe bekommen.

Heute morgen nahm er, genau wie ich es erwartet hatte, sein Frühstück in der Bibliothek ein, und gegen zehn Uhr, als ich im Hof Wäsche aufhängte, sah ich ihn aus der Küchentür kommen und zu seinem Laboratorium schlendern, einen heiteren Ausdruck auf dem Gesicht, denn es war ein wunderschöner Morgen, zwar mit einem Hauch von Herbst in der Luft, aber die Sonne strahlte von einem blauen Himmel. Es war ein Tag, wie wir ihn nur selten zu sehen bekommen, was der Grund dafür war, daß ich soviel Wäsche gewaschen hatte, wie ich nur finden konnte. Der Herr blieb vor dem Garten stehen und schaute ihn sich lächelnd an, und ich kam hinter meinen Tüchern hervor und wünschte ihm einen guten Morgen. Er begrüßte mich und sagte, es sei wirklich ein wunderschöner Morgen und was für einen herrlichen Anblick unser Garten an so einem Tag böte und wie er unseren Hof völlig verändert habe, der früher so häßlich gewesen sei, daß man nie daran gedacht hätte, auch nur einen Augenblick stehenzubleiben.

Ich bedankte mich und dachte, der Herr würde sicher sofort weitergehen, aber statt dessen bat er mich, zu ihm zu kommen und ihm etwas über unsere Pflanzen zu erzählen. Also ließ ich meine Wäsche im Korb liegen und ging zu ihm hinüber. »Von den meisten Pflanzen kenne ich nicht einmal den Namen«, sagte er, »obwohl ich weiß, daß dies hier Digitalis ist, weil es in der Medizin verwendet wird.« Dabei deutete er auf den Fingerhut, der die größte unserer Pflanzen ist.

»Ich weiß leider nur die gewöhnlichen Namen dafür, Sir«, antwortete ich. »Für mich ist das Fingerhut. Und das daneben ist Lavendel. In dem Kreis da wächst Liebstöckl, und die hohen, rosa Blüten sind Engelwurz.«

»Du hast das alles wirklich sehr schön angelegt«, sagte er.

»Oh, das ist allein das Verdienst von Köchin, Sir«, erwiderte ich. »Ich habe nur getan, was sie gesagt hat. Sie hat alles nach einem Garten geplant, den sie in H*** gesehen hat.«

»Sicher, Mary, sie mag den Garten geplant haben, aber ohne dich hätte sie ihn niemals pflanzen können. Die Energie, die darin steckt, ist allein deine, und wir alle haben den Nutzen davon.«

Ich wußte nicht, was ich darauf sagen sollte, da die Komplimente des Herrn mich immer verlegen machen und es mir nicht zusteht, ihm in dieser oder sonst einer Angelegenheit zu widersprechen, und so schwieg ich und betrachtete den Garten und war ein bißchen stolz, denn er ist wirklich eine Freude für die Augen und die Nase eines jeden, der daran vorbeigeht. Aber als ich dann wieder zum Herrn sah, merkte ich, daß er in Gedanken schon ganz woanders war, denn er blickte mit einem fast besorgten Ausdruck zur Tür seines Laboratoriums, und ich dachte, er hat sicher ein Problem, dessen Lösung er noch nicht kennt, und ist nur stehengeblieben, um sich einen Augenblick zu zerstreuen. Und tatsächlich steckte seine Hand schon in seiner Tasche, um den Schlüssel zu suchen, den er nun hervorzog und auf eine Weise betrachtete, als wäre es eine Überraschung, ihn zu sehen. Also sah ich auch den Schlüssel an und muß wohl, ohne es zu wollen, ein ungeduldiges Geräusch von mir gegeben haben, eine Art Schnauben, aber in der Stille hörte es sich sehr laut an, und es war, als ob ich meine Gefühle über den Ort, an den der Schlüssel den Herrn führen würde, in Worten ausgedrückt hätte.

»Nein, Mary«, sagte der Herr, »meine Arbeit zeitigt keine so erfreulichen Ergebnisse wie deine, und vielleicht ist sie schließlich und endlich für niemanden von Nutzen. Vielleicht macht sie die Welt nur noch seltsamer, als sie es sowieso schon ist, und noch bedrohlicher für jene, die nicht den Mut besitzen, auch das Schlimmste wissen zu wollen.«

Ich erwiderte nichts, weil ich nicht verstand, was der Herr damit meinte, und so versuchte ich nur, es mir genau zu merken, wie es meine Gewohnheit ist, um es später aufzuschreiben, und ich glaube, ich habe es so aufgeschrieben, wie er es gesagt hat.

»Und doch muß ich es tun«, sagte er dann, schloß die Finger um den Schlüssel, überquerte den Hof zum Anatomiesaal und war einen Augenblick später verschwunden.

Mr. Poole hat ihn gesehen.

Heute nachmittag mußte ich nach K*** gehen, um für Köchin einen Fisch zu besorgen, und während ich fort war, kam *er* an die Haustür. Er sprach Mr. Poole in dreisten Worten an, und als ihm mitgeteilt wurde, der Herr sei nicht zu Hause, antwortete er, daß er dies wisse, weil der Herr ihn nämlich geschickt hätte, um ein Buch aus der Bibliothek zu holen.

Das kam Mr. Poole sehr merkwürdig vor, und mir übrigens auch, denn der Herr arbeitete im Laboratorium, und wenn er ein Buch brauchte, hätte er seinen Assistenten doch über den Hof zur Küchentür schicken können. Aber Mr. Poole sagte später, vielleicht wäre es doch richtig gewesen, ihn außen herum zu schicken, weil wir uns vielleicht erschrocken hätten, wenn ein Fremder durch die Kü-

che ins Haus gekommen wäre, und Mr. Poole erklärte, er sei sicher, daß Mr. Hyde auch in Zukunft nicht über diesen Weg kommen und gehen werde. Ich dachte, aber er kommt und geht jetzt schon über diesen Weg, wenn auch nur mitten in der Nacht.
Auf jeden Fall fand Mr. Poole, er hätte keine andere Wahl, als ihn hereinzulassen, und so ging er voraus und öffnete die Tür zur Bibliothek. Mr. Poole erzählte Mr. Bradshaw, er hätte gedacht, der Auftrag würde nur eine Minute in Anspruch nehmen, und deshalb wäre er in der Tür stehengeblieben, um zu warten. Mr. Hyde betrat die Bibliothek, und Mr. Poole sagte, er hätte den Eindruck gehabt, der Assistent wäre zu erfreut gewesen, sich dort aufzuhalten, und hätte sich gleich allzu behaglich gefühlt, denn er hätte sich überall umgesehen und sich mit einer Art Zufriedenheit die Hände gerieben und dann sogar das große medizinische Wörterbuch angefaßt, das immer auf dem Ständer steht. Dann drehte er sich zu Mr. Poole um und erklärte, es gäbe keinen Grund, auf ihn zu warten, er käme alleine zurecht. Aber die Vorstellung, ihn alleinzulassen, gefiel Mr. Poole ganz und gar nicht, und so blieb er einfach stehen und tat so, als ob er ihn nicht verstanden hätte. Mr. Hyde musterte ihn daraufhin von Kopf bis Fuß, bis Mr. Poole, wie er Mr. Bradshaw erzählte, eine richtige Gänsehaut bekam, aber er rührte sich trotzdem nicht vom Fleck, nicht einmal, als der Mann auf ihn zukam und ihm ohne ein weiteres Wort die Tür vor der Nase zuschlug.
Als Köchin mir davon erzählte, mußte ich, wie ich zu meiner Schande gestehe, laut lachen, und Annie, die neben mir saß, reckte den Kopf und sagte: »Neeeeiiin«, denn wir konnten uns alle nur zu gut vorstellen, was für ein Gesicht Mr. Poole gemacht haben mußte.
Mr. Hyde blieb etwa eine Viertelstunde in der Bibliothek, während der Mr. Poole in der Eingangshalle auf und ab marschierte und achtgab, daß Mr. Hyde nicht gehen konnte, ohne daß er ihn noch einmal zu Gesicht bekam. Endlich tauchte er auf, ein Buch an den Leib gedrückt, und schien sehr verärgert darüber, daß Mr.

Poole auf ihn wartete. Er fragte ihn, ob der Herr denn nicht mit dem Personal über ihn gesprochen hätte, und Mr. Poole sagte, doch, das hätte er, und wir wüßten, daß Mr. Hyde im Haus alle Freiheiten genießen solle. Daraufhin, sagte Mr. Poole, lachte der kleine Mann (denn er ist sehr klein) laut auf und sah sich in der Halle um, wie auf der Suche nach etwas, was er zerschlagen konnte, nur um Mr. Poole zu zeigen, was er unter Freiheit verstand. Mr. Poole erzählte Mr. Bradshaw, der Assistent hätte etwas Wölfisches an sich und würde den Kopf hängen lassen, als ob er jeden Augenblick damit rechnen würde, daß es Schläge auf ihn niederregnete. »Sie brauchen also nicht auf mich aufzupassen, Poole«, sagte er dann. »Es besteht keine Gefahr, daß ich etwas mitnehme, was nicht mir gehört.«

Zu seiner eigenen Befriedigung gewann Mr. Poole seine Fassung soweit wieder, daß er erwidern konnte: »Ich bemühe mich nur, zu Diensten zu sein, Sir, sollten Sie meine Hilfe benötigen«, aber Mr. Hyde erklärte: »Für den Augenblick ist die einzige Hilfe, die ich von Ihnen benötige, die, daß Sie die Tür öffnen und zur Seite treten, statt mir und meiner eiligen Verabschiedung im Weg zu stehen«, oder eine ähnlich unhöfliche Bemerkung, die Mr. Poole so schockierte, daß er genau das tat, was ihm gesagt worden war, und einen Augenblick später hatte Mr. Hyde das Haus verlassen.

Das alles hörte ich von Köchin, die es von Mr. Bradshaw hatte, der Mr. Poole unmittelbar nach dem Fortgang den Assistenten über den Weg lief, als dieser noch so aufgewühlt war, daß er seine übliche Zurückhaltung vergaß und die ganze Geschichte hervorsprudelte. Ich fragte Köchin, was Mr. Poole sonst noch über Mr. Hyde gesagt hatte. Sie dachte eine Minute darüber nach und legte dann ihren Löffel zur Seite, als ob sie nicht gleichzeitig rühren und sich erinnern könnte.

»Nun«, antwortete sie, »er sagt, daß er jung ist und daß seine Stimme grob ist, obwohl er sich einigermaßen gewählt ausdrückt und man ihm anhört, daß er eine Schulbildung erhalten haben muß, und daß seine Kleider gut gearbeitet und von guter Qualität sind, bis hin zu seinen Schuhen, die er anscheinend beim selben Schuster machen läßt wie der Herr. Er ist klein und hat, genau wie ich gesagt habe, dichte, dunkle Haare und dunkle Augen, und er ist glatt rasiert.« Hier hielt Köchin kurz inne und fügte dann, wie um ihrem Bild von Mr. Edward Hyde den letzten Schliff zu verleihen, hinzu: »Mr. Poole sagt, seinetwegen könne er sich so gut anziehen und so gewählt ausdrücken, wie er will, und in diesem Haus Befehle geben, bis er keine Luft mehr bekomme, aber seine Herkunft sei ihm trotzdem ins Gesicht geschrieben und kein Mensch werde ihn je für einen Gentleman halten.«

Dann ließen wir das Thema fallen, und beim Tee erwähnte Mr. Poole die Angelegenheit mit keinem Wort, und keiner von uns hatte den Mut, ihn danach zu fragen, obwohl der Name von Mr. Edward Hyde wie eine Wolke über dem Tisch hing. Am Abend kam der Herr zu einer vernünftigen Stunde ins Haus zurück und speiste im Eßzimmer, wobei ihm sein Anwalt, Mr. Utterson, Gesellschaft leistete. Die beiden blieben so lange bei ihrem Portwein sitzen, daß Mr. Poole in die Küche kam und sagte, ich solle das Feuer nachlegen, weil es fast abgebrannt sei, danach könnten Annie und ich ins Bett gehen. Also lief ich nach oben. Schon im Flur konnte ich ihre Stimmen hören, und es schien mir, als wären sie sich nicht einig. Ich klopfte an die Tür, und der Herr rief »Herein«, und als ich das Zimmer betrat, hörte ich ihn erklären: »Ich möchte jetzt nichts mehr dazu sagen, Gabriel. Du mußt mir einfach vertrauen.« Und ich sah, daß Mr. Utterson den Kopf schüttelte und die Lippen fest zusammenkniff, als wollte er das, was der Herr ihm erzählt hatte, von sich abschütteln.

»Ich soll das Feuer nachlegen, Sir«, sagte ich. Der Herr warf mir einen langen Blick zu, bei dem ich wie angewurzelt stehenblieb, dann sagte er: »Das wird nicht nötig sein, Mary. Mr. Utterson wollte gerade gehen.«

Mr. Utterson sah erstaunt aus, aber nur für einen kurzen Augenblick. Dann erhob er sich und erklärte: »Das stimmt. Es ist spät geworden, und ich muß morgen sehr früh in der Chancery Lane sein.«

Also ging ich wieder hinaus und dachte mir dabei, sie haben sich bestimmt über diesen Mr. Hyde gestritten, und Mr. Utterson gefällt das alles ebensowenig wie uns, also hat er den jungen Mann vielleicht kennengelernt oder weiß über seine Lage Bescheid und macht sich Sorgen um den Herrn. Ich weiß nicht, wie ich darauf kam, glaube aber, daß ich recht hatte. Dann dachte ich an das, was Mr. Poole zu Mr. Bradshaw gesagt hatte, nämlich daß die Herkunft dem Assistenten im Gesicht geschrieben stehe und daß er kein Gentleman sei.

Aber was ist er dann? Ein junger Mann aus der Schule des Herrn? Hat der Herr ihn als eine Art Experiment zu sich genommen, oder einfach nur aus Neugier? Empfindet er für sein Leben dasselbe Verständnis und dasselbe Interesse, das er für meines gezeigt hat?

Ich wußte die Antwort auf diese Frage, und sie lautete: mehr Verständnis und mehr Interesse, denn er hat Mr. Hyde keinerlei Beschränkungen auferlegt und ihn sich als Gesellschafter für die langen Stunden ausgesucht, die er in seinem Laboratorium an irgendeiner beänstigenden Aufgabe arbeitet, für die er, wie er mir selbst gesagt hat, seinen ganzen Mut braucht.

Heute morgen war es kalt und klamm und die Luft so voller Staub, daß wir kaum atmen konnten. Meine Hände waren beide wie taub, so daß ich die Finger überhaupt nicht bewegen konnte, und in den Narben an meinem Hals pochte es so stark, daß ich dachte, sie wären dick angeschwollen, aber als ich in der Halle einen Blick in den Spiegel warf, sah ich, daß alles so aussah wie immer. In der Küche füllte ich eine Schüssel

mit heißem Wasser und steckte meine armen Hände hinein, um wieder Gefühl in sie zu bekommen. Köchin murmelte über ihren Töpfen vor sich hin und schien ebenfalls schlechter Laune zu sein, aber als sie sah, daß ich meine Hände in das heiße Wasser hielt, sagte sie: »Du hast es in den Händen, Mary, und bei mir sind es die alten Knie, die wehtun.« Und ich antwortete: »So wie wir beide aussehen, steht uns schlechtes Wetter ins Haus«, worauf sie erklärte: »Da hast du ganz bestimmt recht.« Ich dachte, Köchin weiß ganz genau, daß ich Probleme mit meinen Händen habe, und sie hat sie oft genug gesehen, um die Narben zu kennen, aber sie hat mich kein einziges Mal gefragt, wo ich sie herhabe. Aber es ist nun einmal Dienstbotenart, nicht über solche Dinge zu sprechen, und zwar aus reiner Höflichkeit, weil jeder sich denken kann, daß mit solchen Händen nur schlimme Erinnerungen verbunden sein können, und warum vergangenen Kummer aufwühlen?
Nach dem Frühstück mußte ich einen ganzen Berg Kohlen ins Haus schaffen, denn der Kohlenhändler war gekommen, und nur wenig später war ich so schwarz wie die Luft um mich herum, aber dennoch war mir wohl zumute, denn Kohlen zu schaufeln ist eine Arbeit, bei der es einem unweigerlich warm werden muß. Dann zündete ich im Erdgeschoß die Feuer an; als ich einen Eimer mit Kohlen füllte, um sie ins Schlafzimmer des Herrn hinaufzutragen, kam Mr. Poole in die Küche, um zu sagen, der Herr wäre jetzt aufgestanden und in der Bibliothek, wo er auch frühstücken wolle, und ich dachte, wunderbar, dann kann ich ja so, wie ich bin, nach oben gehen, ohne daß er mich sieht, was ich auch tat. Als ich wieder herunterkam, war Köchin mit der Küche fertig und zum Markt gegangen, und da ich sowieso schwarz war von der Arbeit, dachte ich, ich könnte schnell noch den Küchenboden scheuern, denn der Herd war schön warm, so daß der Boden vielleicht trocknen würde, bevor sie zurückkam. Also holte ich meine Eimer und Bürsten, band meine Röcke hoch und war mitten in der Arbeit, als Mr. Poole hereinkam und so böse aussah, als wären gerade all seine

Pläne durchkreuzt worden; er erklärte, der Herr wolle mich auf der Stelle im Salon sprechen. Ich hob den Kopf, sah ihn von unten an, denn ich war ja auf den Knien, und sagte: »Aber so kann ich nicht zu ihm gehen! Ich bin doch schwarz wie ein Mohr und patschnaß«, aber Mr. Poole kümmerte das überhaupt nicht, und er sagte nur: »Man darf den Herrn nicht warten lassen«, drehte sich um und ging hinaus.

Also stand ich auf, wusch mir das Gesicht und die Hände in einem Eimer mit sauberem Wasser, band meine Röcke los, wrang sie notdürftig aus, fuhr mit einem Lappen über meine Stiefel, zog eine saubere Haube und eine saubere Schürze über, was nur lächerlich aussah, wie ich fand, da mein Rock darunter völlig schwarz war, aber was hätte ich sonst tun können, und ging hinauf zum Salon, klopfte leise an die Tür und wünschte mir, ich könnte mich ganz klein machen, damit mich niemand bemerkte.

Der Herr rief »Herein«, und seine Stimme klang ungeduldig, deshalb öffnete ich rasch die Tür, ging hinein und machte sie hinter mir wieder zu. Er saß an seinem Sekretär und schrieb, und ich sah einen Scheck neben dem Blatt Papier liegen. Er hob den Kopf, nur um zu sehen, ob ich es war, sagte scharf: »Komm herein, Mary«, und wandte sich sofort wieder seinem Brief zu. Mir war ziemlich bange zumute, weil ich den Herrn noch nie in einem solchen Zustand gesehen und er noch nie so mit mir gesprochen hatte. Es kam mir vor, als ob der ganze Raum von Erschütterungen erfüllt wäre, die alle von ihm ausgingen, während er das Blatt Papier mit zornigen Worten füllte, und ich wußte sofort, weshalb er nach mir geschickt hatte: Ich sollte seinen Zorn aus dem Haus tragen.

Er schrieb immer noch, und so blieb mir nichts anderes übrig, als mich still zu verhalten und zu warten. Dann griff er nach einem Umschlag, wobei er mich noch einmal ansah, aber nur für einen kurzen Augenblick, wie um sich zu vergewissern, daß ich immer noch da war. Sein Mund war eine schmale Linie, und sein Blick war so kalt, daß ich das Gefühl hatte, daß er mich überhaupt nicht sah, sondern daß ich nur ein Objekt für ihn war, nützlich wie sein Federhalter oder sein Scheck, die auch nur dazu dienten, ihm zu Willen zu sein. Bei diesem Gedanken wallte Zorn in mir auf, aber ich kämpfte ihn nieder und rief mir meine Stellung und meine Pflichten ins Gedächtnis zurück. Warum, dachte ich, sollte er über seine eigenen Hände nachdenken, wenn er sie braucht? Genausowenig sollte er über mich nachdenken.

Der Herr unterschrieb das Blatt Papier, faltete den Scheck hinein und steckte beides zusammen in den Umschlag. Ich brauchte den Namen, den er darauf schrieb, gar nicht erst zu lesen, so sicher war ich, daß ich ihn kannte. Dann drehte der Herr sich zu mir um und erklärte: »Ich muß dich heute morgen auf einen sehr unangenehmen Gang schicken, Mary.«

»Zu Mrs. Farraday«, sagte ich.

Meine Bemerkung schien den Herrn zu erstaunen. Er beugte sich ein wenig vor und richtete den Blick fest auf mich, so wie Vögel es tun, wenn sie im Gras etwas entdecken, was sie aufpicken können. »Woher weißt du das?« fragte er.

»Ich weiß es nicht«, erwiderte ich. »Ich kann mir nur keinen anderen Gang denken, den Mr. Poole nicht besser erledigen könnte als ich.«

Der Herr sah aus, als ob er mir eine Antwort geben wollte, aber da fiel sein Blick erneut auf den Brief in seiner Hand, und der Anblick schien in so zu bekümmern, daß er alles andere vergaß, bis auf die Sorgen, die in ihm enthalten waren. Er hielt mir den Umschlag entgegen und sagte: »Ich verlasse mich in dieser Sache völlig auf dich, Mary. Obwohl ich dir nicht erklären kann, um was es sich handelt, will ich dir doch sagen, daß es von so großer Bedeutung für mich ist, von so großer Bedeutung ...« Hier verstummte er, und wieder sahen wir beide auf den Brief, den ich am liebsten nicht genommen hätte. Aber ich streckte die Hand danach aus, als ob der Wille des Herrn mein eigener wäre, und fragte nur, während ich ihn in meinen Ärmel steckte: »Was soll ich Mr. Poole sagen?«

Der Herr sah mich gereizt an. »Warum solltest du ihm überhaupt etwas sagen?« entgegnete er.
»Wo ich doch aus dem Haus gehe und meine Arbeit einfach liegenlasse –«
»Ich kümmere mich um Poole. Du kannst ganz beruhigt sein.«
»Das werde ich«, sagte ich, obwohl ich ganz und gar nicht beruhigt war und es, wie ich wußte, noch eine ganze Weile nicht sein würde. »Werde ich eine Antwort bekommen?«
»Ja«, erklärte der Herr. »Ich bin sicher, daß du eine bekommen wirst.«
»Und soll ich auf der Stelle gehen, Sir?«
Der Herr nickte nur, den Mund zu einer so entschlossenen Linie zusammengepreßt, daß ich Angst hatte, noch etwas zu fragen, dabei hätte ich gerne gewußt, ob ich mir die Zeit nehmen könnte, mich umzuziehen, denn ich spürte, daß der feuchte Stoff meines Rockes sogar meine Strümpfe durchnäßte, aber das schien mir eine nichtige Sorge im Vergleich zu dem, was den Herrn dazu veranlaßt hatte, mich so aufgeregt zu sich zu rufen, und ich beschloß, nur den Rock und die Schuhe zu wechseln, was ich in aller Eile in der Küche tun konnte, denn ich hatte in der Anrichte einen Musselinrock, der für das Wetter zwar viel zu leicht, aber immerhin trocken war, und meine Gehschuhe. Ich machte einen Knicks, den der Herr kaum bemerkte, so versunken war er in seine Gedanken, und ging hinunter in die Küche, hoffend, wenigstens das Glück zu haben, Mr. Poole nicht über den Weg zu laufen, denn ich hatte keine Ahnung, was ich ihm sagen sollte. Und tatsächlich begegnete ich ihm nicht.
Köchin war noch unterwegs, und so hatte ich die Küche für mich allein. Ich zog mich in aller Eile um, setzte meine Haube auf, schlüpfte in meinen Mantel und ging durch den Hof aus dem Haus. Draußen war alles braun vor Nebel, so daß ich den Platz kaum erkennen konnte, und es war so kalt, daß ich die Schultern zusammenzog, als könnte ich meine Brust schützen, indem ich mich um sie

herum faltete. Ich hastete durch die Seitenstraße, vorbei an der Tür, die, was die meisten Passanten nicht wissen, zum Laboratorium des Herrn führt. Der Nebel hing genau auf Kopfhöhe, war aber streifig und fleckig und immer wieder aufgerissen, und durch einen dieser Risse fiel ein Sonnenstrahl genau auf die Tür und zeigte sie in ihrer ganzen Schäbigkeit, so ungepflegt und trübselig, daß sie das Licht aufzusaugen und in etwas Dumpfes zu verwandeln schien. Ich konnte nicht umhin, sie zu betrachten, obwohl ich halb erwartete, daß sie jeden Augenblick aufgehen und Mr. Edward Hyde herausgestürzt kommen würde, ein Gedanke, der mir geradezu einen Stoß versetzte, so daß ich schnell weiterhastete, meine Röcke hinter mir herziehend.

Der Weg quer durch die Stadt war lang und voller seltsamer Anblicke, denn der Nebel hob und senkte sich so plötzlich, daß man nie wußte, was im nächsten Moment vor einem auftauchen würde – ein müdes Gesicht, ein schnaubender Pferdekopf oder eine Kutsche, so dicht vor einem, daß sie einen mit Schlamm bespritzte. Ich kam durch eine niedrige Passage, die nach S*** führte und in der ich mich so dicht es ging an die feuchte, braune Mauer drückte, denn die Kutschen preschten in wilder Fahrt durch sie hindurch und die Räder und Hufe verursachten ein solches Getöse, daß die Pferde selbst davon scheu wurden und man niedergetrampelt werden konnte, bevor man überhaupt gesehen wurde, und ich war sicher, daß die Kutschen nicht anhalten würden, auch wenn sie ihre Passagiere über einen noch so sehr von zerschmetterten Körpern bedeckten Boden transportieren müßten. Dann kam ich über einen dunklen Platz, vorbei an einer Branntweinschenke und einem billigen Speiselokal, und die meiste Zeit hielt ich den Blick gesenkt, um meinen Weg durch den Nebel zu finden und die schmutzigen, gemeinen Bewohner der Straße nicht sehen zu müssen, bis ich schließlich an die Tür kam, von der ich wußte, daß es die von Mrs. Farraday war.

Als ich nähertrat, sah ich eine junge Frau herauskommen, fast noch ein Mädchen, die in einer Weise gekleidet war, daß sowohl ihre magere Gestalt als auch ihr Beruf allen Augen enthüllt wurde. Sie sah mich nicht, denn sie hatte ein Taschentuch vor das Gesicht gepreßt und schluchzte so heftig, als ob ihr das Herz brechen würde. Ich trat zur Seite, als sie an mir vorbeilief, und es machte mich traurig, sie so bedrückt und niedergeschlagen zu sehen, denn sie mußte, und zwar vor gar nicht langer Zeit, ein frisches, hübsches junges Mädchen gewesen sein, das nur unschuldige Sorgen kannte. Aber es war keine große Überraschung für mich, ein armes Ding wie sie aus Mrs. Farradays Haus kommen zu sehen, und ich beschloß, daß ich dieser Person auf keinen Fall erlauben würde, mich noch einmal zu beschimpfen, und daß sie sich keinen Augenblick lang einbilden dürfte, daß ich, nur weil ich ihr den Brief des Herrn überbrachte, auch nur das Geringste mit ihr zu tun haben würde, gäbe es nicht die Pflicht meinem Herrn gegenüber, der, wie ich dachte, ebenfalls sehr unzufrieden mit ihr war.

Ich trat an die Tür und klopfte, und kaum hatte ich das getan, wurde die Tür auch schon aufgerissen, und die gräßliche Frau stürzte sich auf mich wie eine Furie, denn sie hatte mich sofort erkannt, stieß bei meinem Anblick ein Heulen aus, packte mich am Arm und zog mich in ihr Haus und durch eine dunkle Diele in einen kleinen Salon, der, wie ich sah, obwohl ich kaum etwas wirklich *sehen* konnte, weil sie so zeterte, recht behaglich mit schönen Teppichen, guten Möbeln und Bildern eingerichtet war, ein Zimmer, wie man es in einer solchen Straße nie zu finden erwartet hätte.

»Na, hat er wieder sein kleines, milchgesichtiges Hausmädchen geschickt?« zischte Mrs. Farraday, während ich versuchte, mich einigermaßen zu fassen. »Wenn er denkt, daß er diese Geschichte mit einem Brief und ein paar Pfunden aus der Welt schaffen kann, hat er sich aber getäuscht. Er glaubt wohl, er könne sich aus jeder Schweinerei herauskaufen, dein feiner Herr, und daß keiner, der sein Geld annimmt, das Recht hat, etwas gegen ihn zu sagen. Gegen ihn und seinen verdammten Liebling, den er unter uns losgelassen hat wie einen tollwütigen Hund.« Auf diese Weise schimpfte sie weiter und war in einem Zustand, daß ich daran zweifelte, auch nur ein Wort anbringen zu können, und so knöpfte ich meinen Ärmel auf und zog den Brief des Herrn hervor, den sie mir sofort aus der Hand riß. »Gib her«, rief sie, drehte sich um, ging zum Kamin hinüber und riß den Umschlag auf. Ich sah, daß sie als erstes den Scheck überflog und ihn in ihr Mieder steckte, und ich fand, daß sie durch seinen Anblick auf fast wunderbare Weise beruhigt schien. Dann faltete sie den Brief auseinander und begann, ihn zu lesen. Ich hörte, daß die Haustür geöffnet wurde, dann Schritte, sehr leicht und schnell, gefolgt von einem Klopfen an der Tür. Mrs. Farraday drehte den Kopf, rief ein: »Was ist?«, die Tür ging auf, und eine junge Frau, die der, die ich vor dem Haus gesehen hatte, sehr ähnlich war, spähte herein, die Augen rot gerändert vom Weinen und ein Taschentuch in der Hand. »Tut mir leid zu stören, Madam«, sagte sie. »Ich bin gekommen, um –«

Sie konnte den Satz nicht beenden, denn Mrs. Farraday unterbrach sie mit scharfer Stimme: »Sie ist vor einer Stunde abgeholt worden. Es gibt nichts mehr zu sehen«, worauf das Mädchen erwiderte: »Entschuldigen Sie, Madam« und hinausging.

Ich stand mit gefalteten Händen da und betrachtete Mrs. Farradays steifen Rücken und ihre wirren, silbernen Haare, die so zerzaust waren, als ob sie sie tagelang nicht gekämmt hätte. Das Feuer war fast heruntergebrannt und das Zimmer sehr kühl, so daß ich mich wunderte, daß sie nicht zitterte, denn sie trug dasselbe Kleid, das sie auch das letzte Mal angehabt hatte und vorne und hinten so weit ausgeschnitten war, daß ihre fahle Haut enthüllt wurde. Es dauerte eine Weile, bis sie den Brief gelesen hatte, wobei sie hin und wieder verächtliche Geräusche von sich gab und sogar ein oder zwei Worte murmelte, die ich jedoch nicht verstehen konnte. Im Haus war es still, aber ich konnte Stimmen und Schritte auf der Straße hören, Geräusche, denen man, wie ich dachte, nie entgehen konnte, wenn man in einer Straße wie dieser lebte, ganz gleich, wie viele

Teppiche man auslegte oder wie dick die Vorhänge waren. Endlich faltete Mrs. Farraday den Brief zusammen, steckte ihn in den Umschlag zurück, drehte sich zu mir um und sah mich mit einem seltsam zornigen Licht in den Augen an. »Er beruft sich auf das Wohlwollen, das ich ihm aus alter Zeit entgegenbringe«, sagte sie. »Und das kann er auch.« Sie schlug sich mit dem Brief in die Handfläche, hielt die Augen aber weiterhin auf mich gerichtet. »Aber der Harry Jekyll von damals war ein anderer Kerl als der, der sein Hausmädchen schickt, weil er nicht den Mut besitzt, selber zu kommen.«
Ich wußte nicht, was ich darauf antworten sollte, und überlegte mir nur, was das alles zu bedeuten hatte, und keine der Möglichkeiten, die mir in den Sinn kamen, gefiel mir. Ich blieb ganz still stehen und wartete auf ihre Entscheidung, die sie zu treffen schien, während sie mich so aufgebracht anfunkelte, wie sie nur konnte. Dann lächelte sie auf eine merkwürdige Weise, und es lag keine Freude in diesem Lächeln, sondern etwas Finsteres, als ob ihr plötzlich eine Idee gekommen wäre.
»Ich nehme an, du weißt nichts über diese Sache?« fragte sie.
»Das stimmt«, erwiderte ich.
»Und sicher auch sonst niemand, möchte ich wetten. Oder wenigstens niemand, der in den Augen deines Herrn etwas zu bedeuten hat.«
Ich schwieg.
»Komm mit«, sagte sie. »Ich will deinem Herrn als Antwort etwas schicken.« Damit ging sie an mir vorbei aus dem Zimmer, und ich folgte ihr in die dunkle Diele und eine Treppe hinauf. Oben angelangt, blieb sie vor der ersten Tür stehen, sah mich böse an und trat zur Seite, um die Tür zu öffnen und mich eintreten zu lassen. »Ich hatte leider noch keine Zeit, das Zimmer aufzuräumen«, erklärte sie. »Sicher findest du es schrecklich unordentlich und keineswegs dem Standard entsprechend, an den *du* gewöhnt bist.« Damit stieß sie die Tür auf. Ich machte einen Schritt, erkannte dann, was vor mir lag, und blieb wie angewurzelt stehen.

Es war ein Schlafzimmer. Ich weiß jetzt, daß es wie der Salon unten so geschmackvoll eingerichtet war, wie man es in einem Haus wie diesem nie erwartet hätte, bis hin zur Tapete, dunkelgrün, aber sehr frisch wirkend. Das alles nahm ich wahr, ohne es wirklich zu bemerken, denn alles, was ich sah, waren die zerwühlten Laken und Dekken des Bettes, die völlig blutverkrustet waren, und die Flecken an der Wand – wie von Fingern, die daran entlanggerutscht waren –, die auf der dunklen Tapete fast schwarz wirkten, aber zweifellos Blut waren, genau wie auch die dunklen, feuchten Flecken auf dem Teppich vor dem Bett. Auf dem Teppich lag ein weißes Nachthemd, fast genau wie das, das ich selbst im Sommer trage, bloß daß man von dem Weiß kaum noch etwas erkennen konnte, denn es war voller Blut, das getrocknet und braun geworden war. Es war am Hals zerfetzt, der Spitzenbesatz abgerissen, und auch im Rock waren mehrere Risse zu sehen. Daneben lag ein leinenes Taschentuch in einem ähnlichen Zustand.
Meine Kehle war wie zugeschnürt, und ich mußte nach Luft schnappen und mich am Türrahmen festhalten, während Mrs. Faraday neben mir stand und Gift in meine Ohren träufelte. »Ein schockierender Anblick, nicht wahr, Kleines«, sagte sie. »So eine Unordnung! Ich bin sicher, in Harry Jekylls feinem Haus würde es so etwas nicht geben. Du siehst, wir brauchen unbedingt ein Hausmädchen, eins wie dich, das uns beim Saubermachen und Aufräumen hilft und dafür sorgt, daß die Feuer immer schön brennen. Sieh dir diesen Kamin an! Kalt wie ein falscher Trost.«
Ich rührte mich nicht. Sie ging an mir vorbei ins Zimmer, blieb auf dem Teppich neben dem Bett stehen und sah sich um, als ob die furchtbare Szenerie die Kulisse eines Theaterstücks wäre, in dem sie nun ihren großen Auftritt hatte. »Sieh dir dieses Leinen an«, rief sie. »Es ist in einem schockierenden Zustand, und alles nur, weil wir keine Hilfe haben.« Sie bückte sich, hob das Taschentuch auf und hielt es mir entgegen, und ich konnte den Blick nicht davon abwenden, denn es fesselte mich auf seltsame Weise. Sie kam langsam

auf mich zu und sagte: »Nimm es, mein Kleines. Und gib es Harry Jekyll mit den besten Grüßen von Mrs. Farraday.« Ich preßte meine Hände fest zusammen, aber sie packte eine und riß sie grob nach vorn. Ohne mich zu wehren, ließ ich mir das steife Stück Stoff in die Hand drücken. »Sag ihm, daß alles so sein wird, wie er es wünscht. Sein kostbarer Name ist in Sicherheit. Kein Hauch eines Skandals wird seine Schwelle erreichen, auch wenn das Treiben in diesem Haus zum Himmel stinken mag.« Ich wich vor ihr zurück, das Taschentuch in der Hand, so voller Entsetzen, daß ich am liebsten fortgelaufen wäre, denn in der Ecke des Tuchs war, mit blauem Faden, aber jetzt vom Blut verfärbt, das Monogramm HJ eingestickt, das ich so gut kannte. Mrs. Farraday sah, was ich sah, und lachte leise auf. »Gib es ihm zurück«, sagte sie. »Und sag ihm, nicht einmal seine alte Freundin Mrs. Farraday könne dieses Leinen wieder weiß machen.«

Ich konnte keinen einzigen Schritt tun, obwohl ich nur fort wollte von diesem entsetzlichen Ort. »Was hat das alles zu bedeuten?« fragte ich, aber die Frage war mehr an mich selbst gerichtet, da ich wußte, daß Mrs. Farraday mir keine Antwort darauf geben würde, auch wenn sie sie kannte. Ich faltete das Taschentuch zusammen, so gut ich konnte, und stopfte es in meine Manteltasche, wo ich es immer noch wie ein Gewicht fühlte. Mrs. Farraday hatte sich von mir abgewandt, um die Tür des Zimmers zu schließen, und als ich das Klicken des Schlosses hörte, konnte ich mich endlich aus meiner Starre lösen, drehte mich auf dem Absatz um, lief die Treppe hinunter zur Haustür, öffnete sie und sah mich erst wieder um, als ich sie hinter mir geschlossen hatte und auf der Straße stand.

Ich konnte nicht denken, ich verbot mir jedes Denken, und hetzte, so schnell ich konnte, heimwärts, ohne nach links oder rechts zu schauen, und die ganze Zeit über sagte ich mir, wenn ich mit dem Herrn spreche, wird er dieses Dunkel sicher für mich erhellen.

Aber als ich nach Hause kam, erzählte Köchin, der Herr wäre in

großer Eile zu seinem Anwalt gegangen und hätte Mr. Poole eine ganze Reihe von Besorgungen aufgetragen, und sogar Mr. Bradshaw hätte irgendwo hinlaufen müssen, so daß niemand in der Halle war, schon den ganzen Morgen nicht, und wahrscheinlich wären nur wir drei, Köchin, Annie und ich, zum Tee da, was Köchin, wie sie sagte, nur recht war, weil sie völlig erschöpft wäre.
Da wir eine Dreiviertelstunde für unseren Tee haben, sagte ich Köchin, ich würde in mein Zimmer gehen, um mich umzuziehen; dann setzte ich mich hin, um alles aufzuschreiben, denn mein Kopf ist so voller Angst um den Herrn, daß ich ruhig bleiben muß, damit ich, wenn ich eine Erklärung für all diese Dinge erhalten habe, den besten Weg finden kann, ihm zu dienen.

Ich hasse es zu schreiben, was ich jetzt schreiben muß, aber ich kann es nicht für mich behalten. Nach dem, was gestern abend zwischen dem Herrn und mir vorgefallen ist, war ich den ganzen Tag über so niedergeschlagen, daß ich meine Arbeit kaum tun konnte. Es ist, als würde eine große Müdigkeit wie eine Schwere auf mir lasten, und sie macht mich so ungeschickt und unbeholfen, daß ich im Salon eine Vase mit Blumen umstieß, die Vase zerbrach und das Wasser überall hinlief und ich nur reglos dastand und mir die Bescherung ansah, als ob ich nicht wüßte, wie ich das Mißgeschick wieder in Ordnung bringen sollte. Immer wieder denke ich über die Worte des Herrn nach, und es ist, als ob sie nicht in meiner eigenen Sprache gesprochen wären, denn ich kann ihren Sinn nicht entdecken, ganz gleich, wie sehr ich mir den Kopf zerbreche. Als ich noch bei Mrs. Swit war, hatten wir eine Zeitlang ein französisches Mädchen im Haus, und wenn wir anderen uns unterhielten, sah sie uns oft mit gerunzelter Stirn an und versuchte zu verstehen, was wir sagten, denn nach dem, was sie von unseren Gesprächen mitbekam, hätten wir genausogut über unsere Arbeit wie über einen Brand im Nebenzimmer reden können, und genau dieses Gefühl habe ich bei dem, was der Herr zu mir gesagt hat. Ich verstehe es nicht, aber es macht mir Angst.

Köchin, Annie und ich waren beim Tee gestern allein, genau wie Köchin gedacht hatte, obwohl Mr. Bradshaw dann doch noch kam, und schließlich auch Mr. Poole, aber sie tranken nur eine Tasse im Stehen und gingen gleich wieder an ihre Arbeit. Als wir beim Aufräumen waren, steckte Mr. Bradshaw den Kopf durch die Tür, um uns mitzuteilen, daß der Herr zurück war und sein Abendessen zur üblichen Zeit im Eßzimmer nehmen wolle. Köchin sagte, sie hätte eine Scholle für ihn, die nicht lange brauchen würde, also könnte ich den Küchenboden fertigmachen, mit dem ich am Vormittag angefangen hatte, sie würde in der Zwischenzeit die Speisekammer durchsehen und ihre Einkaufsliste schreiben. Ich war froh, eine Beschäftigung zu haben, weil in meinem Kopf ein solches Durcheinander herrschte, und während ich meine Bürsten hin- und herschob, wurde ich tatsächlich ruhiger und fing an, nach Erklärungen für das zu suchen, was ich bei Mrs. Farraday gesehen hatte. Eine, die mir in den Sinn kam, lautete, daß es manchmal viel Blut gibt, wenn ein Baby geboren wird, und vielleicht hatte der Herr einer armen kleinen Seele dabei geholfen, auf diese Welt zu kommen, aber das erklärte nicht, wieso Mrs. Farraday so zornig gewesen war. Aber dann kam mir die Idee, die Mutter könnte bei der Geburt gestorben sein, und jetzt gab Mrs. Farraday dem Herrn die Schuld daran.

Als ich mit dem Boden fertig war, wusch ich mich, half Köchin beim Kartoffelschälen und putzte das Silber, das Mr. Poole herausgelegt hatte. Mr. Poole brachte dem Herrn das Essen nach oben, dann aßen wir selbst zu Abend, aber es war ein schweigsames Mahl, weil wir alle müde waren vom vielen Herumlaufen in der Stadt, und Mr. Poole erzählte nur, der Nebel wäre so dicht gewesen, daß er an der Tür zur Apotheke vorbeigegangen wäre und nicht mehr gewußt hätte, wo er sich befand, bis eine Kutsche direkt vor seiner Nase vorbeigefahren sei und er bemerkt hatte, daß er schon an der nächsten Ecke war. Niemand fragte mich, wo ich gewesen war, denn da wir alle aus dem Haus geschickt worden waren, war es nicht weiter verwunderlich, daß auch ich hatte gehen müssen, und deshalb verlor niemand ein Wort darüber. Ich dachte, der Herr würde sicher noch eine Weile warten, bevor er mich wegen irgendeiner Arbeit zu sich rufen ließ, und so war es auch. Erst als wir mit dem Aufräumen fertig waren und Köchin und ich darüber redeten, was im Garten noch alles getan werden muß, da die kalte Jahreszeit vor der Tür steht, kam Mr. Poole herein und sagte, der Herr hätte nach mir geschickt, damit ich das Feuer im Salon nachlege.

Also ging ich, um mir eine saubere Schürze anzuziehen, und während ich das tat, steckte ich das Taschentuch, das mir so zuwider war, daß ich es kaum anfassen mochte, in die Tasche meines Rocks. Dann strich ich mir die Haare aus der Stirn und betrachtete mein Gesicht in einem Silbertablett, und Köchin, die mich dabei ertappte, wie ich mich aufputzte, sagte zu mir: »Lauf endlich, Mary. Du bist schön genug«, worüber ich lächeln mußte, und Köchin lächelte zurück, und ich dachte, ja, sie hat mich wirklich gern. Ich hatte überhaupt keine Lust, sie und die sichere Küche zu verlassen und durch das kalte Haus zu gehen und dem Herrn zu sagen, was er, wie ich wußte, nicht gerne hören würde. Und überhaupt, wie wollte ich es ihm sagen?

Aber es war meine Pflicht, und so ging ich denn. Der Herr saß vor dem Kamin im Sessel. Auf dem Tisch stand eine Flasche Klarett und daneben ein halbvolles Glas, das im Licht der Lampen schimmerte. Als ich Zimmer betrat, griff er gerade nach dem Glas und hob es an seine Lippen. Er trug seine Hausschuhe, wie ich sofort sah, und eine alte Hausjacke, die Mr. Bradshaw schon seit Monaten am liebsten wegwerfen würde, aber der Herr will sich nicht von ihr trennen. Ich weiß selbst nicht wieso, aber aus irgendeinem Grund machte es mich ärgerlich, ihn so behaglich und entspannt sitzen zu sehen, obwohl ich mich sonst immer freue, wenn es ihm gut geht, fast so, als ob ich selbst es wäre, die sich nach einem guten Essen behaglich zurücklehnt. »Sie haben nach mir geschickt, Sir?« sagte ich mit so scharfer Stimme, daß ich selbst überrascht war und der Herr erstaunt den Kopf hob, aber er sagte nichts. Dann stellte er sein Glas sehr langsam ab, wobei er mich unablässig ansah, beugte sich in seinem Sessel ein wenig vor und drehte sich ein Stück zur Seite, um mich besser sehen zu können. Sein Blick war weder kalt noch warm, sondern eher fragend, und ich dachte, er macht sich Gedanken darüber, ob er mir tatsächlich trauen konnte, aber dafür war es jetzt zu spät.

»Zuerst das Feuer, Mary«, sagte er schließlich. »Dann kannst du mir erzählen, was für eine Nachricht du aus Soho mitgebracht hast.«

Also ging ich zum Kamin, was mir ganz recht war, weil es mir ein paar Augenblicke Zeit gab, meine Gedanken zu ordnen und meinen Gesichtsausdruck zu ändern. Trotzdem wußte ich noch immer nicht, was ich sagen sollte, wenn der Herr mich nach Mrs. Farradays Antwort fragte, und ob ich den Mut haben würde, ihm das Taschentuch zu geben, obwohl ich wußte, daß ich es nicht ertragen würde, es auch nur einen Augenblick länger als unbedingt nötig bei mir zu behalten. Der Kamin war noch heiß genug, um die neuen Kohlen gleich anzunehmen, und so war ich im Nu fertig. Dann stand ich auf und drehte mich zum Herrn um, der in den wenigen Augenblicken, die ich mit dem Feuer beschäftigt gewesen war, sein Glas geleert hatte und sich nun ein neues einschenkte.

»Du hast Mrs. Farraday angetroffen?« fragte der Herr, ohne den Blick von seinem Glas zu lösen.

»Ja, Sir«, sagte ich.

»Und du hast ihr meinen Brief gegeben?«

»Ja, Sir. Sie hat ihn in meiner Gegenwart gelesen.«

Der Herr lächelte und trank einen Schluck Wein. Es war dasselbe Lächeln, das er mir oft schenkt, wenn ich mich auf eine Art aus-

drücke, die ihm gefällt, obwohl ich nicht wußte, was ich jetzt gesagt haben könnte, um es zu verdienen.
»Und ihre Antwort?« fragte der Herr.
Mein Herz begann, so wild zu klopfen, daß ich kaum sprechen konnte, und das war sehr merkwürdig, denn es war, als ob jemand mir Angst gemacht hätte, obwohl es nichts gab, wovor ich Angst haben mußte. Ich steckte die Hand in meine Tasche und zog das Taschentuch hervor. Der Herr beobachtete mich mit einem so verständnislosen Blick, daß er mir richtig leid tat, und als er endlich erkannte, was ich ihm hinhielt, wurde sein Gesicht plötzlich sehr blaß. »Sie schickt Ihnen das hier als Antwort«, sagte ich leise, und der Herr nahm das Taschentuch, drehte es in den Händen und faltete das Monogramm schließlich so, daß man es nicht mehr sehen konnte. Irgendwie fand ich meine Zunge wieder. »Sie meint, es werde alles gut werden, Sir, aber daß nicht einmal sie dieses Leinen für Sie wieder weiß machen kann.«
Bei diesen Worten schloß der Herr die Augen und zerknüllte das Taschentuch in den Händen. Ich wußte nicht, was er dachte, aber offensichtlich kämpften sehr starke Gefühle in ihm, denn er hielt das Taschentuch so fest umklammert und die Augen so fest geschlossen und sein Gesicht nahm einen so schmerzlichen Ausdruck an, daß es mir schien, als ob er nur mit Mühe einen Schrei unterdrücken könnte. Ich wußte, daß er sich bemühte, seiner Gefühle Herr zu werden, deshalb schwieg ich und versuchte nicht, ihn zu trösten. Als er die Augen wieder öffnete, standen Tränen darin. Dann löste er die Hände voneinander, und das Taschentuch, das er zwischen ihnen zerknüllt hatte, schien ihn geradezu anzuspringen, und ich sah, daß die Ecke mit dem Monogramm sich entfaltete, wie um ihn zu verhöhnen. Dann sprang er so plötzlich auf, daß ich erschrocken zusammenfuhr, ging zum Kamin und ließ das Taschentuch auf die Kohlen fallen. Ich stand da und starrte seinen Rücken an, während er darauf wartete, daß das Tuch Feuer fing, und es schien sehr lange zu brauchen, aber er wandte den Blick nicht davon ab. Im

Zimmer war es so still, daß ich dachte, ich könnte *hören*, wie das Tuch endlich anfing, sich aufzurollen, um sich dann, ganz plötzlich, in einer Wolke aus Feuer und Rauch aufzulösen.

»Mrs. Farraday hat recht, Mary«, sagte der Herr und ging langsam zu seinem Sessel zurück. »Es wird alles gut werden. Dafür werde ich sorgen.«

Ich stand nur da und starrte die Flammen an, als könnte ich nicht verstehen, daß das Taschentuch so einfach und so schnell verschwunden war, wo es mich so viel Mühe gekostet hatte, und dann spürte ich, daß der Herr jeden Augenblick sagen würde, ich dürfte an meine Arbeit zurückgehen, was ich, wie ich dachte, nicht ertragen könnte. Die Frage, die sich mir schon in Mrs. Farradays Haus gestellt hatte, kam wieder zu mir zurück, und ich sprach sie laut aus, wenngleich auch dieses Mal wieder halb an mich selbst gerichtet, denn ich spürte, daß ich die Antwort kannte und sie nur irgendwie vergessen hatte: »Was hat das alles zu bedeuten?«

Der Herr antwortete nicht. Ich weiß nicht einmal, ob er mich überhaupt gehört hatte. Als ich mich zu ihm umdrehte, saß er wieder in seinem Sessel, das Glas in den Händen, die Augen geschlossen, und sah sehr friedlich aus. »Sir?« sagte ich, und er hob den Kopf, als ob ich ihn erschreckt hätte, aber dann sprach er genau auf dieselbe Art, wie er es immer tut, wenn wir über den Garten oder über seine Schule reden. »Eine Frau von Mrs. Farradays Charakter«, erklärte er, »hat nur selten die Gelegenheit, vollkommen recht zu haben.«

»Das wird wohl ihre eigene Wahl sein«, sagte ich.

»Ja, natürlich. Bis zu einem gewissen Grad. Obwohl man nicht verkennen darf, daß ihre Wahlmöglichkeiten durch die Umstände begrenzt gewesen sein könnten.«

Ich sagte nichts dazu, denn es verwunderte mich, daß der Herr versuchte, Mrs. Farraday vor mir in Schutz zu nehmen. Ich verstand einfach nicht, wie er so etwas tun konnte – und aus welchem Grund er es tat.

»Für einen solchen Menschen«, fuhr er fort, »ist das Gefühl, im Recht zu sein, oft mit einem hohen Maß an Empörung verbunden, oder mit dem, was wir manchmal als rechtschaffenen Zorn bezeichnen, und manchmal übersteigt dieser rechtschaffene Zorn jedes dem Ernst der Situation angemessene Maß. Dramatische Gesten, Übertreibungen, sogar eine gewisse Verzerrung der Wahrheit sind in so einem Zustand nichts Ungewöhnliches.«

»Sie war vor allem wütend, Sir«, sagte ich.

»Ja.« Der Herr nickte, nahm sein Glas in die Hand und sah mich forschend an. »Daran zweifle ich nicht. Hat sie sonst noch etwas gesagt?«

Ich hätte am liebsten geantwortet, es war nicht das, was sie *gesagt*, sondern das, was sie mir *gezeigt* hat, aber obwohl ich das Bett vor Augen hatte, die zerwühlten, blutigen Laken, das blutdurchtränkte Nachthemd und besonders die Blutflecke an der Tapete, von denen ich wußte, daß sie von einer Hand stammten, die daran entlanggerutscht war – obwohl ich das alles deutlich vor mir sah, als ich versuchte, dem Herrn zu antworten, konnte ich nicht davon sprechen. Statt dessen antwortete ich: »Sie hat gesagt, daß Sie denken, sich aus allem herauskaufen zu können, Sir.«

Der Herr lächelte, als hätte er damit gerechnet, so etwas zu hören. »Es wäre töricht, für Mildtätigkeit Dank zu erwarten«, erwiderte er. »Und oftmals sind es gerade diejenigen, die es am nötigsten haben, die die Hand verachten, die sich helfend nach ihnen ausstreckt.«

Da hatte ich das Gefühl, schreien zu müssen. Ich konnte einfach nicht glauben, daß Mrs. Farraday zu den Wohltätigkeitsfällen des Herrn gehören sollte, denn dafür schien es ihr viel zu gut zu gehen, und außerdem schien sie zu denken, daß der Herr in ihrer Schuld stand, und zwar nicht aus dem Grund, den er eben genannt hatte, sondern weil sie es sich *verdient* hatte, indem sie seinen Namen schützte. Und obwohl ich es haßte, auch nur daran zu denken, wie es dazu gekommen sein könnte, wollte ich das Bild, das der Herr für mich zeichnete, nicht akzeptieren, denn es ließ sich nicht mit dem, was ich wußte, in Übereinklang bringen. Es paßte einfach nicht. Aber ich war schon seit zu vielen Jahren im Dienst, um immer offen und ehrlich zu sagen, was ich dachte – überhaupt hatte ich das Gefühl, sowieso schon so freimütig gewesen zu sein, daß ich den Herrn kaum noch ansehen konnte – und so schwieg ich, stand nur da und starrte den Teppich an, während mein armer Kopf von all den Dingen dröhnte, die in ihm herumwirbelten.

»Mary«, sagte der Herr schließlich. »Es tut mir wirklich leid, daß ich dich auf diese Botengänge schicken muß, zu Orten wie diesem Haus. Aber dorthin kann ich wirklich nicht selbst gehen.«

Ich hob den Kopf und sah, daß das, was der Herr sagte, fast eine Entschuldigung war. »Ich muß mich darauf verlassen können«, fuhr er fort, »daß du tust, um was ich dich bitte, und daß du mit niemandem darüber redest.«

»Ich werde schweigen, Sir«, war alles, was ich herausbekam.

Da sah der Herr mich lange an, aber nicht voller Güte und Interesse, wie er es zu meiner Freude so oft getan hat, sondern nervös, fast sogar ängstlich, und ich fragte mich, wovor er sich fürchtete. Davor, daß ich sprechen, oder davor, daß ich etwas wissen könnte?

Das war alles, worüber wir sprachen. Es war nicht viel, gewiß nicht, aber es hat mir den ganzen Tag über keine Ruhe gelassen, und ich habe immer wieder darüber nachgedacht, bis ich das Gefühl hatte, zu keinem Gedanken mehr fähig zu sein; da ich aber den Sinn noch immer nicht verstehe, bleibt mir nichts anderes übrig, als es noch einmal zu versuchen. Ich habe mir viele Möglichkeiten ausgedacht, die diesen oder jenen Teil der Geschichte erklären könnten, aber keine davon stellt mich völlig zufrieden. Wie kann Mrs. Farraday in der Lage sein, den Namen des Herrn zu retten, wenn er nicht tatsächlich etwas getan hat, was ihm schaden könnte, und was könnte er getan haben, wenn er nicht einmal zu diesem Haus gehen mag, sondern mich an seiner Stelle schicken muß?

Mein erster Gedanke, daß der Herr einem armen Mädchen in Not geholfen hatte, ein Baby zu bekommen, oder vielleicht auch versucht hatte ihr Leben zu retten, nachdem sie den törichten Versuch unternommen hatte, es loszuwerden (denn so etwas kommt an solchen Orten oft genug vor), würde bedeuten, daß der Herr zu diesem Haus gegangen sein mußte; aber wenn er hingehen konnte, um zu helfen, wieso konnte er dann nicht auch den zweiten Gang unternehmen, der zum Ziel hatte, Mrs. Farraday dazu zu bringen, sein Geheimnis für sich zu behalten? Und wenn er nicht hingegangen war, wie war dann sein Taschentuch in dieses Haus gekommen? Und wenn er einer Frau in Nöten geholfen hatte, wieso war Mrs. Farraday dann so zornig und schickte die Nachricht, die sie mir mitgegeben hatte? Und wie konnte der Herr erst sagen, daß Mrs. Farraday zornig sei, weil sie im Recht ist, und dann, daß ihr Zorn daher rühre, daß sie nicht gerne Almosen annimmt?
Nein. Ich verstehe das alles nicht, und ich habe das Gefühl, mich immer tiefer in einem Netz aus Lügen zu verstricken. Wenn ich mich nur auf mein Gefühl verlasse, und es scheint, als müßte ich das tun, dann hatte das, was in diesem Zimmer geschah, nichts mit Wohltätigkeit zu tun. Hundertmal habe ich mir die Spuren an der Wand in Erinnerung gerufen, die Hand, die an der Tapete entlangrutschte und dabei Blut verschmierte, und den Schauder, der mich überlief, als ich dort stand, als ob ich den Schrei einer Frau gehört hätte. Die beiden weinenden Mädchen, die jemanden suchten, und Mrs. Farraday, die sagte, ›sie‹ wäre vorhin abgeholt worden, und dann die Worte, die mir immer noch in den Ohren hallen, obwohl ich versuche, sie nicht zu hören: »Er und sein verdammter Liebling, den er unter uns losgelassen hat wie einen tollwütigen Hund.« All das muß ebenfalls in meine Überlegungen eingehen.
Nein, ich müßte schon blind sein, und fast wünschte ich mir, ich wäre es, um nicht zu sehen, daß es nur eine Geschichte gibt, die alles erklärt, nämlich daß der Assistent des Herrn – der hier so große Freizügigkeit genießt und kommt und geht, wie es ihm gefällt,

und wenn er Bücher und Schecks nehmen kann, wieso dann nicht auch ein Taschentuch –, ein Verbrechen begangen und der Herr mich zu Mrs. Farraday geschickt hat, um für ihn zu bitten und zu zahlen, nicht nur, um den Namen des Herrn zu retten, sondern auch den von Mr. Edward Hyde.

Wir haben eine ruhige, aber dennoch geschäftige Woche hinter uns, und ich war immer so früh auf den Beinen und so spät mit der Arbeit fertig, daß ich nichts geschrieben und kaum nachgedacht habe. Der Herr hat ein großes Abendessen gegeben, empfing eine ganze Reihe von Besuchern an den Nachmittagen, war oft in seinem Club und kam dann mit Mr. Utterson zurück, um mit ihm bis in die Nacht hinein am Feuer zu sitzen und zu reden. Er hat ziemlich viel in der Bibliothek gearbeitet und ist nur an den Vormittagen nach dem Frühstück für vielleicht eine Stunde in sein Laboratorium gegangen.

Das Wetter war kalt, aber schön, und so habe ich die Gelegenheit genutzt, die Matratzen zu lüften und einen Teil der Teppiche auszuklopfen. Außerdem haben Köchin und ich ein wenig Zeit für unseren Garten gefunden. Sie sagt, es ist an der Zeit, Bohnen, Minze und Thymian zu trocknen. Wir haben Oregano und Petersilie, die so wild wuchert, daß man sie ständig zurückschneiden muß, damit sie ihre Form behält, zum Trocknen im Gartenschuppen aufgehängt. Es ist der Monat, um Knoblauch zu pflanzen. Dazu hat Mr. Bradshaw uns eine Geschichte erzählt, nämlich daß der Koch der Königin immer eine Knoblauchzehe zerkaut und dann über den königlichen Salat haucht, worauf Köchin sich den Bauch halten mußte vor Lachen.

Ich habe nicht wieder mit dem Herrn gesprochen, obwohl ich ihn recht oft sehe. Er ist immer in Gesellschaft oder steckt die Nase in ein Buch, oder er geht ein und aus. Er begrüßt mich, bittet mich

vielleicht um dies oder das oder sagt, ich solle Köchin oder Mr. Poole etwas ausrichten, aber das ist auch schon alles, und ich habe das Gefühl, daß ich ihn, wenn er mich sieht, an das Haus in Soho erinnere, das er, wie es scheint, vergessen will.
Das möchte ich auch, und ich würde es ihm gerne sagen, aber wie kann ich das? Ich weiß, er hat gesagt, daß alles gut werden wird, aber wie soll ich das glauben, wo ich doch weiß, daß es zwischen uns nie wieder so sein wird, wie es war.

Gestern ging ich nach dem Abendessen in den Salon, um das Feuer nachzulegen, und während ich damit beschäftigt war, kam der Herr in großer Eile herein, ging sofort zu dem kleinen Tisch, schenkte sich aus der Karaffe ein Glas Wein ein und leerte es auf einen Zug. Dann sagte er: »Ach, Mary, ich habe dich überhaupt nicht gesehen.«
»Ich bin schon fertig, Sir«, erwiderte ich und stand auf. »Ich werde Sie nicht länger stören.«
»Mich stören?« sagte der Herr, nahm ein Buch in die Hand, das aufgeschlagen auf der Armlehne des Sessels lag, klappte es zu und legte es wieder zurück. »Wobei denn stören?« Er ließ sich in den Sessel fallen, stützte den Kopf in die Hand und sah mich mit einem so herausfordernden Ausdruck an, daß ich sah, daß er eine Antwort auf seine Frage erwartete, aber nicht glaubte, daß mir eine befriedigende einfallen würde.
»Bei Ihren Studien, Sir«, sagte ich.
Er lächelte amüsiert, aber nur so, wie man sich darüber amüsiert, wenn ein Hündchen einen neuen Trick vorführt, mit dem man nicht gerechnet hat. »Wie schaffst du das nur, Mary?« fragte er dann. »Ich wäre froh, du würdest mir das Geheimnis verraten.«
»Wie schaffe ich was, Sir?«
»So zu leben, wie du es tust. Tagein, tagaus nichts als Arbeit, ohne

dich je zu beklagen, und doch anders als so viele andere, nicht wie eine stumme Kreatur im Joch, sondern immer mit einer Antwort zur Hand, ruhig, aufmerksam, beobachtend. Ich habe das Gefühl, daß dir nicht viel entgeht, auch wenn du nur wenig redest.«

Nun war es an mir zu lächeln, und ich spürte, daß die Erleichterung mir auf dem Gesicht geschrieben war, denn ich hatte das Gefühl, daß wir wieder auf gutem Fuß miteinander standen, wie es die letzten zwei Wochen nicht der Fall gewesen war. »Sie müssen in eigenartiger Stimmung sein, Sir«, sagte ich, »daß Sie sich Gedanken über mein Leben machen.«

»Aber ich mache mir Gedanken über *mein* Leben, Mary. Meinen Alltag, meine Bekanntschaften.« Hier tippte er auf das Buch, das er zugeklappt hatte. »Meine langweiligen Studien am Abend, mit einem Glas Portwein und einem warmen Feuer.«

»Studieren ist Ihre Arbeit«, sagte ich, »wie Saubermachen die meine ist.«

»Studieren ist nicht meine Arbeit«, entgegnete der Herr kalt. »Meine Arbeit ist im Laboratorium.«

»Natürlich, Sir«, erklärte ich, obwohl ich mich ein bißchen vor den Kopf gestoßen fühlte, denn der Herr schien etwas ganz Bestimmtes von mir zu erwarten, und wenn er schon wußte, was er von mir hören wollte, wieso fragte er mich dann überhaupt? »Auch das ist Ihre Arbeit.«

Der Herr sah mich schweigend an, aber ich hatte nicht das Gefühl, daß er wollte, daß ich ihn alleinließ.

»Hast du jemals Angst, Mary?« fragte er plötzlich.

»Natürlich, Sir. Das hat doch jeder, früher oder später.«

»Und was ist es, das dir Angst macht?«

Ich dachte darüber nach, und das erste, was mir einfiel, war natürlich, in der Tür jenes Zimmers in Soho zu stehen und das Gefühl zu haben, laufen zu müssen, bis ich nicht mehr konnte, und dennoch stehenzubleiben, weil da etwas war, was mich festhielt, aber es war nicht Angst, sondern der Wunsch, die Angst durch eine Erklärung aus der Welt zu schaffen, und eine Erklärung mußte es geben. Aber das konnte ich dem Herrn natürlich nicht erzählen, das wußte ich, und so sagte ich, während dieses Bild vor meinem inneren Auge stand, was mir als erstes einfiel. »Alles mögliche, Sir. Böse Träume, Geräusche, die ich höre, wenn niemand da ist, alles, was plötzlich und überraschend kommt, die Pferde auf der Straße zum Beispiel.« Ich hielt inne, weil der Herr verärgert aussah, als ob er meine Antwort fortwischen wollte.

»Ja, ja«, sagte er ungeduldig.

»Daß jemand mir wehtut«, fügte ich hinzu. »Daß ich eingesperrt werde.«

»Ja, natürlich«, antwortete der Herr mit sanfterer Stimme. »Es ist ganz natürlich, daß du Angst vor geschlossenen Räumen hast.« Dann schwieg er wieder.

»Was ist es denn, was Sie meinen, Sir?« fragte ich, denn ich fühlte, daß er von mir enttäuscht war.

Er sah mich lange an, als könnte er das, was er wissen wollte, von meinen Augen ablesen, was mich so unsicher machte, daß ich am liebsten gesagt hätte, er solle damit aufhören, aber ich wich seinem Blick nicht aus, auch nicht, als er sagte: »Hast du manchmal Angst vor dir selbst, Mary?«

Im Zimmer war es still bis auf das Ticken der Uhr, das mir plötzlich sehr laut vorkam. Ich dachte, daß es nicht schlimm wäre, wenn viel Zeit verging, bevor ich antwortete, wußte, daß der Herr und ich es nicht einmal merken würden, weil wir beide so gespannt darauf waren, was ich sagen würde. Zuerst dachte ich, ich müßte »nein« antworten, denn es kam mir seltsam vor, vor sich selbst Angst zu haben, aber dann dachte ich, daß er sicher meinte, ob ich manchmal Angst vor dem habe, was ich tun oder sagen *könnte*, nicht vor dem, was ich bin und was ich im Spiegel sehe. Und so ist es tatsächlich. Wenn ich Angst habe, dann am meisten vor dem, was ich mir vorstelle, in gewisser Weise also vor dem, was in meinem eigenen Kopf vor sich geht. Und während der Herr dasaß und

mich ansah, dachte ich über vieles nach und hörte mich zu meiner eigenen Überraschung schließlich »ja« sagen.
»Ja«, wiederholte der Herr fast erfreut. »Ja, das dachte ich mir.«
Ich sagte nichts, sondern wartete darauf, daß er mich fortschicken würde, denn ich hatte das Gefühl, seine Entscheidung wäre jetzt gefallen und unsere Unterhaltung hiermit zu Ende, was auch der Fall war, denn als nächstes erklärte er: »Sag Mr. Poole, daß er abschließen kann, wann immer er will, Mary. Ich werde bis spät im Laboratorium arbeiten, und er braucht nicht auf mich zu warten.«
Damit stand er auf und verließ das Zimmer, während ich noch einen Augenblick stehenblieb und mich fragte, ob der Herr, wenn ich »nein« geantwortet hätte, dageblieben wäre? Aber das war nicht sehr wahrscheinlich, denn sein Entschluß stand schon fest, als er ins Zimmer kam, und er hatte nur mit mir gesprochen, um das, was für ihn beschlossene Sache war, noch einmal bestätigt zu bekommen. Er wollte seine Arbeit wieder aufnehmen, so daß nichts seine Meinung hätte ändern können, denn er war an diese Arbeit gebunden, soviel war klar, ganz gleich wie sehr er sich selber vielleicht wünschen mochte, daß es anders wäre.

Ich habe ihn gesehen.
Nachdem der Herr gestern abend fortgegangen war, überbrachte ich Mr. Poole seine Nachricht, half Köchin dabei, den Haferbrei für den nächsten Morgen vorzubereiten und ging um zehn Uhr nach oben, zwar müde, aber auch begierig darauf, meine Unterhaltung mit dem Herrn aufzuschreiben, was ich so sorgfältig tat, wie ich konnte, bevor ich mein Nachthemd anzog und mich zu Annie legte, die schon tief und fest schlief.
Ich weiß nicht, wieviel Uhr es war, als ich wach wurde. Zuerst dachte ich, es müßte schon fast Morgen sein, weil es im Zimmer so

hell war, aber dann sah ich, daß es nur der Mond war, der voll und so hoch am Himmel stand, daß er durch unser Fenster schien. Und ich lag ganz gemütlich und beobachtete das kühle Licht, das sich auf der Kommode spiegelte, und freute mich über mein neues Winternachthemd, das ich heute zum ersten Mal trug und von dem ich zuerst gedacht hatte, es wäre zu teuer, als ich es sah, aber das Ladenmädchen erklärte, es wäre den etwas höheren Preis wert, weil es, obwohl es so leicht und weich ist, trotzdem schön warmhalten würde, und sie hatte recht.

Auf diese Weise vergingen ein paar Minuten. Dann hörte ich, wie aus weiter Ferne, Schritte über den Hof kommen, und dann, wie der Türknauf gedreht und die Küchentür geöffnet wurde, ein Geräusch, das ich so gut kenne, daß ich es kaum noch beachte und allenfalls denke, ah, der Herr ist von seiner Arbeit zurück.

Aber sobald ich die Schritte auf der Treppe hörte, und diese schnelle Art, die sie an sich haben, wußte ich, daß es nicht der Herr war, und ich dachte, natürlich, *er* ist es, obwohl ich gehofft hatte, wir würden nie wieder etwas von ihm hören. Und so blieb ich ganz still liegen und horchte darauf, wie er sich durch das Haus bewegte, durch die Halle und in die Bibliothek, wo er anscheinend stehenblieb, denn plötzlich war alles ruhig.

Der Herr hat ihn geschickt, etwas zu holen, sagte ich mir, ein Buch vielleicht, das er braucht, also mach dir keine Gedanken und schlaf weiter. Aber ich konnte nicht aufhören, die Ohren zu spitzen und auf Geräusche zu lauschen, die so lange nicht kamen, daß es jetzt die Stille war, die mich beunruhigte. Außerdem wuchs in mir der Entschluß, aufzustehen und hinunterzugehen, damit ich ihn endlich zu sehen bekam. Wenn einer der Bediensteten des Herrn das Recht hat, mitten in der Nacht in diesem Haus herumzulaufen, dachte ich, warum dann nicht auch ich? Und so stand ich schließlich auf, nahm meinen Sommermantel vom Haken, zog ihn über und schlüpfte durch die Tür. Da ich barfuß war, bewegte ich mich völlig lautlos durch den Flur und die Treppe hinunter. Im Haus war es dunkel, denn alle Vorhänge waren zugezogen, und ich blieb auf dem Treppenabsatz stehen, damit meine Augen sich an die Dunkelheit gewöhnen konnten. Die Tür zur Bibliothek stand offen, und Licht fiel heraus. Aha, dachte ich, er hat die große Lampe angezündet und es sich gemütlich gemacht, was mich ärgerte – aus welchem Grund auch immer. Ich ging auf das Licht zu, ohne zu wissen, was ich sagen oder tun würde, nur von dem Gedanken getrieben, daß ich ihn endlich sehen und dem Geheimnis des Mannes ohne Gesicht ein Ende setzen wollte. Dann betrat ich den Lichtkreis und spähte ins Zimmer hinein.

Er stand mit dem Rücken zu mir und hörte mich nicht, denn er war über den Sekretär gebeugt, auf dem ein offenes Buch lag, und kritzelte etwas hinein. Er war sehr klein, kaum größer als ich, und ich sah, daß er gut, wenn auch einfach gekleidet war und, wie Köchin gesagt hatte, eine Menge dichtes, dunkles, widerspenstiges Haar hat, das länger ist, als es der Mode entspricht. Das war alles, was ich wahrnehmen konnte, bevor er spürte, daß ich hinter ihm war, obwohl ich mich nicht bewegt hatte, denn plötzlich wirbelte er herum und gab ein seltsames, fauchendes Geräusch von sich und funkelte mich quer durch das Zimmer an. Sein Gesicht war wutverzerrt, und er riß die Fäuste hoch, als ob er einen Angriff erwartet hätte, aber dann erkannte er, wer ich war, und fand seine Beherrschung wieder, so daß er, während ich erschrocken zurückwich, ganz ruhig wurde und mit rauher Stimme, die nur ein Flüstern war, obwohl sie mir sehr laut vorkam, meinen Namen sagte: »Mary Reilly.«

»Entschuldigen Sie, Sir«, erklärte ich. »Ich habe ein Geräusch gehört, und als ich nachschauen wollte, habe ich Licht gesehen.«

»Dann weißt du also, wer ich bin«, sagte er sehr kühl, und es hatte fast den Anschein, daß er sich darüber freute, entdeckt worden zu sein.

»Sie sind der Assistent des Herrn«, antwortete ich, denn ich hätte es nicht über mich gebracht, seinen Namen auszusprechen.

Darüber mußte er lächeln, und ich wünschte, er hätte es nicht getan, denn in seinem Lächeln lag etwas, was keine Frau, und auch kein Mann, je zu sehen wünschen sollte, und ich hatte das Gefühl, in meinem Mantel immer kleiner zu werden. Seine kalten Augen wanderten über meinen Körper. Dann lehnte er sich gegen den Sekretär und deutete auf das Buch hinter sich.

»Ich habe nur ein paar Notizen für deinen Herrn gemacht«, sagte er. »Es handelt sich um ein kleines Projekt, an dem wir gemeinsam arbeiten.«

»Ich verstehe, Sir.«

»Wenn ich meine Einfälle nicht sofort aufschreibe, sobald sie mir in den Sinn kommen ...« Hier hielt er inne und machte einen Schritt auf mich zu, und ich merkte, daß meine Knie weich wurden.

»Aber sieh selber«, fuhr er fort und hielt mir die Hand entgegen, als ob er dachte, ich würde zu ihm kommen. »Es könnte dich interessieren.«

Ich wich einen Schritt zurück. »Ich bin sicher, ich würde es nicht verstehen, Sir«, stammelte ich.

»Doch, Mary, das würdest du«, erwiderte er. Seine Stimme war rauh, und die Art, wie er meinen Namen aussprach – so vertraut, als ob er alles über mich wüßte –, gefiel mir ganz und gar nicht. Immer noch streckte er mir die Hand entgegen, wie um mich zu sich zu ziehen, dachte ich, aber ich wußte, daß nichts mich je dazu bringen konnte, auch nur einen Schritt in seine Richtung zu tun. Gleichzeitig aber fühlte ich, wie sich eine seltsame Müdigkeit über mich legte, als ob mein Blut zu Eis geworden wäre, so daß ich zu keiner Bewegung fähig war. Ich hörte die Uhr in der Halle ticken und ticken. Seine Augen hatten einen kalten Glanz, so wie Katzenaugen ihn manchmal haben, ohne erkennbare Gefühle, so daß ich ihn kaum ansehen konnte. Dann dachte ich daran, was für einen Eindruck ich machen mußte – barfuß, den Mantel über dem Nachthemd, die Haare wirr und ungekämmt, die Hände gefaltet wie ein verängstigtes Kind, und trotzdem konnte ich weder sprechen noch mich bewegen. Ich weiß nicht, wie lange wir so standen. Dachte er vielleicht, daß ich mich nicht bewegte, weil ich unentschlossen war, was ich tun sollte?

Diese Frage brachte mich wieder zu Sinnen. Ich warf ihm nur einen ganz kurzen Blick zu, obwohl er immer noch vor mir stand, machte einen schnellen Knicks und sagte: »Entschuldigen Sie die Störung, Sir. Ich lasse Sie jetzt weiterarbeiten.« Damit drehte ich mich um, zwang mich, ganz ruhig zu bleiben, obwohl ich sein leises Lachen hinter mir hörte, und ging durch die dunkle Halle zur Treppe. Dort blieb ich stehen und sah mich noch einmal um, weil ich dachte, seine Augen immer noch auf mir zu fühlen, aber er war im Zimmer zurückgeblieben.

Ich glaube, daß ich auf jeder Stufe stehenblieb, und mit jeder schien mein Herz schwerer zu werden. Als ich unser Zimmer erreichte, wußte ich, daß ich sowieso keinen Schlaf mehr finden würde, und so nahm ich die Kerze, um zu schreiben und zu warten, bis ich ihn aus dem Haus gehen hörte.

Köchin hat recht, etwas stimmt nicht mit ihm. Er ist auf irgendeine Weise mißgestaltet, obwohl ich nicht sagen könnte, was ihn so erscheinen läßt. Auch über sein Gesicht kann ich nicht viel sagen, obwohl ich es gesehen habe, nur, daß seine Augen dunkel und so kalt sind, daß man den Eindruck hat, sein eigenes Spiegelbild in einem gefrorenen Tümpel zu erblicken; sie sehen aus wie Glas, aber was darunter liegt, ist tief und dunkel und läßt nichts, aber auch gar nichts erkennen.

Und auch Mr. Poole hat recht. Er ist kein Gentleman, und wenn er noch so sehr versucht, als einer zu erscheinen. Wie kommt es nur, daß der Herr das nicht sieht?

Da, ich höre ihn. Er ist in der Halle, am Fuß der Treppe. Weiß er, daß ich nicht schlafen werde, solange er im Haus ist?

Er scheint zu glauben, daß er alles über mich weiß. Die Art, wie er meinen Namen sagte und mir einreden wollte, was ich verstehen kann und was nicht. Ich ertrage es nicht! Ist er vielleicht nur gekom-

men, um mich herunterzulocken und mir zu zeigen, daß ich, solange er alle Freiheiten hat, keine haben werde?
Nun ist er fort. Ich höre seine Schritte über den Hof zum Laboratorium gehen. Bestimmt wird er dem Herrn sagen: »Ich habe Ihr Hausmädchen erschreckt«, falls er überhaupt erwähnt, daß er mich getroffen hat.
Während ich mit niemandem sprechen darf.

Heute morgen war ich früh auf den Beinen, aber nicht vor Köchin, die mir, als ich herunterkam, sofort sagte, der Herr wäre eben erst ins Haus gekommen und sofort in sein Zimmer gegangen und wolle zuerst ein Feuer und dann sein Frühstück haben. Also band ich meine Schürze um und ging sofort hinauf. Ich glaubte nicht, daß er mit mir über unseren mitternächtlichen Besucher sprechen wollte, wünschte mir aber, er würde es tun, denn ich hätte ihm gerne gesagt, daß er nicht der einzige war, der keinen Schlaf gefunden hatte. Als ich am Spiegel in der Halle vorbeikam, sah ich, daß ich dunkle Ringe unter den Augen hatte und müde aussah, was mir gar nicht gefiel.
Ich klopfte an die Tür, und der Herr hieß mich hereinkommen. Er saß im Sessel, die Beine lang ausgestreckt, und starrte in den kalten Kamin, teilnahmslos, wie mir schien, und fast ohne Leben, genau so, wie ich selbst mich fühlte. Und so sagte ich nur: »Guten Morgen, Sir« und machte mich gleich an meine Arbeit, und auch er sprach nicht mit mir. Der Wind stand falsch, das Feuer wollte einfach nicht brennen, deshalb mußte ich noch einmal hinuntergehen, um Paraffin zu holen, und dann wieder hinauf, und die ganze Zeit über bewegte der Herr nicht einen Muskel. Als ich endlich fertig war und aufstand, um zu gehen, sagte er: »Sag Mrs. Kent, daß ich nur ein leichtes Frühstück möchte, Mary. Und bitte, keinen Räucherhering.«

Darüber mußte ich lächeln, denn Köchin schickt dem Herrn immer einen Räucherhering, wenn sie denkt, daß er mehr Appetit hat als sonst, und dabei haßt er Räucherhering, obwohl er manchmal einen ißt, aus Rücksicht auf ihre Gefühle.

»Ja, Sir«, sagte ich und ging hinaus.

Auf dem Weg nach unten blieb ich kurz stehen und warf einen Blick in die Bibliothek, um zu sehen, ob der Assistent des Herrn das Buch liegengelassen hatte; anscheinend hatte er es aber wieder ins Regal zurückgestellt, und ich wußte nicht, welches Buch es gewesen war. Es kam mir einfach nicht rechtens vor, in ein Buch zu schreiben – ich hatte nie gesehen, daß der Herr das tat –, und ich dachte, wenn ich die Zeit hätte, es zu suchen, würde ich es schnell finden, aber natürlich hatte ich die Zeit nicht und würde sie wahrscheinlich nie haben. Also ging ich in die Küche und ertappte Köchin dabei, wie sie gerade einen Räucherhering aus dem Kasten holen wollte.

Der Rest des Tages verlief ruhig, und wir alle, der Herr eingeschlossen, waren mit unseren Arbeiten im Haus beschäftigt. Am Nachmittag fing es an zu regnen. Das Geräusch des Regens und die Dunkelheit schienen uns alle träge zu machen; und nachdem der Herr seine Briefe geschrieben hatte, streckte er sich auf dem Diwan aus und schlief ein. Er nahm sein Abendessen im Eßzimmer und ließ Köchin ein Kompliment über ihr Bohnenkraut ausrichten, worüber sie sich sehr freute, und als wir bei unserem eigenen Abendessen saßen, erklärte sie, was für ein Glück es sei, an einem so ungemütlichen Abend unseren sicheren Platz bei so einem Herrn und in so einem Haus zu haben, und Mr. Poole nickte und erzählte uns ein paar traurige Geschichten, die er in der Zeitung gelesen hatte, von Dienstboten, die schlecht behandelt und schlecht bezahlt wurden, in dunklen Löchern schlafen und sich fast zu Tode arbeiten mußten, überall in ganz London, wie es schien, so daß er sich fragte, wie sie so ein Leben aushielten.

Aber ich konnte ihm kaum zuhören und erst recht nichts dazu sagen, denn in der letzten Zeit bin ich so durcheinander und weiß gar nicht mehr, wo ich stehe, weder beim Herrn noch bei meinesgleichen. Tage wie dieser können vergehen, und Nächte wie die letzte scheinen keine Bedeutung zu haben, fast so, als hätte es sie nicht gegeben, und doch ist mein Herz schwer und findet keinen Trost, nicht einmal in der Arbeit. Ich weiß, daß ich mich als Kind oft genauso gefühlt habe, wenn Tag um Tag ganz ruhig verging, weil er fort war oder Arbeit hatte und nur kam und ging, um zu essen und zu schlafen, und dann sagte ich immer zu mir, sei *jetzt* zufrieden, solange du es kannst, und wenn du brav bist, bleibt es dieses Mal vielleicht so. Aber das tat es natürlich nie.

Gestern abend sagte Mr. Poole, ich sollte auf dem Weg ins Bett noch in der Bibliothek vorbeigehen und nachsehen, ob der Herr ein schönes Feuer hat, denn er war nach dem Abendessen hineingegangen, um zu lesen, und es sah so aus, als würde er noch ein paar Stunden aufbleiben. Es war schon nach zehn Uhr und Annie bereits nach oben gegangen, und Köchin erklärte, sie würde sich auch hinlegen, und Mr. Bradshaw schwor, er wäre auch bald soweit, ins Bett zu gehen. Ich zog meine Haube und meine Schürze nicht wieder an und ging guter Dinge nach oben, denn wir hatten einen ruhigen Tag hinter uns, und morgen ist mein halber freier Tag, und das Wetter scheint, obwohl es kalt ist, schön zu werden. Ich dachte an den Regent's Park, in dem ich so gerne herumspaziere oder auf einer Bank sitze, obwohl es zu dieser Jahreszeit in den Gärten nicht viel zu sehen gibt. Auf dem Absatz ließ ein Luftzug meine Kerze erst flackern, dann löschte er sie ganz aus, aber ich konnte bis zum Licht, das aus der Bibliothek fiel, genug sehen, und so ging ich weiter, die Kerze immer noch vor mich haltend, obwohl sie nutzlos war. Als ich die Tür erreichte und hineinsah, stand der Herr mit dem Rücken zu mir am Sekretär und schaute in ein Buch, genau wie Mr. Edward Hyde es getan hatte, als ich ihn dort fand. Obwohl der Herr nicht schrieb, hatte ich plötzlich ein ganz seltsames Gefühl und sagte, vielleicht eine Spur zu laut, »Sir?«, worauf er sich sehr hastig aufrichtete und das Buch zuklappte, als wäre er bei etwas ertappt worden, aber dann drehte er sich ganz unbefangen zu mir um und erklärte: »Gut, daß du da bist, Mary. Du bist doch gekommen, um diesem Feuer ein bißchen Leben einzuhauchen. Ich fürchte, es ist fast völlig abgebrannt.«

»Ja, Sir«, sagte ich und betrat das Zimmer, und der Herr nahm das Buch und stellte es ins Regal zurück, während ich mich um das Feuer kümmerte. Ich versuchte, mir die Stelle und die Farbe des Einbands zu merken, der rot war, denn ich dachte, daß es ganz bestimmt dasselbe Buch war, von dem der Assistent des Herrn gewollt hatte, daß ich es mir ansah. Aber ich mußte mich halb umdrehen, um sicher zu sein, denn der Herr stand hinter mir, und als er das Buch weggestellt hatte, sah er so schnell zu mir hinüber, daß er mich dabei ertappte, daß ich ihn beobachtete, und als ich meine Gedanken wieder auf das Feuer richtete, wo sie hingehörten, wußte ich, daß mein Gesicht so heiß und rot glühte wie die Kohlen.

Der Herr nahm ein anderes Buch aus dem Regal und setzte sich damit in den Sessel neben dem Kamin, schlug es aber nicht auf, sondern sah mir dabei zu, wie ich die kalten Kohlen aus dem Kamin scharrte, und ich hoffte, daß er nicht sehen konnte, daß meine Hände zitterten.

»Morgen ist dein halber Tag, nicht wahr, Mary?« sagte er.

»Ja, Sir«, antwortete ich, und als er schwieg, dachte ich nur, o bitte, nein, er soll mich nicht schon wieder in das Haus dieser Mrs. Farraday schicken.

»Weißt du schon, was du unternehmen wirst?«

»Nur in den Regent's Park gehen, Sir. Wie ich es oft tue.«

»Hast du einen Freund, mit dem du dich dort triffst?« fragte der Herr.

Ich wußte nicht gleich, was der Herr unter »einem Freund« verstand, aber dann dachte ich, daß er sicher einen Schatz meinte, was mir so komisch vorkam, daß ich lachen mußte. »Nein, Sir«, erwiderte ich. »Das nicht. Außer Sie meinen den alten Mr. Tott, den Gärtner, der sich manchmal mit mir über die Rosen unterhält.« Dann war ich mit dem Feuer fertig und drehte mich, immer noch auf den Knien, zum Herrn um und merkte, daß er mich so ernst und besorgt ansah, als ob es ihn traurig stimmte, an mich zu denken, was mich verlegen machte, und so wiederholte ich: »Nein, Sir, ich habe keinen Freund.«

»Und eine Familie hast du auch nicht«, sagte er. »Oder siehst du deine Mutter?«

»Nicht oft, Sir. Sie wohnt jetzt draußen in Shoreditch, und ein halber Tag reicht nicht, um dorthin zu fahren. Hin und wieder schicke ich ihr etwas Geld, und zu ihrem Geburtstag einen Brief, aber sie kann nicht lesen und muß sich erst jemanden suchen, der ihn ihr vorliest.«

»Ich verstehe«, sagte der Herr.

Ich dachte an Marm in ihrem kalten, kleinen Zimmer, und wie sie ausgesehen hatte, als ich sie das letzte Mal besucht hatte, was schon ein paar Monate her war, völlig erschöpft und abgehärmt, eine alte Frau, obwohl sie gar nicht so alt sein kann, und immer die Nähnadel in der Hand, Tag und Nacht, denn sie wird pro Stück bezahlt und kommt, wenn sie Glück hat, auf drei Schilling die Woche. Sie legte ihre Näharbeit nur fort, um mir eine Tasse Tee anzubieten, und die Tasse war alt und billig und hatte einen Sprung, und dann griff sie auch schon wieder zur Nadel, und ich dachte, nein, der Herr versteht ganz und gar nicht, und das war auch gut so. Und so stand ich auf und erklärte nur: »Ich wäre jetzt fertig, Sir, oder kann ich sonst noch etwas für Sie tun?«

»Nein, Mary«, antwortete er. »Das wäre alles.«

Aber als ich fast schon aus dem Zimmer war, rief er: »Mary?«, als ob ihm noch etwas eingefallen wäre, und so trat ich ins Zimmer zurück und fragte: »Sir?«

»Ich habe gehört, daß mein Assistent dir neulich nachts einen Schrecken eingejagt hat.«

Also hatte er von mir gesprochen!

»So würde ich es nicht nennen, Sir«, erwiderte ich. »Ich glaube, ich habe ihn fast mehr erschreckt als er mich.«

Der Herr zog die Augenbrauen hoch, und ich sah, daß er mit dieser Antwort nicht gerechnet hatte. »Ich fürchte, er war unhöflich zu dir«, sagte er dann.

»Nein, Sir«, entgegnete ich. »Wir haben kaum miteinander gesprochen, als ich sah, wer er war.«

»Ich verstehe«, sagte der Herr und schaute mich dabei forschend an. »Im übrigen ist es vielleicht ganz gut, daß du ihn kennengelernt hast. Ich interessiere mich nämlich sehr für diesen jungen Mann.«

»Ja, Sir«, sagte ich.

Der Herr nickte, und damit war das Thema erledigt, und ich fragte mich, warum er es überhaupt angeschnitten hatte, wenn das alles war, was er dazu zu sagen hatte.

»Dann gute Nacht, Mary.«

»Auch Ihnen eine gute Nacht, Sir«, erwiderte ich und ging hinaus. Im Flur fiel mir plötzlich auf, daß es sehr merkwürdig war, daß der Herr und ich uns eine gute Nacht gewünscht hatten, denn das hatten wir noch nie zuvor getan. Ich ging hinauf in mein Zimmer, zog mein Nachthemd an, setzte mich ans Fenster, um meine Haare zu bürsten und sah dabei über die Dächer hinweg auf die Baumwipfel, die dahinter zu sehen sind, und auf den Mond, der eine Sichel war, und auf die Sterne. Ich konnte das Rattern einer Kutsche auf dem Pflaster hören und die Schritte eines Fußgängers auf dem Platz, und ich dachte über die seltsamen Ereignisse der letzten Tage nach – über das schreckliche Zimmer in Soho und das blutige Taschentuch, und über die wenigen Worte, die ich mit Mr. Edward Hyde gewechselt hatte, der mich mit einer Art schläfriger Furcht erfüllte, wie man sie vielleicht am Anfang eines Alptraums empfindet, wenn alles noch einigermaßen gut zu sein scheint und soviel Sinn

ergibt, wie man es von einem Traum erwarten kann, und man trotzdem weiß, daß irgend etwas nicht richtig ist, und man sich danach sehnt, aufzuwachen, obwohl man genau weiß, daß man nicht rechtzeitig aufwachen wird.
Ich kann keinen Sinn in der ganzen Geschichte erkennen, und ich kann mit niemandem darüber sprechen, nicht einmal mit dem Herrn, wie es scheint, obwohl ich die ganze Zeit über das Gefühl habe, daß er mir nahe ist, und ich manchmal denke, daß es überhaupt nicht nötig ist, daß wir miteinander sprechen, weil es den Anschein hat, als wanderten wir gemeinsam durch diesen seltsamen Traum.

Nach dem Frühstück heute morgen ging der Herr sofort in sein Laboratorium, so daß ich die Gelegenheit nutzte, die Teppiche im Salon und in der Bibliothek auszubürsten. Es war eine Arbeit, die auf jeden Fall getan werden mußte, aber davon abgesehen hatte ich es mir auch in den Kopf gesetzt, einen Blick in das Buch zu werfen, in das der Assistent des Herrn hineingekritzelt hatte. Ich zwang mich, zunächst den Salon zu machen und dabei darüber nachzudenken, ob es richtig sein konnte, auf diese Weise zu spionieren, denn ich hatte so etwas noch nie zuvor getan. Aber obwohl ich darüber nachdachte und durchaus einsah, daß ich kein Recht hatte, in den Büchern des Herrn herumzuschnüffeln, wußte ich, daß ich es trotzdem tun würde, und es war fast eine Freude, das Nachsehen noch ein wenig hinauszuzögern, denn ich glaube, ich wußte genau, daß das, was ich finden würde, meine Zweifel keinesfalls beheben, sondern alles nur noch dunkler und verwirrender machen würde, als es sowieso schon war. – Und ich behielt recht.
Ich mußte alle Möbel verrücken, um den Teppich in der Bibliothek saubermachen zu können, und sie hinterher wieder an ihren Platz schieben, eine Arbeit, bei der mir warm wurde. Die ganze Zeit

über wußte ich genau, wo das rote Buch stand, und es war, als ob ich es, sogar wenn ich ihm den Rücken zudrehte, fühlen könnte wie ein Licht hinter meinem Kopf. Es stand auf einem Regal, das zu hoch für mich war, und bevor ich den grünen Ledersessel wieder an seinen Platz schob, kletterte ich schnell hinauf und holte das Buch herunter. Dann legte ich es auf den niedrigen Tisch, der seitlich neben der Tür steht, damit mich Mr. Poole, falls er an der Tür vorbeikommen sollte, nicht auf Anhieb sehen würde.

Einen Augenblick lang stand ich nur da und sah mir den Einband an, der aus weichem Leder ist, denn die Bücher des Herrn sind alle schön gebunden, und einen Goldschnitt hat, und auf dem Rücken stand der Titel in goldenen Buchstaben, aber er war lateinisch, deshalb konnte ich ihn nicht verstehen. Ich schlug die erste Seite auf, wo der Titel noch einmal wiederholt wurde, und dann die nächste Seite mit der Liste der Kapitel, die, wie es schien, allesamt von Themen wie »Naturgesetze« und »Physikalische Eigenschaften« handelten, aber ich überflog sie so schnell, daß ich mir keine richtige Vorstellung davon machen konnte, was für eine Art von Buch es eigentlich war. Dann blätterte ich weiter und sah sofort, daß mehrere Seiten am Rand beschrieben waren, und zwar in einer Schrift, die mir, denn ich habe sie oft genug gesehen, wie die Schrift unseres Herrn vorkam, klein und schmal, so daß sehr viele Worte auf sehr wenig Raum passen, ganz anders als meine eigene Schrift, die sich auf den Seiten so breit macht. Ich schlug eine dieser Seiten auf, und die Schrift war so klein, daß ich mich tief darüber beugen mußte, um die Worte entziffern zu können.

Ich wäre froh, wenn ich sagen könnte, ich wüßte nicht, was die Worte bedeuteten, die dort geschrieben standen. Es waren gewiß Worte, die ich selbst nie in den Mund genommen oder geschrieben habe, aber da ich nun einmal so aufgewachsen bin, wie es der Fall war, blieb es mir nicht erspart, sie oft genug hören zu müssen. Es war seltsam, solchen Schmutz zu lesen, vor allem, da er in einer so schönen Schrift geschrieben war. Ich beugte mich über die Seite, als ob ich mehr lesen müßte, um den Schock zu mildern oder um zu verstehen, wie jemand ein Buch auf eine so üble Weise mißbrauchen konnte, und es schien mir, als würden die Worte, während ich sie las, laut in meinem Kopf widerhallen, als ob jemand sie mir entgegenschrie. Und dann erlebte ich einen noch größeren Schock, denn plötzlich hörte ich, durch die abscheulichen Worte hindurch, die ich las, eine rauhe Stimme, wie ein Flüstern, dicht an meinem Ohr. »Mary Reilly«, sagte sie.

Ich schlug das Buch zu, wirbelte herum und wäre vor Schreck fast ohnmächtig geworden, denn er stand direkt hinter mir. Er trat zwar einen Schritt zurück, um mir etwas Platz zu machen, aber nicht weit genug, um mir Bewegungsfreiheit zu geben, und so konnte ich mich nur am Tisch festklammern, ohne irgendeine Möglichkeit, ihm zu entkommen.

»Habe ich mir doch gleich gedacht, daß du es verstehen würdest«, sagte er, während er mit dem Kinn auf das Buch hinter mir deutete.

Ich schwieg, einfach weil ich nichts sagen konnte, und er sah mich mit einem abscheulichen Feixen von oben bis unten an. Ich versuchte, seinem Blick standzuhalten, obwohl es nicht leicht ist, Augen wie die seinen, die niemals stillstehen, niederzuzwingen. Nach einem langen Augenblick fand ich meine Sprache wieder und sagte: »Ich bitte um Entschuldigung, Sir.«

Er grinste noch einmal und drehte sich um.

»Wofür?« fragte er. »Meinst du etwa, daß es mich interessiert, was du liest?« Damit ging er zum Sessel des Herrn neben dem Kamin und setzte sich.

Ich hatte also ein wenig Zeit, mich zu fassen, was ich tat, indem ich meine Haare und meine Schürze glattstrich. Der Sessel war in die andere Richtung gedreht, und so konnte ich nur seinen Arm und seine Hand sehen, deren Rücken mit schwarzen Haaren bewachsen ist und deren Finger stumpf sind; und obwohl die Hand, genau wie alles andere an ihm, für einen Mann eher klein ist, hat sie dennoch etwas Brutales an sich. Ich merkte, daß das Aussehen seiner Hand

mir genauso wenig gefiel wie alles andere an ihm, und trotzdem war da etwas, was mich festzuhalten schien, und ich konnte nicht aufhören, ihn anzustarren, so wie ein Kaninchen wie gebannt in das Licht einer Fackel starrt. Er schien sich im Sessel des Herrn wie zu Hause zu fühlen, denn er nahm ein Buch vom Tisch und begutachtete es, griff dann nach einem anderen, um den Titel zu lesen, als ob er überlegen würde, welches davon er sich aussuchen sollte.
»Möchten Sie ein Feuer haben, Sir?« fragte ich.
Er beugte sich über die Armlehne, um mich anzusehen, was mich bis an den Tisch zurückweichen ließ. Seine Augen haben etwas sehr Merkwürdiges, denn obwohl er jung ist, sind sie es nicht, und sie haben dunkle Ringe, die zweifellos von zu wenig Schlaf herrühren.
»Nein«, sagte er. »Ich möchte kein Feuer haben.« – Er redet nur, um sich über andere lustig zu machen, dachte ich. – »Aber du kannst mir eine Kanne Tee bringen, Mary«, fügte er hinzu.
Alles in mir hätte am liebsten geschrien, nein, ich werde dir gar nichts bringen, und der Wunsch war so stark, daß ich den Mund schon geöffnet hatte, aber dann machte ich ihn wieder zu. Er beobachtete mich mit schmalen Augen und sah dabei aus, als wüßte er genau, was in meinem Kopf vor sich ging, und würde sich darüber amüsieren. Ich dachte an die Worte des Herrn – »ich interessiere mich sehr für diesen jungen Mann« –, und es waren diese Worte, die mich meine Zunge wiederfinden und sagen ließen: »Ja, Sir. Möchten Sie auch etwas essen?«
»Nein«, erwiderte er.
»Sehr wohl, Sir«, sagte ich und ging hinaus.
Mr. Poole war nicht in der Halle, also mußte der Assistent des Herrn durch die Hintertür gekommen sein. In der Küche hörte ich, daß ich recht hatte, denn Köchin hatte ihn durch das Fenster über den Hof kommen und sich einlassen sehen, »als ob das hier *sein* Haus wäre. Und dann war er die Treppe hinauf, bevor ich wußte, wie ich dich warnen sollte.«
»Wir sollten uns wirklich noch eine Möglichkeit einfallen lassen,

damit wir nach oben klingeln können«, sagte ich. »Vielleicht kann Mr. Bradshaw das für uns machen, wo er doch so geschickte Hände hat«, woraufhin Annie zu kichern anfing, obwohl Köchin und ich es überhaupt nicht komisch fanden.

»Wo ist er eigentlich?« fragte Köchin.

»In der Bibliothek«, antwortete ich, »und hätte gerne eine Kanne Tee, mit Verlaub.«

Also machte Köchin das Teetablett zurecht, während ich meine Schürze wechselte und mir frische Manschetten anknöpfte, denn es schien, als würde ich den Tee servieren müssen, weil Mr. Poole, wie Köchin sagte, für den Herrn eine Besorgung erledigen mußte. Den ganzen Weg die Treppe hinauf fragte ich mich, wie der Herr es diesem Mann erlauben konnte, seine Bücher auf diese Weise zu benutzen, und vor allem, wieso er ihm, nach dem, was auf diesen Seiten geschrieben stand, das Haus nicht ganz und gar verbot. Das, was Mr. Edward Hyde mit diesem Buch gemacht hatte, schien mir fast noch schlimmer zu sein als das, was in jenem Zimmer in Soho vorgefallen war, nicht etwa, weil Bücher mir mehr bedeuteten als Menschen, sondern weil man an jenem Ort nichts anderes als Gewalt und Kummer erwartete, während das hier in des Herrn eigenem Haus geschehen war. Abgesehen davon schien es mir auch, daß allein der Anblick Mr. Edward Hydes genügen müßte, jeden abzuschrecken, der auch nur einen Funken gesunden Menschenverstand besaß. Was war es bloß, was den Herrn so für ihn eingenommen hatte?

Mit diesen Gedanken im Kopf trug ich das Tablett in die Bibliothek und stellte es auf den Tisch. Der Assistent saß immer noch in dem Sessel, ein offenes Buch im Schoß, aber ich glaubte nicht, daß er darin gelesen hatte. Während ich ihm den Tee einschenkte, trommelte er mit den Fingern auf der Armlehne. Er ist nervös, dachte ich, und nicht daran gewöhnt, so lange stillzusitzen. Ich reichte ihm die Tasse, die er ungeschickt annahm, anscheinend auch nicht daran gewöhnt, so gut bedient zu werden. Er trank einen Schluck,

obwohl der Tee so heiß war, daß ich dachte, er würde sich den Mund verbrennen, gab mir die Tasse zurück und sagte: »Mehr Zucker.«
Ich rührte einen weiteren Löffel Zucker hinein, so daß der Tee süß wie Sirup sein mußte, und reichte sie ihm erneut. Er balancierte sie auf der Untertasse über seinem Schoß, ungeschickt wie ein Schuljunge, aber ohne auch nur die geringste Spur der Unschuld eines Schuljungen. Dann umfaßte er die Tasse mit der ganzen Hand und leerte sie mit zwei großen Schlucken. So, dachte ich, damit wäre Mr. Pooles Behauptung, daß er kein Gentleman ist, ein für alle Mal bestätigt, und der Gedanke, wie einfach diese Frage gelöst worden war, ließ mich lächeln.
»Was amüsiert dich so, Mary?« fragte er, während er die leere Tasse auf dem Tisch abstellte.
Seine Stimme vertrieb das Lächeln von meinem Gesicht, und als ich auf ihn hinuntersah, denn ich stand auf der anderen Seite des Tisches, fühlte ich einen eisigen Schauer über mein Rückgrat streichen. Er beugte sich im Sessel vor und schaute mich so haßerfüllt an, daß ich einen Schritt zurückwich, als ob ich seinem Blick dadurch entgehen könnte. Ich schlug die Augen nieder und antwortete: »Nichts, Sir«, fühlte aber trotzdem, daß sein Blick Löcher in mich hineinbrannte, und er starrte mich so lange an, bis ich spürte, daß mir die Tränen in die Augen stiegen und mir im Magen so elend und schwach wurde, daß ich fürchtete, ich würde jeden Augenblick ohnmächtig werden. Ich mußte all meinen Mut zusammennehmen, um den Kopf zu heben, und da sah ich, daß er die Teetasse wieder in die Hände genommen hatte und sie hin und her drehte, wobei seine kalten Augen immer noch auf mich gerichtet waren. Gleich wird er sie nach mir werfen, dachte ich, aber im nächsten Augenblick hörte ich ein Knacken und sah die Tasse in seinen Händen zerbrechen.
»Oh, wie ungeschickt«, sagte er, bewegte sich aber nicht. Ich konnte die Augen nicht von seinen Händen lösen, die er nun lang-

sam um die scharfen Scherben schloß und dann zusammendrückte, und als er sie wieder öffnete, sah ich, daß er sich geschnitten hatte, und daß das weiße Porzellan blutig war, und daß das Blut aus zahlreichen Schnittwunden in seinen Handflächen sickerte. »Unfälle passieren nun einmal«, erklärte er und löste die Hände ganz voneinander, so daß die Scherben auf den Teppich fielen und ein leise klirrendes Geräusch von sich gaben, das mir jedoch wie ein lautes Getöse vorkam.

Ich wußte nicht, wo ich hinsehen oder was ich tun sollte. Natürlich wäre ich am liebsten weggelaufen, aber es lag etwas so Widerliches im Anblick seiner blutenden Hände und im rauhen Flüstern seiner Stimme, daß mir ganz kalt und klamm zumute wurde, wie wenn man spürt, daß ein Fieber ausbricht, und ich blieb ganz still stehen, als er aufstand und die wenigen Schritte zurücklegte, die uns voneinander trennten. Als er sich über den Tisch beugte und seine blutende Hand an mein Gesicht legte, spürte ich ein Stechen in meiner Brust und ein Schluchzen in meiner Kehle, konnte mich aber noch immer nicht aus meiner Starre lösen. Ich wußte, daß mir die Tränen über die Wangen liefen, und war unfähig, die Hand zu heben, um sie fortzuwischen. Ich schloß die Augen, als seine Hand mein Gesicht berührte, genau am Mundwinkel, und hielt sie geschlossen, während er mit seinen blutenden Fingern langsam, ganz langsam, über meinen Mund strich und meine Lippen auseinanderzog. Ich biß die Zähne zusammen und versuchte, Luft zu bekommen, denn es schien mir, als müßte ich ersticken, weil das Zimmer erfüllt wäre vom Geruch nach Blut und die Luft sich nicht mehr atmen ließe, weil sie so dick war. Ich konnte sein leises Lachen hören und dann seine gräßliche Stimme, die flüsterte: »Weißt du nicht, wer ich bin, Mary?«

Ich weiß nicht, wieso ich nicht ohnmächtig wurde, aber ich wurde es nicht. Ein paar Minuten später stand ich – zu meiner eigenen Überraschung – immer noch auf den Füßen. Dann schlug ich die Augen auf und merkte, daß ich allein war, und in meinen Ohren brauste es

wie von einem Windstoß, und im Mund hatte ich den dicken, salzigen Geschmack von Blut.
Es ist schwer, dies alles niederzuschreiben, so wie ich mich fühle. Ich habe Angst, festzuhalten, was geschehen ist, weil ich mich davor fürchte, was als nächstes kommen mag. Am liebsten würde ich schreien: Ich lasse das nicht zu, aber ich habe schon Schlimmeres zugelassen, das ist einmal sicher, und ich habe kein Recht, jetzt zu sprechen, noch werde ich es je haben.
Ich habe mich so auf den heutigen Tag gefreut, denn ich kann jetzt gehen, bin mit meiner Arbeit fertig und wollte in den Regent's Park oder mir die Geschäfte ansehen und mich nur darüber freuen, meine Zeit ganz für mich allein zu haben. Aber jetzt habe ich das Gefühl, daß ich spazierengehen könnte, bis ich tot umfalle, und trotzdem würde mich kein noch so geringer Hauch frischer Luft erreichen, denn alles um mich herum ist eine Wolke aus Lügen, durch die ich meinen Weg nicht finde. Und ich darf mit niemandem über das sprechen, was ich weiß, aber nicht verstehe, sondern muß diese Dinge ganz allein in meinem Kopf mit mir herumtragen, wo sie alle anderen Gedanken zu verdrängen scheinen. Und so schreibe ich unaufhörlich in mein Heft, als könnte ich die Dunkelheit dadurch erhellen, daß ich sie auf Papier banne.

Gestern habe ich mich dazu zwingen müssen, aus dem Haus zu gehen, denn schließlich konnte ich nicht den ganzen Tag in meinem Zimmer sitzen bleiben, und bestimmt hat Köchin sich sowieso schon darüber gewundert, daß ich so lange im Haus blieb. Es war kalt, aber schön draußen, und ich lief ziemlich lange umher, ohne darauf zu achten, wo ich war oder was ich sah, denn mein Kopf war so voll von all den Seltsamkeiten in unserem Haus, daß es war, als hätte ich sie mit mir genommen. Als ich den Park erreichte, setzte ich mich auf eine

Bank und beobachtete die Passanten, und alle schienen es eilig zu haben, wer weiß wohin zu kommen, und wenn die eine oder der andere einmal verweilte, dann mit unguten Absichten. Ich zog den Mantel fest um mich und versteckte meine Hände in den Ärmeln, um sie zu wärmen, und so saß ich da und hatte ein Gefühl, als wäre ich aus großer Höhe auf diese Bank geschleudert worden und müßte erst wieder zu mir finden, bevor ich weitergehen konnte.

Ich begann, über mein Leben nachzudenken und über die Häuser, in denen ich gearbeitet habe, und erinnerte mich, wie ich immer versucht hatte, mein Bestes zu geben und mein Schicksal ohne Zaudern und Klagen zu tragen, weil ich nun einmal denke, daß es keinen anderen Weg gibt, und weil ich, um ehrlich zu sein, zu stolz bin, es anders zu machen. Ich weiß, daß ich das zu einem großen Teil von meiner Marm habe, die ähnlichen Sinnes ist, so sehr, daß sie keine Hilfe annehmen will, nicht einmal von mir; und obwohl ich ihr hin und wieder etwas Geld schicke, bittet sie mich immer, es nicht zu tun. Und ich dachte daran, daß sie die einzige Verwandte ist, die ich auf der Welt habe, aber so wie die Dinge stehen, höre ich kaum etwas von ihr, und sie nichts von mir. Wenn ich sie einmal sehe, sprechen wir nicht über die Vergangenheit und nie über meinen Vater, obwohl mir viele Beispiele dafür einfallen, wie sehr sie gelitten hat, und ich auch, und es wundert mich überhaupt nicht, daß Marm, nachdem er endlich weg war, nie wieder etwas von einem anderen Mann wissen wollte. Ich weiß, daß sie froh ist, daß ich auf mich aufpasse und in jedem Haus, in dem ich bisher war, gute Referenzen bekommen habe, und ich glaube, für sie ist es ein großes Wunder, daß ich lesen und schreiben kann, denn sie bewahrt all meine Briefe auf; und obwohl sie sie nicht lesen kann, sieht sie sie sich gerne an. Und deshalb denke ich, daß ich ihr das Leben nicht noch schwerer machen darf, indem ich sage, daß in meinem nicht alles seine Ordnung hat.

Ich dachte an die Häuser, in denen ich gewesen bin, und an die Menschen, mit denen ich es dort zu tun gehabt habe, an Mrs. Swit, die so gütig zu mir war, und die Herren und Damen, denen ich gedient habe und die mich nie zu bemerken schienen, obwohl ihre Augen schnell genug entdeckten, wenn eine Arbeit einmal unerledigt geblieben war, und daran, daß die anderen Dienstboten mich immer für zu kühl oder zu still hielten oder für nicht fröhlich genug, denn wenn die Unterhaltung sich, wie sie es fast immer tat, darum drehte, einen Schatz zu haben oder durch den Weg zum Altar aus dem Dienst herauszukommen, konnte ich nie Erzählungen über meine eigenen Erfahrungen beisteuern. Einmal, bei den K***s, hat Sarah Jacobs mich dazu überredet, mit ihr auszugehen, dorthin, wo getanzt wurde und wo es Soldaten gab, und sie sagte, mit ein bißchen Glück würden wir beide viel Spaß haben und einen Ehemann finden, und das tat sie auch, wie ich glaube, denn nachdem ich ungefähr eine Stunde lang in der Wolke herumgestanden hatte, die immer über mir hängt, machte sie sich mit zwei oder drei Burschen auf und davon, und ich habe sie seitdem nicht wieder gesehen. Und ich erinnerte mich daran, wie ich an jenem Abend allein zurück zu unserem Zimmer ging und mir sagte, das wird nie deine Art sein, Mary, also nimm die Dinge so, wie du sie findest, und rede dir nicht ein, daß du etwas sein kannst, was du nicht bist.

Und dann dachte ich daran, wie ich ins Haus des Herrn gekommen war, und alles war so ruhig und angenehm und seine Art so sehr wie meine eigene, daß ich das Gefühl hatte, endlich das Geschirr gefunden zu haben, in das ich hineinpaßte, und daß ich hier in Sicherheit war vor der leichtfertigen Art, die ich nie verstanden habe, und man mich als das schätzen würde, was ich bin. Und ich war wirklich glücklich an meinem Platz, und es kam mir überhaupt nicht merkwürdig vor, sondern ganz natürlich, daß der Herr sich für mich interessierte und darauf vertraute, daß ich entweder offen und ehrlich sprach oder aber schwieg, je nachdem. Und obwohl er so hoch über mir steht, ist es für mich, als ob wir uns gleich wären, denn wir leben unser Leben auf eine sehr ähnliche Weise und kennen unseregegenseitigen Gewohnheiten, und obwohl er Freunde hat und seine

Arbeit und ständig kommt und geht, habe ich das Gefühl, daß er mir ähnlich ist und nicht berührt von dem Bedürfnis nach mehr.
Wie ich, nicht berührt.
Und dann, während ich immer noch auf der Bank saß und die Leute um mich herum kamen und gingen und die Kälte auf meinen Wangen brannte, breitete sich eine tiefe Traurigkeit über mich, denn obwohl ich verstehe, wieso ich nicht wie andere sein und freudig in die Zukunft blicken und Pläne und Vorkehrungen für ein gemeinsames Leben schmieden kann, ist es dennoch manchmal schwer, es zu ertragen. Die Tränen stiegen mir in die Augen, und ich wischte sie mit den Fingern fort. Dann sah ich nur noch Finsternis, und ich fühlte, wie seine Hand sich auf meinen Mund preßte und die schwindelerregende Schwäche über mir zusammenstürzte. Ich hörte mein Herz in meinen Ohren rasen und sein Lachen und das Schluchzen, das mir in der Kehle steckenblieb, und wieder hatte ich den Geschmack von Blut auf den Lippen. Als ich die Augen öffnete, spürte ich, daß er irgendwo in meiner Nähe war, und ich sah die fremden Menschen um mich herum prüfend an, aber keiner von ihnen war wie er. Da wußte ich, daß er hinter mir sein mußte, hatte jedoch Angst, mich umzudrehen. Wie lange blieb ich so sitzen? Ich weiß es nicht.
Nach einiger Zeit stand ich auf und drehte mich um. Ein Kind lief neben seiner Kinderschwester her, ein großgewachsener Mann mit einem Zylinder ging vorbei; und dann glaubte ich, ganz weit hinten, beim großen Tor, einen kleinen Mann zu sehen, wie einen Schatten, der soeben in der wimmelnden Menschenmenge auf der Straße verschwand.

Ist es nicht grausam, daß ich in den letzten Tagen so oft an meine Marm denken mußte und das Gefühl hatte, ich müßte eine Möglichkeit finden, sie zu

besuchen, obwohl man mehr Zeit braucht, den weiten Weg zu machen, als ich sie dieser Tage mein eigen nennen kann, und dann heute erfahre, daß ich sie niemals wiedersehen werde?
Heute nachmittag, kurz vor dem Tee, kam Mr. Poole in die Küche, wo ich den Tisch deckte, und er hielt einen Brief in der Hand und sah mich mit einem so bösen Blick an, als ob ich kein Recht hätte, je im Leben einen Brief zu bekommen, daß ich sofort wußte, daß er für mich sein mußte. Es war ein armseliges Schriftstück, auf schmutzigem Papier geschrieben und mit einem Klecks Kerzenwachs versiegelt, mit meinem Namen und unserer Hausnummer in großen Buchstaben, wie ein Kind sie malt, auf der Vorderseite. Ich öffnete ihn auf der Stelle, obwohl ich wußte, was darin enthalten war, und las die wenigen Worte, die, wie ich sehen konnte, mit größter Mühe geschrieben worden waren, sowohl wegen des Charakters der Nachricht als auch wegen der Unbeholfenheit des Schreibers im Umgang mit Papier und Bleistift. Sie lauteten: »Eure Missis Reilly ist vor diesen drei Tagen verschieden. Bitte kommt sofort zu Mr. James Haffinger in ihrem Logis, um die Angelegenheiten zu regeln. Dies schreibt Euch Euer Ergebener Mr. James Haffinger.«
Ich las den Brief, und ich war traurig und zornig zugleich, denn ich wußte, daß Mr. Haffinger damit ausdrücken wollte, daß Marm ihm Geld schuldete, sonst hätte er sich bestimmt nicht die Mühe gemacht, mich über ihren Tod zu informieren, und abgesehen davon war ich verwirrt, denn ich konnte seiner Nachricht nicht entnehmen, wie lange Marm schon tot war und was er mit ihr gemacht hatte, und ich wollte, daß sie wenigstens eine schöne Beerdigung bekam, wo sie schon kein schönes Leben gehabt hatte.
Mr. Poole beobachtete mich mit seinen kalten Fischblicken, aber dann sah Köchin, daß ich den Brief zwar in der Hand hielt, ihn aber gar nicht las, und fragte: »Was ist, Mary? Hast du schlechte Nachrichten bekommen?«
»Meine Marm ist gestorben«, antwortete ich.

Da waren alle beide voller Mitgefühl und sagten, ich müßte mich auf den Schreck hinsetzen, und Köchin gab mir eine Tasse Tee und sagte: »Ach, du armes Mädchen«, und wie gut sie sich noch daran erinnern könnte, daß sie, als ihre eigene Mutter gestorben war, das Gefühl gehabt hatte, jetzt hätte sie ihre Kindheit für immer verloren, was mir seltsam vorkam, aber dann ging mir auf, daß sie die glücklichen Erinnerungen daran meinen mußte. Ich erklärte: »Ich muß ins East End gehen und mich um ihre Beerdigung kümmern, aber wie soll ich das bloß machen?«, und Köchin sagte: »Mr. Poole wird mit dem Herrn reden, dann kannst du sicher gleich morgen früh gehen«, und ich sah, daß alle verstanden, daß ich einen guten Grund hatte. »Ich habe mich noch nie um eine Beerdigung kümmern müssen«, fügte ich hinzu, »ich weiß gar nicht, was man alles machen muß.« Aber Köchin beruhigte mich: »Das findest du schon heraus, wenn du erst einmal da bist. Und vielleicht ist ja schon alles geregelt.« Dann sagte Mr. Poole: »Vielleicht hat deine Mutter in eine Beerdigungskasse eingezahlt«, aber ich antwortete: »Das glaube ich nicht, Sir. Sie hatte ja kaum genug, um zu leben, da konnte sie nichts auf die Seite legen, um zu sterben.« Und er wandte den Blick ab, und ich wußte, er dachte an die Vorkehrungen, die er selber getroffen hat, und bestimmt ist alles so schön und ordentlich ausgerichtet wie seine Manschetten.

»Ich werde nach dem Tee mit dem Herrn sprechen«, erklärte Mr. Poole.

Den ganzen Nachmittag über mußte ich dauernd an meine Marm denken, die vielleicht einfach auf ihrer Matratze liegt, bis ich kommen kann, um mich um alles zu kümmern, oder, was wahrscheinlicher ist, in irgendeiner Abstellkammer, damit ihr Zimmer gleich wieder vermietet werden kann, und ich dachte, nun bin ich eine Waise, nun habe ich auf der ganzen Welt niemanden mehr, der mich kennt. Mein einziger Trost war die kleine Geldsumme, die ich auf die Seite gelegt hatte und die zu sparen ich so lange gebraucht hatte, aber es waren fast acht Pfund, und Köchin meinte, das müßte für eine anständige Beerdigung reichen, wenigstens für eine Kutsche und einen schönen, ausgeschlagenen Sarg und eine anständige Bahre mit Trägern.

Nach dem Abendessen rief Mr. Poole mich in sein Zimmer und bat mich, die Tür zu schließen. »Ich habe mit dem Herrn gesprochen«, erklärte er, »und du hast seine Erlaubnis, dich morgen um die Beerdigung deiner Mutter zu kümmern. Du kannst so früh gehen, wie du willst.«

»Vielen Dank, Sir.«

»Wie wirst du hinkommen?« fragte er, als ob er dachte, ich würde eine Kutsche nehmen.

»Einen Teil des Wegs kann ich mit der Tram fahren, Sir. Den Rest muß ich laufen.«

»Ich werde Köchin sagen, sie soll dir etwas zu essen einpacken, das du mitnehmen kannst.«

»Vielen Dank, Sir«, sagte ich und wunderte mich darüber, daß er so freundlich war, obwohl es ihm natürlich ähnlich sah, die angemessenen Gefühle an den Tag zu legen, ganz gleich ob er sie fühlte oder nicht.

»Hat deine Mutter sonst noch Verwandte, die dir zur Seite stehen könnten?«

»Nein, Sir«, erwiderte ich. »Sie hatte eine Schwester in Holborn, aber die ist schon vor mehr als fünf Jahren gestorben. Ich bin die einzige.«

»Das tut mir leid«, sagte Mr. Poole. »Denn dann wird es wohl besonders traurig für dich werden, so ganz allein.«

Ich hob den Kopf und dachte, daß es schon verwunderlich war, daß der Tod einer Frau, mit der er nie im Leben auch nur ein Wort gewechselt hätte, ihn auf eine Weise bewegte, daß er sogar freundliche Worte für ihre einzige Verwandte fand. Vielleicht sah er, daß sein Mitleid mich nicht beeindruckte, denn sein Gesicht wurde sofort wieder kalt, und er machte Anstalten, sich abzuwenden. Aber dann schien ihm noch etwas einzufallen, und er sagte:

»Köchin erzählt, der Assistent des Herrn war im Haus, als ich am Dienstag nicht da war?«
»Ja, Sir«, antwortete ich und dachte bei mir, das also ist es, was ihm keine Ruhe läßt.
»Und du hast ihm aufgewartet?«
»Ja, Sir«, sagte ich. Aber dann tat er mir doch leid, denn ich sah, daß er alles darüber wissen wollte, ohne es mir Wort für Wort aus der Nase ziehen zu müssen, und so fuhr ich fort: »Er war in der Bibliothek, Sir, und wollte Tee haben, den er sofort trank, und dann ging er wieder.«
»Ich verstehe«, erklärte Mr. Poole. »Köchin sagt, daß eine Tasse zerbrochen wurde?«
Es ist ein Wunder, daß ich nicht blaß wurde, als er das sagte, denn ich konnte die Tasse in den Händen des Assistenten zerbrechen sehen, und ich fühlte wieder seine Augen auf mir, genau so, als ob er direkt vor mir stehen würde, aber ich wußte, daß ich nicht darüber sprechen konnte, nicht einmal mit jemandem, der mich gern hatte, nicht einmal mit dem Herrn selber, und weil ich nicht gut lügen kann, schlug ich die Augen nieder und sagte: »Ich habe sie fallenlassen, Sir.«
Mr. Poole war darauf vorbereitet. »Auf den Teppich?« fragte er.
Auf dem Teppich wäre sie wahrscheinlich nicht so leicht zerbrochen, dachte ich, und antwortete: »Nein, Sir. Vor dem Kamin. Sie ist mir vom Tablett gerutscht.«
Mr. Poole sagte nichts darauf, und ich hörte nicht auf, den Boden anzustarren, weil ich wußte, daß er es nicht ausstehen kann, wenn ich den Kopf hängen lasse, und ich hoffte, daß er unser Gespräch dann schneller beenden würde.
»Also schön, Mary«, sagte er nach einem Augenblick. »Du kannst wieder an die Arbeit gehen. Übrigens möchte der Herr heute abend ein Feuer in der Bibliothek haben.«
»Ja, Sir«, sagte ich und ging hinaus.

In der Küche setzte ich mich zu Köchin an den Tisch und trank mein Bier aus, dann band ich mir eine saubere Schürze um und ging hinauf in die Bibliothek. Der Herr war noch im Eßzimmer, und ich hoffte, mit dem Feuer fertig zu werden, ohne ihn zu sehen, was ich seltsamerweise für das Beste hielt, denn ich fürchtete, er würde mit mir über Marm sprechen wollen, und ich mochte nicht über sie reden. Aber als ich fast fertig war, kam er herein und setzte sich in den Sessel hinter mir. Draußen regnete es. Trotz der zugezogenen Vorhänge konnte ich das Pochen des Regens an den Fensterscheiben hören, also mußte es ziemlich stark regnen, und ich wußte, ich würde meinen Weg in den Osten der Stadt durch einen Morast aus Schlamm und Schmutz antreten müssen. Ich rüttelte die Kohlen sehr langsam aus dem Kamin, denn plötzlich hatte ich das Gefühl, doch nicht fertigwerden zu wollen, obwohl die Hitze so groß war, daß meine Wangen brannten. Ich hörte, wie der Herr die Karaffe in die Hand nahm und der Portwein in das Glas gurgelte, aber er sagte nichts. Ich rieb mir die Hände an der Schürze ab und legte sie an mein Gesicht und hatte dabei das Gefühl, mich nicht bewegen zu können.

»Mary?« sagte der Herr.

Immer noch auf den Knien drehte ich mich zu ihm um und antwortete: »Sir?«

Er sah mich über das Glas hinweg an. »Fühlst du dich nicht wohl?«

Ich stand auf. »Doch, Sir«, erwiderte ich. »Es ist nichts weiter. Die Hitze hat mich für einen Augenblick schwindlig gemacht.«

Er saß da und sah mich besorgt an, sagte aber nichts.

»Ich bin jetzt fertig, Sir«, erklärte ich. »Oder kann ich sonst noch etwas für Sie tun?«

»Poole hat mir gesagt, daß deine Mutter gestorben ist, Mary. Das tut mir sehr leid, und du kannst dir soviel Zeit nehmen, wie du brauchst, um ihre Angelegenheiten zu regeln.«

»Danke, Sir«, sagte ich.

»War sie krank?« fragte er.
»Das weiß ich eben nicht, Sir. Aber ich werde es morgen erfahren. Die Nachricht kam von ihrem Vermieter, und er schreibt nur, daß sie tot ist.«
»Du hast sonst keine Angehörigen, die dir helfen könnten?«
»Nein, Sir«, erklärte ich und dachte dabei, mein Vater ist zwar noch irgendwo am Leben, aber Gott sei Dank weiß ich nicht, wo er steckt, und während ich das dachte, spürte ich, daß der Herr denselben Gedanken hatte, denn er sah aus, als ob ihm plötzlich etwas sehr Schmerzliches eingefallen wäre. Er fuhr sich mit der Hand über die Augen, und als er sie wieder fortzog, sah ich, daß auf seiner Stirn Schweißperlen standen, und er sah mich so eindringlich an, daß ich mich nur mit Mühe daran hindern konnte, die Hand nach ihm auszustrecken. Dann sagte er: »Du hattest keine Angst vor ihm?«
»Vor wem, Sir?« fragte ich.
Aber der Herr hatte den Blick von mir abgewandt und betrachtete seine Hand, die die Armlehne des Sessels so fest umklammerte, daß die Knöchel weiß hervortraten.
»Sir«, sagte ich noch einmal, denn er schien vergessen zu haben, daß ich da war.
Immer noch starrte er seine Hand an, und jetzt war seine ganze Stirn tief gefurcht, und ich sah, daß er die Zähne zusammengebissen hatte. Es beunruhigte mich, ihn so zu sehen, und doch konnte ich nichts anderes tun, als zu warten, was ich so lange tat, daß es mir wie eine Ewigkeit vorkam. Dann gewann er seine Fassung wieder zurück und wandte mir das Gesicht zu.
»Was hast du gesagt?« fragte er.
Aber ich antwortete nichts, sah ihn nur verwundert an, was ihn ungeduldig machte, so daß ich mir wünschte, ich wäre dazu in der Lage gewesen, etwas zu sagen. »Das wäre für den Augenblick alles, Mary«, erklärte er schließlich, und auf einmal war es, als hätten wir überhaupt nicht miteinander geredet. »Sag Poole, daß ich

heute nacht lange im Laboratorium arbeiten werde und er nicht auf mich zu warten braucht.«

»Ja, Sir«, erwiderte ich und machte einen Knicks, um zu gehen, als der Herr, der nun wieder ganz entspannt schien, hinzufügte: »Und viel Glück auf deinem traurigen Weg, Mary.«

»Danke, Sir«, sagte ich und ging hinaus, mehr beunruhigt über die Erinnerung an unsere Unterhaltung als über den Gedanken an meinen Weg ins East End am nächsten Morgen.

Ich war vor Anbruch der Morgendämmerung auf den Beinen und kleidete mich bei Kerzenlicht an. Ich zog meine schwarzen Strümpfe und die festen Gehschuhe an und steckte meine Röcke so gut es ging hoch, damit sie nicht ständig über den Boden schleiften. Vielleicht war es unziemlich, sie so hoch zu tragen, aber lieber schockierte ich meine Mitmenschen durch den Anblick meiner Knöchel, als die Röcke den ganzen langen Tag, der vor mir lag, durch den Matsch zu ziehen. Ich legte meinen schwarzen Schal um und steckte ihn mit der Elfenbeinbrosche fest, die Mrs. Swit mir geschenkt hatte und die ich nur selten trug, und setzte meine dunkelgraue Haube auf, da ich keine schwarze habe. Dann ging ich, so leise ich konnte, hinunter in die Küche, um Mr. Bradshaw, der unter der Treppe schläft, nicht zu wecken.

Köchin hatte mir ein Stück Lammbraten und Käse und braunes Brot eingepackt, erst in Wachstuch, dann in Papier, und das ganze mit einem Stück Schnur zusammengebunden, und nachdem ich meinen Mantel angezogen hatte, nahm ich mein Mittagessen und ging durch den Hof aus dem Haus.

Die Luft war feucht, obwohl es nicht regnete, und kühl war es. Die Gaslampen brannten zwar, waren aber kaum zu erkennen im dichten Nebel, der stellenweise braun, dann wieder weiß und in ständiger Bewegung war, denn es wehte ein ziemlich starker Wind. Es war so still, daß meine Schritte laut auf dem Bürgersteig hallten. Als ich um die Ecke bog, hörte ich einen anderen Schritt, der zuerst weit weg schien, dann aber ganz nah, und der von der anderen Ecke her sehr eilig auf mich zukam. Ich blieb stehen, weil es mir gefährlich schien, einer derartigen Hast in den Weg zu geraten, und drückte mich eng an die Wand. Im nächsten Augenblick kam er so dicht an mir vorbei, daß ich seinen keuchenden Atem hörte und einen Lufthauch an mir vorbeistreifen fühlte, und ich sah *ihn*, wenn auch nicht sehr deutlich, weil der Nebel zwischen uns war. Er schien mich nicht zu sehen, oder es war ihm egal, denn er rannte mit eingezogenem Kopf, wie einer, der verfolgt wird, und ich wußte sofort, daß er sich durch die Laboratoriumstür einlassen würde. Und tatsächlich hielten die Schritte einen Augenblick später inne, und ich hörte, wie die Tür geöffnet wurde, und konnte im Halbdunkel gerade noch einen dunkleren Fleck im Nebel erkennen, der zweifellos er war, der durch die Tür verschwand.

Wovor läuft er davon, dachte ich? Und weiß der Herr darüber Bescheid? Ich blieb noch einen Augenblick stehen, um zu hören, ob ihm jemand folgte; da aber nichts geschah, setzte ich meinen Weg mit dem Gefühl fort, daß es kein gutes Omen sein konnte, den Tag mit dem Anblick einer so elenden Kreatur zu beginnen.

Mein Weg führte mich quer durch die Stadt, und während ich durch die stillen Straßen ging, erwachten sie zu neuem Leben. Die Obst- und Gemüsehändler kamen von den Märkten zurück, wo sie ihre Einkäufe getätigt hatten, als ich noch in meinem warmen Bett lag, bauten an jeder Ecke ihre Karren auf und unterhielten sich in ihrer derben Sprache, ein Auge immer auf die Straßenkinder gerichtet, die nichts anders im Sinn hatten, als zu stehlen, das andere auf den Himmel, der nichts anderes im Sinn hatte, als auf sie herabzuregnen. Sie achteten nicht weiter auf mich, obwohl sie mir genau wie allen anderen ihre Waren anpriesen.

Ich legte ein ziemliches Stück meines Wegs zurück, bevor ich stehenblieb und mir bei einem Mann, der mir erzählte, das frische Obst würde Farbe in meine blassen Wangen bringen, einen Apfel kaufte. Der Mann war so fröhlich und so stolz auf seine Waren – die, wenn man ihn so reden hörte, das einzige waren, was man brauchte, um gesund und glücklich zu bleiben – und auch auf sein Leben, wie es mir schien, das bestimmt nicht leicht sein konnte, daß ich lächeln mußte. Als er mich fragte, wieso ich an einem so schönen, verheißungsvollen Tag schon so früh unterwegs sei, hatte ich nicht das Herz, ihm die traurige Wahrheit zu sagen, und so erzählte ich nur, ich müßte für meinen Herrn eine Besorgung machen. Beim Weitergehen dachte ich, daß das, was für den einen ein schöner Tag ist, für den anderen überhaupt nichts bedeutete und daß dieser Mann und ich zwar dasselbe trübe Dämmerlicht sahen, aber wo für ihn Hoffnung war, erblickte ich nichts als Schwierigkeiten. Es ist der Fluch meines Lebens, daß ich nie so leichten Herzens sein kann wie meine Mitmenschen.

Und so ging ich weiter, während die Straßen immer geschäftiger wurden, und bald war jede Kreuzung eine Gefahr für meine Röcke und für mein Leben, denn der Matsch war stellenweise sehr tief, und wenn man einmal in ihm steckte, war es fast unmöglich, sich schnell zu bewegen. Die Hufe der Pferde verursachten ein anderes Geräusch als sonst – nicht scharf, sondern eher schmatzend, und ich wunderte mich darüber, daß der Matsch sie anscheinend lange nicht so behinderte wie mich. Dann fuhr ich ein Stück mit der Tram, hätte aber genausogut zu Fuß gehen können, denn ein Pferd war gestürzt und die Kutsche umgekippt, Leute schrien, und der Matsch und die Fäuste flogen, und das arme Tier mühte sich ab, wieder auf die Beine zu kommen, während der Kutscher das Geschirr zerschnitt so gut es ging, um die Kutsche zu befreien, und so war die Fahrbahn eine ganze Weile versperrt.

Als ich die Straße in Shoreditch erreichte, in der meine Mutter gewohnt hatte, stand die Sonne, oder der helle Nebelfleck, der wohl alles sein würde, was wir an diesem Tag von der Sonne zu sehen bekommen sollten, schon über den Hausdächern. Der Weg zu Marms Tür führt durch eine dunkle Gasse, deren Mauern feuchtschleimig sind und deren Boden ein einziges Schlammloch ist, mit einer Abwasserrinne in der Mitte, die aber die meiste Zeit über verstopft ist, so daß sich ein kotiges Rinnsal staut, das jeden, der hier vorbeikommt, mit Hoffnungslosigkeit erfüllt. Ich ging so dicht an der Wand entlang, wie mein Ekel davor, mit ihr in Berührung zu kommen, es zuließ, und stieg über die Vorderstufen von drei Häusern, bevor ich das von Marm erreichte. Als ich anklopfte, war erst der laute Schrei einer Männerstimme zu hören, dann Stille, dann ein Klappern, als würden Töpfe aus einem Schrank fallen, dann ging die Tür auf und ein kleiner Mann mit vorstehenden Augen streckte den Kopf heraus. »Kann man denn niemals seine Ruhe haben?« schnauzte er mich an.

»Es tut mir leid, Sie stören zu müssen, Sir«, sagte ich. »Aber ich bin Mary Reilly.«

Der Mann musterte mich von Kopf bis Fuß und reckte das Kinn, als ob er mich damit aufspießen wollte. »Das ist ja alles schön und gut, Fräulein«, erwiderte er, »aber was geht es mich an, daß ich mich an meine Tür rufen lassen muß, um es mir anzuhören?«

Bevor er mit seiner Begrüßungsrede fertig war, hatte ich den Brief aus meiner Manteltasche gezogen und hielt ihn ihm entgegen. Er hörte auf zu sprechen, weil er anscheinend nicht gleichzeitig reden und schauen konnte, begutachtete den Umschlag, erkannte die schmuddelige Schrift als seine eigene und schlug einen völlig anderen Ton an.

»Oh«, sagte er mit Leichenbittermiene, »Sie sind die trauernde Hinterbliebene.«

Es fiel mir schwer, ernst zu bleiben, denn sein Verhalten war so unverkennbar nur ein Theaterspiel, das er vorführte, wie es ihm gerade in den Sinn kam, aber ich war müde von dem langen Weg, den ich hinter mir hatte, und der Gedanke daran, was dieser Bursche wohl mit meiner Marm gemacht hatte, bedrückte mich plötzlich so sehr, daß ich ihn beim Wort nahm und mich gegen den Türrahmen lehnte. »Ich habe einen weiten Weg hinter mir«, sagte ich. »Und ich bin so schnell gekommen, wie ich konnte.«

»O je«, erklärte er. »Das glaube ich Ihnen gerne, Sie arme, verwaiste Seele. Kommen Sie herein, kommen Sie herein, und setzen Sie sich, und ich erzähle Ihnen, wie Ihre arme Mutter dahingeschieden ist.«

Also ging ich hinein, und er erzählte mir, Marm wäre zu Anfang des Monats krank geworden, hätte sich aber geweigert, in ein Krankenhaus zu gehen, und statt dessen immer weitergenäht, obwohl sie von Tag zu Tag weniger erledigt bekam, und sie wollte sich weder helfen lassen, noch daß man mich benachrichtigte. Sie starb während der Nacht, aber noch am letzten Morgen hatte sie ihrem Vermieter, Mr. Haffinger, das Versprechen abgenommen, daß er mir schreiben würde, wenn sie sterben sollte, und ihm gesagt, daß er die Adresse in dem Briefpacken im Kästchen neben der Teedose finden würde. Mr. Haffinger erzählte, sobald er gesehen hätte, daß Marm tot war, und er besuchte sie jeden Tag, hätte er die Briefe hervorgeholt, aber dann sei ein Tag damit vergangen, ein Stück Papier zu beschaffen, und noch einer, den Brief zu verfassen, und deshalb hätte er gedacht, ich würde die Nachricht erst drei Tage nach ihrem Hinscheiden bekommen.

Während er mir diese ganze Geschichte erzählte, hantierte er an dem schmutzigen kleinen Herd herum, der in einer Ecke des Zimmers stand, und als er sich umdrehte, hatte er eine Tasse Tee für mich, die ich dankbar annahm.

»Ist sie noch in ihrem Zimmer?« fragte ich.

»Nein«, sagte er und schüttelte langsam den Kopf. »Nein, das ist sie nicht. Ich habe nämlich immer eine große Nachfrage nach meinen Zimmern, wie man sagen könnte. Aber unter der Treppe ist eine kleine Kammer, die ich nicht vermiete, obwohl sie trocken und sicher ist; dorthin habe ich sie gebracht.«

»Und ihre Sachen?«

Er sah mich so lange und kummervoll an, daß ich sofort wußte, daß ich nie wieder etwas von Marms Sachen sehen würde. »Ihre arme Mutter hat die Miete von letzter Woche nicht bezahlen können, weil sie zu schwach war, um zu arbeiten, und da habe ich mir die Freiheit genommen, ihre Schulden zu begleichen, indem ich die paar Möbel und das bißchen Geschirr, das sie hatte, verkauft habe. Viel war es ja nicht.«
Während er mir das alles erzählte, ging er zum Herd zurück und wühlte in einer Dose herum. »Aber ich habe tüchtig gefeilscht, Fräulein, darauf können Sie sich verlassen, und am Ende konnte ich alles begleichen, was Ihre Mutter schuldig war, und wie Sie sehen« – hier brachte er eine Münze zum Vorschein, die er mir gab – »ist sogar ein Schilling übriggeblieben.«
Ich nahm die Münze und sah sie lange an.
»Ich habe sie extra für Sie aufgehoben«, fuhr er fort, »weil ich mir gedacht habe, Sie könnten sie vielleicht für die Kosten der Beerdigung gebrauchen.«
Ich konnte kein Wort hervorbringen. Der Schilling in meiner Hand schien die ganze Last von Marms ganzem unglücklichem Leben anzunehmen. Ich schloß die Finger um die Münze und ließ sie in meine Rocktasche gleiten. »Könnte ich meine Mutter sehen, Mr. Haffinger?« fragte ich dann, worauf er erwiderte: »Aber natürlich, natürlich. Bitte, folgen Sie mir.« Und er nahm eine Kerze und führte mich unter ständigem Gemurmel durch einen dunklen Flur zu einer Treppe, die aussah, als würde sie geradewegs in die Hölle führen, so steil und finster war sie. Am Fuß der Treppe war ein dunkles Loch, in dem schwarzes Wasser glänzte und irgend etwas unaufhörlich tropfte. Ich hörte das Scharren und Trippeln von Tierfüßen, konnte aber Gott sei Dank nichts erkennen. Zu meiner Erleichterung blieb Mr. Haffinger schon auf halbem Weg die Treppe hinunter stehen und drehte sich zu einer verriegelten Tür in der Wand um. Sie öffnete sich in quietschenden Angeln nach außen, wie eine Backofentür, und tatsächlich war sie auch nicht viel größer; der

Raum dahinter hatte etwa die Ausmaße eines Küchentischs. Der Boden war aus gestampftem Lehm und trocken, genau wie Mr. Haffinger es versprochen hatte. In der Kammer lag ein niedriger Lattenrost und darauf waren die sterblichen Überreste meiner armen Marm gebettet. Der Raum war so klein, daß überhaupt nicht daran zu denken war, ihn zu betreten und für ein Weilchen neben ihr zu stehen, aber wenigstens hatte er sie mit den Füßen zuerst hineingeschoben, und ich war sehr erleichtert zu sehen, daß er nicht auch ihr Nachthemd genommen und verkauft hatte, denn es war das einzige, das sie besaß, und wahrscheinlich hatte sie es getragen, als sie starb. Mr. Haffinger hielt die Kerze hoch, so daß ich Marms Gesicht besser sehen konnte. Jemand hatte ihr die Augen zugedrückt und ihr die Hände auf der Brust gefaltet, aber ihr Mund war offen, so daß ihr Gesicht einen verblüfften Ausdruck trug.

»Ihre arme Mutter«, sagte Mr. Haffinger. »Dahingerafft in der Blüte ihrer Jahre.« Ich berührte ihre Wange, um ihren Mund zu schließen, da ich sie so nicht liegenlassen wollte, aber ihre Haut war so kalt und so hart wie ein Stück Marmor, und ich zog die Hand wieder zurück und begriff erst in diesem Augenblick wirklich, daß sie tot war. Dann trat ich einen Schritt zurück, und Mr. Haffinger machte die Tür wieder zu.

»Übrigens«, sagte er, »wird die Kirchengemeinde für die Beerdigung aufkommen, wenn Sie wollen. Darüber brauchen Sie sich keine Gedanken zu machen. Ihre arme Mutter hat ja leider nichts für so einen Fall zur Seite legen können, wie sie mir selber gesagt hat, aber die Kirche hier macht das eigentlich ganz ordentlich, wie ich von früheren Mietern bestätigen kann, die auch verschieden sind. Ich mache es mir nämlich immer zur Pflicht, sie zu ihrer letzten Ruhestätte zu begleiten.«

Das kann ich mir denken, dachte ich für mich, daß deine Mieter in den Rattenlöchern, in die du sie steckst, mit schöner Regelmäßigkeit dahinsterben. Aber das sagte ich natürlich nicht laut. Stattdessen erklärte ich, daß ich ein bißchen Geld gespart hätte und wollte, daß meine Marm ein schönes Begräbnis bekam, wenigstens eine Kutsche und einen ausgeschlagenen Sarg, worüber er so begeistert war, daß ich schon dachte, er würde mir in seinem Überschwang auf den Rücken klopfen. Natürlich kannte er den einzigen Leichenbestatter, der für so etwas in Frage kam, und gelobte, mich zu ihm zu begleiten, damit niemand meinen Kummer ausnutzen konnte, denn: »Es gibt Burschen, die sehen so ein junges, unschuldiges Ding wie Sie und denken gleich, daß sie den Preis in die Höhe treiben können, ohne daß jemand es merkt. Und Ihre arme Mutter«, betonte er, »wird sich ja wohl kaum beschweren.«

Also war ich dazu gezwungen, mit diesem unangenehmen Mann, der offenbar nichts Besseres zu tun hatte und für den der Tod meiner Mutter nichts als eine herrliche Abwechslung zu sein schien, über die Straße zu gehen. Der Leichenbestatter und sein Gehilfe waren auch nicht viel besser als Mr. Haffinger und flossen genau wie er über vor gespieltem Mitgefühl und falschem Trost. Nur ein absoluter Dummkopf hätte nicht bemerkt, daß das alles nur Theater war. Sie legten mir ein Buch vor, das ich mir ansehen sollte und das den Gesamtpreis einer Beerdigung und dazu eine Liste all der Dinge enthielt, die sie boten, angefangen bei Kutschen und Trauerkapellen bis hin zum Material des Bahrtuchs, wobei Seide teurer war als Samt, und der Anzahl der Messingbeschläge am Sarg. Alles war darauf ausgerichtet, mir den Kopf zu verdrehen und mich dazu zu verführen, jeden Penny hinzulegen, den ich hatte, aber ich hielt mir Marms Stolz und ihre Abneigung gegen jede Art von Verschwendung und Prunksucht vor Augen und bewahrte einen kühlen Kopf. Ich hatte gehofft, die ganze Angelegenheit noch am selben Tag erledigen zu können und war deshalb schon so früh aus dem Haus gegangen, aber Mr. Haffinger und der Leichenbestatter stimmten beide ein fürchterliches Geschrei an, als ich das sagte, und behaupteten, so etwas ließe sich auf keinen Fall vor Ablauf von zwei Tagen erledigen, denn die Pfarrgemeinde halte immer nur donnerstags Beerdigungen ab, außerdem müßten die Träger mindestens einen Tag im voraus bestellt werden. Also würde ich um einen weiteren freien Tag bitten müssen, obwohl ich dann vielleicht erst um zehn Uhr aus dem Haus gehen mußte und zum Abendessen wieder zurück sein konnte, denn der Leichenbestatter versicherte mir, das Ganze würde nicht länger als zwei Stunden dauern. Ich zahlte die Hälfte des Geldes an, drei Guineen, und versprach, den Rest am Donnerstag zu bringen. Dann begleitete Mr. Haffinger mich zur Kirche, um dem Pfarrer Bescheid zu sagen, der meiner Meinung nach ein ziemlicher Dummkopf und genau wie Mr. Haffinger hellauf darüber begeistert war, endlich einmal eine richtige Beerdigung veranstalten zu können und unter den Teilnehmern wenigstens einen nüchternen, ehrlich bekümmerten und unbezahlten Trauergast zu haben.

Und so hatte ich bis zum Mittag alle Vorkehrungen getroffen und machte mich wieder auf den Heimweg, aber das Herz war mir schwer, weil Marm noch drei Tage in Mr. Haffingers Keller liegen und ich noch einmal um einen freien Tag bitten und den langen Weg ein weiteres Mal antreten mußte, bevor ich meine Marm zur letzten Ruhe betten konnte. Unterwegs machte ich am Russell Square halt und kaufte mir, da ich großen Durst hatte, ein Glas Milch bei einem Mann, der dort stand, dann setzte ich mich auf eine Bank und aß die Sachen, die Köchin für mich eingepackt hatte, und ließ keinen Krümel davon übrig, denn ich merkte jetzt erst, wie hungrig ich war, nicht nur vom vielen Gehen, sondern auch weil ich so viele der Worte, die mir auf der Zunge gelegen hatten, wieder hatte herunterschlucken müssen.

Als ich fertig war, setzte ich meinen Weg fort; ich lief, so schnell ich konnte, weil der Wind bitterkalt um alle Ecken pfiff. Die Straße war voller Leute und der allgemeine Lärm gräßlich, denn die Verkäufer schrien lauthals ihre Waren aus, und das Rattern der Kutschen schien kein Ende zu nehmen. Dichte Menschentrauben drängten sich um alle Zeitungsverkäufer, und obwohl ich nicht lesen konnte, was auf den Plakaten geschrieben stand, war es ein leichtes, in Erfahrung zu bringen, was die allgemeine Aufregung verursachte, denn an jeder Ecke schrien sie dieselbe Neuigkeit aus, daß nämlich in der Nacht ein Parlamentsabgeordneter auf der Straße totgeschlagen worden war und der Mörder noch immer frei herumlief.

Als ich zurückkam, herrschte im Haus helle Aufregung, und zwar, wie ich zu meiner Überraschung erfuhr, wegen des ermordeten Parlamentsabgeordneten, von dem ich auf der Straße gehört hatte und bei dem es sich, wie sich herausstellte, um Sir Danvers Carew handelte, der ein alter Schulfreund des Herrn war, obwohl sie, wie ich glaube, in den letzten Jahren nicht mehr so eng befreundet waren, denn ich hatte ihn nie in diesem Haus gesehen. Aber Mr. Utterson war direkt vom Leichenschauhaus, wohin er gerufen worden war, um den armen Mann zu identifizieren, zu uns gekommen und ins Studierzimmer des Herrn gegangen, um ihm die Neuigkeit zu berichten. Köchin sagte, kaum daß er weggegangen wäre, hätte der Herr Mr. Poole rufen lassen, und dieser hätte ihn blaß und schwach vorgefunden, die Augen rot vor Tränen, und er hätte darum gebeten, ihm den Tee ins Studierzimmer zu bringen, da er, wie er sagte, nicht die Kraft hätte, ins Haus zu kommen. »Dieser niederträchtige Mord hat ihn schrecklich mitgenommen«, hatte Mr. Poole zu Köchin gesagt, und als sie mir davon erzählte, fragte ich mich verwundert, aus welchem Grund diese Geschichte ihn so mitnehmen sollte. Alle schienen froh zu sein, daß ich so früh von meinem traurigen Gang zurück war, aber nur Köchin fragte nach dem Grund dafür, und als ich sagte, daß ich am Donnerstag noch einmal gehen müßte, preßte sie die Lippen zusammen, als ob es eine Unannehmlichkeit wäre, und sagte: »Dann wird Mr. Poole den Herrn noch einmal fragen müssen.«
Ich ging, um meine Haube abzunehmen und meine Schürze umzu-

binden, und dabei hatte ich einen so niederträchtigen Gedanken, daß ich mich selbst kaum wiedererkannte, denn ich dachte, dieser Sir Danvers Carew ist ein alter Mann, der ein schönes, langes Leben hinter sich hat und sich von aller Welt bedienen lassen konnte, und doch müssen wir mehr Getue um seinen Tod machen als um den meiner armen Marm, die viel zu jung war, um schon zu sterben, und die ihr ganzes Leben lang keinen Moment Ruhe gekannt hat, was bestimmt der Grund dafür ist, daß sie so schnell aufgegeben und das Zeitliche gesegnet hat. Aber dann dachte ich an den alten Gentleman, der auf der Straße zusammengeschlagen worden war, denn es hieß, sein Kopf wäre so zerschmettert gewesen, daß man ihn kaum noch hätte erkennen können, und das war natürlich eine Schande, und zudem schien es auch noch so sinnlos, denn Köchin sagt, er hatte sein ganzes Geld noch bei sich, als man ihn fand, also ist er nicht deswegen ermordet worden.

Der Herr kam nach dem Tee ins Haus, aber ich sah ihn nicht, denn ich war oben damit beschäftigt, die Matratzen zu wenden, und dabei stellte ich fest, daß die im Zimmer des Herrn genäht werden mußte, denn sie hatte einen großen Riß, aus dem bereits die Federn herauskamen und der deshalb sofort geflickt werden mußte. Als ich nach unten ging, um Nadel und Faden zu holen, hörte ich die Hausklingel läuten, und als ich durch die Halle kam, sah ich, daß Mr. Poole, dessen Gesicht so grau wie Asche war, zwei Konstabler in den Salon führte. Ich wäre ihm am liebsten nachgelaufen, um zu fragen, was das alles zu bedeuten hatte, aber ich sprach Mr. Poole nicht gerne an, und deshalb dachte ich, ich mache erst meine Arbeit zu Ende, und wenn ich fertig bin, hat Köchin sicher alles gehört und freut sich schon darauf, es mir zu erzählen.

Genauso war es. Als ich mit den Betten fertig war, ging ich hinunter in die Küche, um das Nähzeug zurückzubringen, und kaum daß ich die Tür aufgemacht hatte, rief Köchin auch schon: »Komm schnell her, Mary. Es ist einfach gräßlich, und ich weiß überhaupt nicht mehr, was ich denken soll. Stell dir vor, die Polizei ist ganz sicher, daß es der Assistent des Herrn war, der Sir Danvers ermordet hat.«

Als ich das hörte, gerieten meine Gefühle in ein heilloses Durcheinander. Mein erster Gedanke war natürlich, daß er, als ich heute morgen das Haus verließ und er mich fast umgerannt hätte, gerade von diesem Mord zurückkam und sofort zum Herrn lief, und daß der Herr es früher als alle anderen gewußt haben mußte und daß er deshalb so mitgenommen war. Mein nächster Gedanke war schlimm, denn ich dachte, daß wir den gräßlichen Menschen damit bestimmt das letzte Mal gesehen hatten, weil er jetzt um sein Leben laufen mußte, da es in ganz England keinen Platz mehr gab, an dem er sich hätte zeigen können. Dann aber fragte ich mich, wieso die Polizei so sicher sein konnte, und ich fragte Köchin danach, und sie antwortete: »Weil das Verbrechen beobachtet wurde. Das Hausmädchen von Mr. Littleton hat alles vom Fenster aus mitangesehen, und sie hat den schrecklichen Mann erkannt, was kein Wunder ist, wenn man ihm einmal begegnet ist, denn er hatte ihrem Herrn einmal einen Besuch abgestattet. Und dann bekam die Polizei seine Adresse heraus und ging sofort zu seinem Haus in Soho, wo sie ein Stück von der Waffe fanden. Und jetzt kommt das Schlimmste, Mary, denn es war ein Stück vom Spazierstock des Herrn, und dieser Mr. Hyde hat seinen Spazierstock benutzt, um die Tat zu begehen, und das war der Grund dafür, daß die Konstabler an unsere Tür kamen.«

Dann trat Mr. Poole ein und sah aus, als ob er gerade eine bittere Medizin geschluckt hätte, lehnte sich mit dem Rücken an die Küchentür und sah erst Köchin an, dann mich, und Köchin sagte: »Ich habe Mary gerade erzählt, was die Polizei herausgefunden hat.«

Mr. Poole zuckte zusammen, als er das Wort ›Polizei‹ hörte, und erklärte: »Ich hätte nie gedacht, daß ich den Tag erleben müßte, an dem ich die Hüter des Gesetzes in unserem Salon ankündigen muß.«

»Sind sie fort?« fragte Köchin.

»Ja, sie sind fort. Und ich hoffe, daß sie keinen Grund haben werden, je wieder zurückzukommen.«

Köchin nickte, und dann sagte Mr. Poole zu mir: »Geh sofort in den Salon, Mary, und kümmere dich um das Feuer.«

Ich brauche wohl kaum zu erwähnen, wie gespannt ich war, den Herrn zu sehen, und ich lief wie der Blitz aus der Küche und die Treppe hinauf. Die Tür zum Salon stand offen, und ich sah die Hand des Herrn auf der Armlehne des Sessels, der vor den kalten Kamin gezogen war.

Ich klopfte an den Türrahmen und trat sofort ein.

»Mary«, sagte er, als er mich sah. »Ich habe nicht gedacht, daß du so früh zurück sein würdest.«

Ich machte einen Knicks und versuchte, den Blick von seinem Gesicht zu nehmen, das so verändert aussah, daß ich einen richtigen Schrecken bekam. Er hatte tatsächlich geweint und konnte die Augen kaum noch öffnen, so verquollen waren sie. Überhaupt war er in einem schrecklichen Zustand – die Haare ungekämmt, der Kragen offen, und er lag so zusammengesunken im Sessel, daß es aussah, als hätte ihn jemand hineingeworfen und der Kummer würde ihn nun verzehren.

»Ich konnte meine Angelegenheiten nicht alle erledigen, Sir«, erklärte ich, »und müßte am Donnerstag noch einmal gehen, wenn ich die Erlaubnis haben dürfte. Ich könnte die Zeit allerdings gutmachen, indem ich meinen halben Tag nächste Woche nicht nehme.«

»Ach«, antwortete er, »das ist doch kein Problem. Nimm dir soviel Zeit, wie du brauchst, und mach dir keine Gedanken darüber. Ich gebe Poole Bescheid.«

»Vielen Dank, Sir«, sagte ich, und ich war ihm wirklich dankbar. »Ich kümmere mich jetzt um Ihr Feuer.«

Er nickte, hob dann eine Hand, aber so schwach, als ob sie ihm überhaupt nicht von Nutzen wäre, und deutete mit den Fingern auf die Flasche auf dem Tisch. »Würdest du mir erst noch ein Glas

Klarett einschenken?« bat er. »Ich habe nicht die Kraft, aufzustehen und es selbst zu tun.«
»Natürlich, Sir«, erwiderte ich, ging zum Tisch, schenkte ein Glas bis zum Rand voll und reichte es ihm. Als er es nahm, lächelte er mich so schwach und kraftlos an, daß ich so großes Mitleid mit ihm empfand, daß ich mich umdrehen mußte. Dann kniete ich mich vor den Kamin und kümmerte mich um das Feuer, das überhaupt nicht brennen wollte, weil der Kamin kalt war. Der Wind peitschte um das Haus und ließ die Fensterläden in den Angeln quietschen, und im Zimmer wurde es zusehends dunkler. Als das Feuer endlich brannte, stand ich auf und drehte mich zum Herrn um, der, wie mir schien, in eine so tiefe Melancholie versunken war, daß ich fragte: »Soll ich Ihnen eine Lampe anzünden, Sir?«
Er hob den Kopf. »Ich weiß nicht. Ich glaube eher, daß ich heute abend nicht viel Licht um mich haben will.«
Ich wußte nicht, was ich darauf antworten sollte, und so blieb ich einfach stehen, wo ich war, während der Herr noch einen Schluck Wein trank. »Das da draußen hört sich ziemlich schlimm an«, sagte er mit einem Blick zum Fenster. »Ich bin froh, daß du zurück bist und bei diesem Wetter nicht draußen herumlaufen mußt.«
»Ja, Sir«, erwiderte ich. »Es fing gerade an, als ich zurückkam. Aber vielleicht bläst der Sturm den ganzen Nebel weg, und wir bekommen morgen einen schönen, sonnigen Tag.«
Der Herr nickte, immer noch das traurige Lächeln auf den Lippen. »Für eine Weile vielleicht«, erklärte er. »Aber wie lange wird es dauern, bis der Nebel zurückkommt?«
Ich antwortete nichts, denn anscheinend hatte der Herr meine fröhliche Bemerkung ebenso durchschaut wie ich selbst.
»Wahrscheinlich sind alle unten wegen der schlimmen Geschichte mit Sir Danvers in heller Aufregung«, sagte der Herr mit einem fragenden Ton in der Stimme.
Ich wußte nicht, was ich darauf erwidern sollte, aber dann dachte ich, dem Herrn kann es schließlich egal sein, was wir in der Küche

so reden, und so erklärte ich: »Nicht nur unten, Sir, sondern in der ganzen Stadt. Als ich auf dem Heimweg war, haben sie es an jeder Ecke ausgeschrien.«
Der Herr seufzte und sagte: »Mein armer Edward.«
Ich war sprachlos. Und natürlich dachte ich sofort, ist es denn nicht der arme Mann, der auf der Straße totgeschlagen wurde, der Mitleid verdient hätte? Der Herr schien meine Gedanken lesen zu können, denn er fügte schnell hinzu: »Und der arme Danvers Carew. Er war ein harmloser alter Heuchler und hat in seinem Leben gewiß nie etwas getan, was eine so« – seine Stimme brach, aber dann faßte er sich wieder – »eine so erbarmungslose Wut gerechtfertigt hätte.«
»Sicher nicht, Sir«, sagte ich, denn der Herr sah mich an, als ob er eine Antwort erwarten würde. »Das hat er sicher nicht.«
Diese Antwort schien den Herrn in irgendeinem Entschluß zu bestärken, denn er sagte: »Ich habe einen Brief von Edward Hyde erhalten, den ich Mr. Utterson zur Aufbewahrung übergeben habe. Wir werden ihn in diesem Haus nicht wieder sehen. Er ist – fort.«
»Ich verstehe, Sir«, sagte ich, obwohl ich es ganz und gar nicht verstand, außer, Mr. Edward Hyde hatte sich im Laboratorium hingesetzt und den Brief unter den Augen des Herrn geschrieben. Daß der Herr mich belog, machte mir das Herz so schwer, daß ich nur noch fort wollte, und so sagte ich schnell: »Wenn das alles wäre, Sir?«
»Ja«, sagte der Herr, und dann: »Nein. Ich glaube, ich hätte doch gern eine Lampe, Mary.«
Während ich die Lampe anzündete, trank er sein Glas leer, doch als ich sie ihm brachte, winkte er ab. »Nein, stell sie lieber auf den Tisch da drüben«, sagte er. »Ich glaube nicht, daß ich heute lesen kann.« Ich trug die Lampe hinüber. »Und würdest du mir noch ein Glas Klarett einschenken? Ein wirklich ausgezeichneter Wein«, fügte er hinzu.

Ich nahm das Glas, und während ich den Wein einschenkte, erklärte der Herr: »Ich versuche nur, mir noch etwas einfallen zu lassen, Mary, irgendeine Bitte, durch die ich dich noch ein wenig länger hier behalten kann.«
»Sie brauchen das doch nur zu sagen, Sir«, antwortete ich. »Wenn Sie es wollen, werde ich nicht gehen.«
»Du hast aber gerade so ausgesehen, als wolltest du so schnell wie möglich weg von hier«, sagte er.
Wenn er meine Gefühle sowieso lesen kann, dachte ich, kann ich ihm genausogut alles erzählen. »Das tut mir leid, Sir«, erklärte ich daher. »Mir war nur etwas unbehaglich zumute, weil ich heute morgen, als ich aus dem Haus trat, gesehen habe, wie Mr. Edward Hyde durch die Laboratoriumstür hineinging.«
Der Herr zog die Augenbrauen hoch, aber seine Stimme blieb ruhig. »Er hat dich aber nicht gesehen«, sagte er.
»Nein, Sir. Es war neblig, und er lief sehr schnell.«
»Ja«, sagte der Herr. »Lief um sein Leben.« Ich blieb still. »Es ist nicht zu glauben, Mary«, fuhr der Herr fort, »wie dieser Mensch sein eigenes Leben liebt.«
»Das tun wir doch alle, Sir«, erwiderte ich.
Der Herr antwortete sehr schnell, als ob ich ihm widersprochen hätte: »Nein. Nicht so wie er.«
»Ich verstehe, Sir«, war alles, was ich darauf sagte.
»Hast du mit jemandem darüber gesprochen, Mary?«
»Nein, Sir«, antwortete ich. »Nur mit Ihnen.«
Der Herr schaute in sein Glas und trank dann einen Schluck. Sicher überlegt er, was er nun zu mir sagen soll, dachte ich.
»Ich habe ihn gezwungen, diesen Brief zu schreiben«, erklärte er schließlich, »weil ich nicht wollte, daß bekannt wird, daß er zu mir kam.«
»Ich verstehe, Sir«, sagte ich, und ich verstand sehr gut, denn die Konstabler nicht zu rufen, wenn man von einem solchen Verbrechen hört, war sicherlich in sich selbst ein Verbrechen.

»Ich habe ihm gesagt, daß ich ihm nicht helfen kann, Mary«, fuhr der Herr fort. »Und er hat mich sehr gut verstanden. Er hat versprochen, wegzugehen und wegzubleiben.«

»Dann ist es ja gut, Sir.«

»Ja«, sagte der Herr. »Ich habe für ihn getan, was ich konnte.« Plötzlich füllten sich seine Augen mit Tränen, und er stellte sein Glas ab und vergrub das Gesicht in den Händen. »Verzeih mir, Mary«, erklärte er. »Aber das alles war so eine schreckliche Lektion für mich.«

Ich stand da und sah den Herrn an, und es war, als ob seine Traurigkeit zu meiner eigenen würde. Ich hätte gerne die Hand nach ihm ausgestreckt, konnte es aber nicht, oder etwas zu ihm gesagt, aber die einzigen Worte, die mir einfielen, sagten nur, was er bereits wissen mußte.

»Meine eigene Torheit ist schuld daran«, sagte er, fuhr sich mit der Hand über die Augen und sah mich wieder an. »Aber es kann noch immer etwas Gutes daraus entstehen.«

»Das hoffe ich, Sir.«

»Du kannst dich darauf verlassen«, erklärte der Herr. »Ich werde dafür sorgen.«

Er ist wie ein Kind, dachte ich, das sagt: ich will, ich will. Aber wie kann sein Wille einen toten Mann wieder lebendig machen oder einen Mörder vor dem Galgen retten? Der Herr sah mich erwartungsvoll an, als ob ich auf sein Versprechen antworten müßte, und so sagte ich: »Das tue ich, Sir.« Dann dachte ich, jetzt hat er mich doch dazu gebracht, ihm zu bestätigen, daß alles gut wird, und darüber mußte ich lächeln. Aber als meine Augen denen des Herrn begegneten, erstarb das Lächeln auf meinem Gesicht, denn er sah mich so kalt an, wie ich es gewiß nicht verdient hatte. »Was amüsiert dich so, Mary?« fragte er mit heiserer Stimme, die kaum seine eigene zu sein schien.

»Sir?« fragte ich, und dann tat er etwas so Merkwürdiges, daß mir das Blut in den Adern zu Eis gefror, obwohl es im Grunde genommen nichts war. Er betrachtete seine Hand, die er auf die Armlehne des Sessels gelegt hatte, drehte sie mit der Handfläche nach oben, als würde er erwarten, etwas darin zu finden, und sah mich dann mit einem erstaunten Ausdruck an. Und plötzlich hatte ich das Gefühl, als ob das ganze Zimmer von einem lauten Pochen erfüllt wäre, aber dann merkte ich, daß es nur mein Herz war, das in meinen Ohren klopfte. Und alles, was ich denken konnte, war: Du darfst dich nicht bewegen! Dann geht dieser Augenblick bestimmt vorbei.

Und das tat er auch, und im nächsten Moment sagte der Herr: »Du kannst jetzt gehen, Mary. Ich werde dich nicht länger von deiner Arbeit abhalten.«

Ich machte einen Knicks, denn ich konnte immer noch nicht sprechen, und lief fast aus dem Zimmer. Im Flur mußte ich einen Augenblick stehenbleiben und mich an die Wand lehnen, denn mein Herz raste so schnell, daß ich keine Luft mehr bekam, obwohl ich jetzt, wo ich das alles niederschreibe und darüber nachdenke, was geschehen ist, nicht sagen könnte, wieso ich auf einmal eine solche Angst hatte.

Heute morgen war ich früh auf den Beinen und guter Dinge, denn das erste, was ich sah, war ein Strahl gelben Sonnenlichts, der durch das Fenster in unsere Dachkammer fiel und sich über das Bett und den Boden breitete, als ob er aus einer Kanne geschüttet worden wäre. Als ich aus dem Fenster schaute, war der Himmel noch rosa, aber ich wußte, daß er bald ganz blau sein würde, denn es war keine einzige Wolke zu sehen und in den Bäumen rauschte es nicht, also hatte der Wind sich gelegt und uns einen schönen Oktobertag gebracht. Als ich in die Küche kam, war Köchin schon auf und schien ebenfalls guter Dinge zu sein, und sogar Mr. Poole sah nicht ganz so trübsinnig aus wie sonst, obwohl ich nicht glaube, daß es in seiner Natur liegt, jemals leichtherzig zu sein. Er sagte, der Herr sei schon aufgestanden und wünsche das Frühstück im Salon, denn er säße schon an seinem Schreibtisch bei der Arbeit. Ich trank meinen Tee im Stehen und band dann meine Schürze um, um als erstes im Salon Feuer zu machen. In der Halle bot sich mir ein wunderschöner Anblick, denn die Sonne fiel durch die Buntglasscheiben und malte rote, grüne und goldene Balken auf den Boden, die so deutlich voneinander unterschieden waren, daß man sie fast anfassen konnte. Ich klopfte an die Salontür, und der Herr hieß mich hereinkommen, und während ich mir am Kamin zu schaffen machte, sagte er: »Siehst du, Mary, deine Vorhersage war richtig. Es ist wirklich ein schöner Tag geworden.«

»Ja, Sir«, antwortete ich. »Man fühlt sich gleich soviel besser, nicht wahr?«

»Das tut man«, erwiderte der Herr, faltete ein Blatt Papier zusammen, das er beschrieben hatte, und nahm ein anderes zur Hand. Da er sonst nichts weiter sagte, beendete ich meine Arbeit und ging zurück in die Küche. Auf dem Weg dorthin konnte ich nicht umhin zu denken, daß wir an diesem Morgen für mehr dankbar sein konnten als nur für den schönen Tag, denn wir würden Mr. Edward Hyde niemals wieder sehen müssen. Und als wir uns in der Küche zum Frühstück hinsetzten, schien, obwohl wir nicht über das Thema redeten, aus unser aller Stimmen Erleichterung zu klingen, sogar aus der von Mr. Poole. Es war die Abwesenheit von Edward Hyde, die wir so dankbar fühlten, als ob er uns die Luft geraubt hätte, so daß wir nicht mehr atmen konnten, und wir sie nun in großen Schlucken in uns hineinsaugen würden, was eigentlich merkwürdig war, denn keiner von uns hatte viel mit ihm zu tun gehabt, als er noch hier war. Der einzige scharfe Ton in unserer Unterhaltung fiel, als ich Mr. Poole erzählte, der Herr hätte mir die Erlaubnis gegeben, am Donnerstag zur Beerdigung meiner Mutter zu gehen, worauf er bemerkte, es stünde mir nicht zu, den Herrn selber um Erlaubnis zu bitten, da dies ihn in Verlegenheit bringen könnte, aber ich erwiderte: »Ich habe ihn nicht gefragt, Sir. Er ist von selbst auf das Thema zu sprechen gekommen, und ich habe nur erklärt, daß die Beerdigung erst am Donnerstag ist, und da hat er gesagt, dann mußt du auf jeden Fall gehen.« Mr. Poole kräuselte die Lippen auf eine Weise, die nichts Gutes verhieß, sagte aber nichts mehr, und ich dachte, da habe ich ja noch einmal Glück gehabt.

Der Rest des Tages war mit Arbeit angefüllt, und ich hätte gut und gerne noch einen füllen können. Ich machte im Hof vier Wannen mit Wäsche, die ganze Tischwäsche und die Bettlaken, dazu die Servietten und die Geschirrtücher. Dann putzte ich das Silber, das Mr. Poole herausgelegt hatte, denn er sagt, der Herr habe für Freitagabend sieben Gäste zum Essen eingeladen und wir könnten nicht früh genug mit den Vorbereitungen anfangen. Dann schüttelte ich die Fußmatte aus, putzte die Vortreppe und polierte die Messingbeschläge an der Tür. Da der Herr ausgegangen war, wischte ich nach dem Mittagessen im Salon und in der Bibliothek Staub, fegte die Teppiche mit Teeblättern und kehrte auch die Halle aus.

Es tat mir gut, den ganzen Tag so viel zu arbeiten. Beim Abendessen war ich müde, aber auf eine angenehme Weise, und ich dachte, heute nacht werde ich sicher gut schlafen. Mr. Bradshaw kam herein und berichtete, er wäre beim Schuster gewesen und die Zeitungsverkäufer würden an jeder Ecke laut nach der Ergreifung von Mr. Edward Hyde schreien. »Wenn er auch nur einen Funken Verstand besitzt«, sagte Mr. Bradshaw, »hat er das Land längst verlassen. Oder ich müßte mich sehr irren.«

Ich schwieg, aber Mr. Poole warf ein: »Wie ich hörte, ist es der Polizei gelungen, vor ihm auf seiner Bank zu sein. Von daher dürfte es ihm unmöglich werden, sich das Geld zu beschaffen, das er für eine Flucht braucht.«

Köchin seufzte. »Ich hoffe nur, daß er wirklich fort ist – oder daß er bald gefaßt wird. Ich habe ihn zwar nur das eine Mal gesehen, als er über den Hof kam, aber ich habe bis heute nicht das scheußliche Gefühl vergessen, das ich dabei hatte. Ich glaube, ich habe auf den ersten Blick gewußt, daß er ein kaltblütiger Mörder ist.«

»Es ist wirklich eine Schande«, erklärte Mr. Poole, »daß der Herr sich in seiner Großmut von einer Kreatur wie diesem Mr. Hyde hat täuschen lassen. Aber Gott sei Dank scheint er ja inzwischen eingesehen zu haben, in welche Gefahr er sich begeben hat.«

Und ich saß dabei und sagte nichts, dachte aber insgeheim, bestimmt ist er in dieses Haus gekommen, um sich vom Herrn Geld für seine Flucht geben zu lassen. Und ganz gleich, wieviel es gewesen sein mochte, es war Geld, das meiner Meinung nach gut angelegt war.

# Drittes Heft

Dies hier ist ein neues Heft, das ich für sieben Pence bei *Lett's* gekauft habe.
Heute war ich früh auf den Beinen und arbeitete bis um zehn Uhr, denn es gab ihm Haus viel zu tun, um alles für das große Essen morgen abend vorzubereiten. Bevor ich gehen mußte, habe ich die ganze Wäsche gefaltet und zum Bügeln fertiggemacht, was ich morgen früh erledigen werde. Es wurde ein schöner Tag, so wie gestern, was für mich eine große Erleichterung war, weil ich doch wieder quer durch die ganze Stadt mußte, und außerdem wäre eine Beerdigung bei Regen oder Nebel so traurig gewesen, daß ich es nicht hätte ertragen können. Ich zog meinen dunklen Rock, die graue Haube und den dicken Mantel an, denn die Luft ist kalt, obwohl es so schön ist, und band mir den Trauerflor um. Köchin gab mir ein Stück Hammelpastete, das von gestern übriggeblieben war, und ein Stück braunes Brot, und ich wickelte beides ein, um es mitzunehmen.
Dann machte ich mich auf den Weg durch die geschäftigen Straßen. Das schöne Wetter schien die ganze Bevölkerung in eine fröhliche Stimmung versetzt zu haben, und sogar die Pferde, die ihre Kutschen und Karren durch den Verkehr zogen, hatten etwas Festliches an sich. Als ich am Russel Square an der Kreuzung wartete, reckte ein großer Grauer, der neben mir stand, seinen langen Hals und fing an, an meinem Mantel zu knabbern, und als ich erschrokken zusammenfuhr, bekam auch das Pferd einen Schreck und warf

den Kopf zurück, und der Kutscher rief mir zu: »Er hat sich in Sie verguckt, Miss«, und ich mußte lachen, und das große Tier ließ den Kopf hängen, als ob es sich schämen würde.
Gegen Mittag machte ich am Finsbury Square Rast, aß mein Mittagessen und trank eine Tasse Milch bei dem Mann, der immer dort steht. Dann ging ich weiter zu Marms Unterkunft.
Mr. Haffinger hatte sich auf eine höchst seltsame Art herausgeputzt und trug ein Kostüm, das er anscheinend für angemessen hielt. Es bestand aus einem alten, hohen Zylinder, wie man sie dieser Tage nur noch selten sieht, und einem schäbigen Rock, der auch schon einmal bessere Tage gesehen hatte. Die Weste war ihm viel zu eng, und das Hemd hatte einen steifen Kragen, den er drei- oder viermal mit einer schwarzen Halsbinde umwickelt hatte, die so breit war, daß sie bis an den oberen Rand des Kragens reichte, so daß der ganze Mann aussah, als könnte er weder atmen noch den Kopf drehen. Er freute sich sehr, mich zu sehen, sagte er, und fügte hinzu, wir müßten uns sofort auf den Weg zum Leichenbestatter machen, denn sie hätten Marm schon in aller Frühe abgeholt und erklärt, sie wären um Punkt ein Uhr bereit, zur Kirche zu fahren. Unterwegs erzählte er mir etwas, was mich fast mitten auf der Straße umgeworfen hätte, denn er sagte, kurz nachdem ich bei ihm gewesen wäre, hätte ihn ein Herr aufgesucht und sich nach meiner Marm erkundigt. Er hätte seinen Namen nicht nennen wollen, sondern nur gesagt, er wäre mit ihr verwandt, und Mr. Haffinger hatte ihn zu dem Kabuff geführt, damit er Marm noch einmal sehen konnte. Der Herr wäre sehr bewegt gewesen und hätte sich nach der Beerdigung erkundigt, und Mr. Haffinger wäre froh gewesen, ihm sagen zu können, die Tochter der Verstorbenen habe alles in die Wege geleitet. »Ach ja, Mary«, habe der Herr erklärt. »Sie hat sich also um alles gekümmert.« Mr. Haffinger hätte ihm gesagt, wann die Beerdigung stattfinden sollte, und ihn gefragt, ob er nicht daran teilnehmen wolle, aber der Herr hätte mit den Worten abgelehnt: »Ich glaube nicht, daß Mary mich gern dabeihaben würde.« Dann habe

er Mr. Haffinger einen Sovereign gegeben, um Federn davon zu kaufen, und sei fortgegangen.
»Das ist doch nicht möglich«, sagte ich. »Meine Marm hatte keine Verwandten, von denen ich wüßte, und erst recht niemanden, der meinen Namen kennen würde.«
»Dann weiß ich auch nicht«, antwortete Mr. Haffinger. »Ich erzähle Ihnen nur, was der Herr gesagt hat.«
»Wie sah er denn aus?« fragte ich.
Nun erging sich Mr. Haffinger in einer längeren Beschreibung: Er war älter, aber vielleicht auch nicht, sondern nur gezeichnet von harter Arbeit und Krankheit, denn er hatte einen Husten, der überhaupt nicht aufhören wollte, so daß er kaum dazu in der Lage war, ein Gespräch zu führen; seine Haare waren dunkel, aber vielleicht auch grau, er hatte nicht darauf geachtet. Er glaubte, daß er glatt rasiert war, obwohl er vielleicht auch einen Backenbart trug. Seine Kleider waren zwar reinlich, aber nicht elegant, die Kleider eines Arbeiters, meinte er, oder vielleicht auch eines Händlers. Er war nicht groß, aber auch nicht klein, und so weiter, bis ich dachte, ich müßte jeden Augenblick anfangen zu schreien. In meinem Kopf hämmerte der Gedanke, daß es nur mein Vater gewesen sein konnte, und es war eine Frechheit, daß er sich ausgerechnet in dieser unglücklichen Stunde unter dem Deckmantel eines besorgten Verwandten blicken ließ; schon der Gedanke daran war unerträglich. Die Beschreibung, die Mr. Haffinger mir gegeben hatte, hätte auf jeden x-beliebigen Menschen zutreffen können, also auch auf ihn, und ich erinnerte mich mit einem Schauder daran, daß er schon immer gehustet hatte.
Nein, dachte ich, halb London hustet. Es muß ein Vetter oder ein Onkel von Marm sein, von dem ich nichts weiß. Aber wieso glaubte er dann, daß ich etwas dagegen haben würde, daß er zur Beerdigung kam?
Inzwischen hatten wir die Tür des Leichenbestatters erreicht, und Mr. Haffinger wühlte angestrengt in seiner Tasche, bis er eine

Münze zum Vorschein brachte. »Hier ist der Sovereign«, erklärte er. »Genauso, wie er ihn mir gegeben hat.« Und er hielt mir die Münze entgegen.

»Sir«, sagte ich, »Sie sind ein ehrlicher Mann. Aber da ich den Herrn nicht kenne, kann ich sein Geld auf keinen Fall annehmen und bitte Sie, es mit meinem Dank zu behalten.«

Darüber war der arme Narr fast außer sich vor Freude, und er wiederholte mehrere Male, daß er in der Tat ein ehrlicher Mann wäre, und dann traten wir durch die Tür, und er war drauf und dran, dem Leichenbestatter die ganze Geschichte zu erzählen, aber der, ganz in Schwarz gekleidet und nur von seiner eigenen Bedeutsamkeit erfüllt, schnitt ihm kurzerhand das Wort ab und sagte, die Kutsche stünde bereit und wir könnten gleich in den Hof gehen. Aber erst bezahlte ich die Rechnung mit dem Geld, das ich mitgebracht hatte, und erhielt eine Kopie, auf der sämtliche Preise aufgeschrieben waren, bis hin zu den Nägeln, die für den Sarg gebraucht worden waren. Dann traten wir hinaus, und es war mir ein großer Trost zu sehen, daß die Kutsche, wenn auch nicht pompös, so doch recht achtbar war, und der Sarg aus solidem Holz, das nicht auseinanderfallen würde, bevor Marm unter der Erde war, und die Träger schienen weder betrunken, noch wedelten sie mit ihren Taschentüchern herum und mimten einen Kummer, den sie nicht empfinden konnten, und die Pferde waren keine abgetakelten Schindmähren, sondern zwei ruhige, behäbige Tiere, die gut zueinander paßten und nicht so aussahen, als würden sie jeden Augenblick durchgehen, wie ich es selbst schon erlebt habe. Dann machten wir uns auf den Weg zur Kirche, der nicht weit war, mir aber genügend Zeit ließ, über den seltsamen Mann nachzudenken, der gekommen war, um meine Marm zu besuchen, obwohl ich immer noch nicht wußte, was ich davon halten sollte. Mr. Haffinger ging neben mir, ein Auge auf die Kinder gerichtet, die neben uns herliefen und den Sarg sehen wollten, das andere auf die Passanten, die beim Anblick unserer kleinen Prozession stehenblieben, um den Hut zu lüften oder ihre müßigen Unterhaltungen zu unterbrechen, denn die Begegnung mit einem Leichenwagen scheint selbst die leichtfertigsten Gemüter zu ernüchtern. An der Kirche wartete der alte Pfarrer schon auf uns, und nachdem er ein paar Gebete gesprochen hatte, gingen wir zum Friedhof, einem ziemlich trostlosen Ort, dessen Gräber zum größten Teil nicht einmal markiert waren und so dicht nebeneinander lagen, daß man nicht zwischen ihnen hindurchgehen konnte; aber in der einen Ecke wuchs ein kläglicher Kastanienbaum, und dort war letztes Jahr ein neuer Bereich eröffnet worden, wo es, wie die neuen Gesetze es vorschreiben, mehr Platz zwischen den Gräbern gibt, wie Mr. Haffinger mir erklärte, und dorthin wurde Marms Sarg gebracht. Während der Pfarrer ein paar Worte sprach, denn er kannte Marm gut genug, um ihrer mit Wohlwollen zu gedenken, sah ich mich auf dem Friedhof um, weil ich dachte, der geheimnisvolle Herr würde sich vielleicht blicken lassen, aber ich konnte niemanden entdecken. Die kleine Zeremonie, die ich bestellt hatte, um Marms Tod wenigstens mit einiger Würde zu umgeben, war mir ein solcher Trost, daß ich nur zu gut verstehen konnte, wieso die Leute so viel Getue um eine Beerdigung machen, und ich war dankbar dafür, daß es ein schöner, sonniger Tag war, und ich hatte das Gefühl, daß Marm vielleicht endlich ihren Frieden gefunden hatte, denn in ihrem Leben hatte sie kaum Frieden gekannt.

Bevor wir den Friedhof verließen, schenkte ich dem Pfarrer ein Taschentuch aus schwarzer Seide, und der Leichenbestatter überreichte mir eine Erinnerungskarte, auf der in einer Ecke eine Weide aufgedruckt war, was hübsch aussah, wie ich fand, obwohl es, soweit ich sehen konnte, weit und breit keinen solchen Baum gab.

Mr. Haffinger begleitete mich zur Straße, anscheinend sehr beeindruckt von der Zeremonie, denn er sagte kein einziges Wort, sondern rang nur die Hände, so daß ich keinen Zweifel daran hatte, daß ihm etwas auf dem Herzen lag und ich es bald genug erfahren würde. Am Tor bedankte ich mich dafür, daß er meiner Marm ein

Freund gewesen war und sagte, ich müßte jetzt gehen, weil ich vor dem Abendessen wieder bei meiner Arbeitsstelle sein wollte.
»Bevor Sie gehen, Miss, gibt es noch etwas, was ich Ihnen sagen muß«, begann er. »Wie Sie vorhin gesagt haben, bin ich ein ehrlicher Mann, und es würde ewig auf meinem Gewissen lasten, wenn ich es nicht tun würde.«
Ich erwiderte, dann müßte er auf jeden Fall offen sprechen.
»Das muß ich auch, denn sonst werde ich keine Ruhe finden. Der Gentleman, der gekommen ist, um Ihre arme Mutter zu besuchen, war Ihr Vater.«
Als ich diese Worte hörte, wurde mir das Herz schwer. »Das habe ich mir gedacht«, erklärte ich leise.
»Er hat gesagt, es gäbe böses Blut zwischen Ihnen beiden, und hinzugefügt, daß er für sein Teil dies sehr bedauert. Es geht ihm nicht gut, und wie es aussieht, wird er den Winter nicht überleben. Das hat er selber gesagt.«
»Haben Sie ihm erzählt, wo ich wohne?« fragte ich.
»Nein, das habe ich nicht, Miss«, antwortete er. »Er hat auch nicht gefragt.«
»Dann bitte ich Sie, es dabei zu belassen, Mr. Haffinger.«
»Finden Sie nicht, Miss, daß es eine Schande ist«, fuhr er fort, »einen alten Streit nicht beizulegen, wo doch soviel Zeit vergangen und er ein einsamer alter Mann ist, der an der Schwelle des Todes steht. Ihre arme Mutter hatte ihren Frieden mit ihm gemacht. Wieso können Sie es nicht auch tun?«
»Wie kommen Sie darauf, daß meine Marm ihren Frieden mit ihm gemacht hat?« fragte ich.
»Weil er sie während ihrer Krankheit öfter als einmal besucht und sie ihn nicht fortgeschickt hat.«
Bei diesen Worten fing das Blut in meinen Ohren an zu rauschen. Bittere Worte schossen mir durch den Kopf, und ich schrie sie Mr. Haffinger entgegen. »Wenn sie ihn nicht fortgeschickt hat, so nur, weil sie Angst vor ihm hatte.«

Mr. Haffinger sah mich überrascht an. »Angst? Vor *ihm?*« wiederholte er, als ob der Gedanke unvorstellbar wäre. »Vor diesem harmlosen alten Mann? Wo er selber so krank und dem Tode nahe ist? Nein, Miss, ich glaube nicht, daß Ihre Mutter Angst vor Ihrem Vater hatte. Sie waren einfach zwei Leute, die zur gleichen Zeit dem Tod ins Auge sehen mußten.«
Sie hat sich also nie von ihm freimachen können, dachte ich. Sogar als sie von diesem Leben Abschied nahm, war er da. Mit letzter Kraft hat er sie aufgespürt, und sie war zu schwach, sich gegen ihn zur Wehr zu setzen, genau wie immer, nur daß er jetzt wollte, daß sie ihm verzieh.
»Mr. Haffinger«, sagte ich, »sind Sie sicher, daß mein Vater nicht mehr lange leben wird?«
Sein Gesicht hellte sich auf, weil er dachte, ich würde mich doch erweichen lassen. »Ganz gewiß nicht, Miss. Er hustet Blut, und er sagt, er war in einem Krankenhaus, aber sie haben ihn wieder fortgeschickt, weil sie nichts mehr für ihn tun können.«
Ich sah zurück zum Friedhof, wo die Totengräber, die so schwarz aussahen wie die Erde, mit der sie zu schaffen hatten, sich damit abmühten, Marms Sarg in die Grube hinunterzulassen, die sie für sie ausgehoben hatten. War es wirklich möglich, dachte ich, daß mein Vater der Meinung war, daß das, was zwischen uns stand, nichts weiter war als ›böses Blut‹? Bildete er sich wirklich ein, daß ich, nur weil er dem Tode nah war, wünschen könnte, ihn wiederzusehen und ›die Angelegenheit zu bereinigen‹, wie Mr. Haffinger es ausgedrückt hatte? Ich blickte auf meine Hände, die allein beim Gedanken an ihn schmerzten, und dann auf das lächerliche Beerdigungskostüm und das faltige Gesicht von Mr. Haffinger, dem der Gedanke daran, einem armen, sterbenden Mann die verlorene Tochter zurückzugeben, fast die Tränen in die Augen trieb, und ich mußte die Zähne zusammenbeißen, um nicht laut aufzulachen. In diesem Augenblick wäre ich froh gewesen, ich hätte den Herrn bei mir gehabt, denn er hätte meine Gefühle besser verstanden als jeder

andere und zweifellos gewußt, was am besten zu sagen war. Als ich das Bedürfnis, laut zu lachen, überwunden hatte, und den Zorn, der darauf folgte, ebenfalls, erklärte ich, so ruhig ich eben konnte: »Versprechen Sie mir, daß Sie ihm niemals sagen werden, wo ich lebe.«

Mr. Haffingers hoffnungsvolles Gesicht bewölkte sich wieder, aber er gab mir sein Wort, und zwar so feierlich, daß ich wußte, daß er es halten würde.

»Dann wollen wir es dabei belassen, Mr. Haffinger«, sagte ich, nahm seine Hand und schüttelte sie, um das Versprechen zu besiegeln. Dann ließ ich ihn im hellen Sonnenlicht stehen und sich fragen, was nur geschehen sein mochte, um ein Herz so zu verhärten wie meines.

Viele Tage sind vergangen, seit ich zuletzt geschrieben habe. Wir alle waren so unermüdlich auf den Beinen und hatten so viel zu tun, daß mir keine Zeit zum Schreiben blieb, und ich habe nicht einmal darüber nachdenken können, was ich gerne erzählt hätte, denn am Ende des Tages war ich immer so müde, daß ich einschlief, kaum daß ich die Augen zugemacht hatte.

Ich habe zweimal von meinem Vater geträumt, und in beiden Träumen war er nicht der grausame Tyrann meiner Erinnerungen, sondern ein alter, schwacher, gebeugter Mann, der für niemanden mehr eine Bedrohung darstellte, und in beiden Träumen versuchte er, mit mir zu sprechen, aber ich wandte mich jedes Mal ab. Und beide Male wachte ich nur um so entschlossener auf und dachte, vielleicht stirbt er genau in diesem Augenblick, einsam und ohne Freunde, während ich sicher und warm in meinem Bett liege.

Ich glaube nicht, daß mein Herz verhärtet ist, sondern nur, daß mein Verstand nicht nachgelassen hat, wie es bei so vielen der Fall zu sein scheint, wenn sie an Alter, Krankheit und Tod denken, die schließlich auf jeden von uns zukommen, ganz gleich, ob wir gut oder schlecht gelebt haben. Manchmal, wenn ich durch die Straßen gehe und alte Männer in Torwegen hocken sehe, wie sie verdreckt und verlumpt um einen Penny betteln, würde ich am liebsten tief in ihre trüben Augen blicken und fragen: Hat es einmal ein Kind gegeben, das um Gnade wimmerte, und du hast sie nicht gewährt? Hier hast du einen Penny zur Erinnerung.

Denn ich weiß, daß das Alter jedes Leben zur Lüge macht – das ist vielleicht das schlimmste daran – und daß mein Vater zweifellos abstreiten würde – nein, sich noch nicht einmal daran erinnern würde –, wie grausam er mich behandelt hat. Jetzt fürchtet er sich davor, allein zu sterben, und erfindet sich eine Tochter, die für ihn sorgen könnte, und nennt das, was zwischen uns steht, ›böses Blut‹.

Die Angst, die ich vor ihm hatte, ist verschwunden, und an ihre Stelle sind Wut und Zorn getreten, die meinen Kopf zu manchen Zeiten so erfüllen, daß ich mich kaum noch wiedererkenne. Und deshalb schreibe ich aus zwei Gründen weiter: zum einen, weil es mich erleichtert, wenn ich aufschreibe, was ich nicht aussprechen kann, weil sich niemand dafür interessiert, es zu hören, nämlich *daß* ich mich erinnere, und *daß* ich ihm, obwohl ich ihn nicht hasse, nie verzeihen kann; und zum anderen, damit ich, wenn ich das alles jetzt aufschreibe, in Zukunft nicht so tun kann, als ob es nicht wahr wäre. Sollte ich je so wirr im Kopf werden, daß ich die lange Qual, die meine Kindheit war, mit freundlicheren Augen betrachte und mir selbst einrede, es wäre ja gar nicht so schlimm gewesen, dann soll dieses Heft mein Gedächtnis sein.

Eine weitere Woche ist vergangen. Der Herr hatte eine Vielzahl von Besuchern, die zu allen Zeiten kamen und gingen, manchmal erwartet und

manchmal nicht, so daß Köchin sagt, sie habe in fünf Tagen mehr Essen gekocht als sonst in einem ganzen Monat.
Das Wetter wird von Tag zu Tag kühler, wie mir scheint, obwohl wir an zwei Nachmittagen ein paar Stunden Sonne hatten, die Köchin und ich nutzten, um in unserem Garten zu arbeiten und die Zwiebeln zu pflanzen, die Mr. Bradshaw von einer Tante bekommen hat, die auf dem Land lebt. Ich habe nicht gewußt, daß sie in die Erde gesteckt werden müssen, bevor der Frost kommt, und daß sie den ganzen Winter über dort bleiben und Kräfte sammeln, wie Köchin sagt, bis sie irgendwie merken, daß es ungefährlich ist, an die Oberfläche zu kommen, obwohl manche, wie Krokusse und Schneeglöckchen, sehr früh dran sind und ihre bunten Farben manchmal schon bei Frost zeigen. Viele unserer Blumen vertragen den Winter nicht, sagt Köchin, und müssen deshalb ausgegraben werden, aber die Kräuter sind zumeist widerstandsfähiger und können bleiben. Wir haben den ganzen hinteren Teil umgegraben und mit Kalk bestreut, eine Arbeit, die einen ganzen Nachmittag in Anspruch nahm und über die ich sehr froh war. Ich kann dieser Tage gar nicht genug Arbeit bekommen und lasse mir ständig etwas Neues einfallen, sobald auch nur ein bißchen Zeit ist, so daß Köchin sagt, ich sei wie ein Eichhörnchen, das Vorräte sammelt und alles in Ordnung bringen will, bevor der Winter kommt.
Ich bin sehr niedergeschlagen, aber es ist nicht der Winter, der auf mir lastet. Sicher, die Tage sind kürzer, und es gibt weniger Licht und ist kalt, und deshalb ist es keine Überraschung, daß ich meine Zeit damit verbringe, ständig Lampen zu putzen und Kohlen zu schleppen – und trotzdem denke ich immer, es ist nicht genug.
Gestern nachmittag, als ich die Lampen im Salon putzte, hatte ich auf einmal die Idee, alle Lampen im ganzen Haus zu nehmen, sie in ein Zimmer zu tragen und anzuzünden, und wenn ich mich dann mitten unter sie stellte, würde ich die Dinge vielleicht endlich deutlich sehen.
Heute abend ist der Herr zu einer Versammlung gegangen und an-

schließend zu einem Abendessen, das in irgendeinem Zusammenhang mit seinem Plan einer Lateinschule für Arbeiter steht, den er zusammen mit Mr. Littleton in die Wege geleitet hat, der, wie er sagt, jeden Schritt des Weges mühsam mitgeschleppt werden muß. Seit zwei Wochen hat der Herr keinen Fuß in sein Laboratorium gesetzt, sondern ist ausschließlich mit seinen wohltätigen Zwecken beschäftigt, und wenn keine Herren da sind, die ihn besuchen, oder er selber keine Besuche macht, schreibt er Briefe. Daß er so guter Dinge und so voller Energie ist, macht uns alle froh, und sogar Mr. Poole, der nichts lieber tut, als die Herren an der Tür zu begrüßen und uns dann zu erzählen, wie lang ihre Familienstammbäume sind und was für Beziehungen sie zur Regierung haben, ist in einer erträglichen Verfassung. Kein Wort über Mr. Edward Hyde – der Herr spricht niemals über ihn, und die Polizei hat ihn noch nicht gefaßt, also muß er das Land wohl verlassen haben, wie Mr. Bradshaw gesagt hat, und ich hoffe und bete, daß es wirklich so ist, damit wir ihn nie wieder sehen müssen.

Viele Tage sind vergangen. Gestern abend hatte der Herr ein paar Gäste zum Essen geladen – Mr. Utterson, Mr. Littleton und Dr. Lanyon, der mit dem Herrn zur Schule gegangen ist, wie Mr. Poole sagt, aber schon ein paar Jahre nicht mehr bei uns zu Besuch war. Der Herr ließ Köchin ausrichten, sie möchte etwas ›Besonderes‹ vorbereiten, obwohl die Gesellschaft nur klein sei, worüber sie sehr erfreut war, weil es, wie sie sagt, eine Freude sein kann, ein richtig stilvolles Essen zu kochen, und so gab es sechs verschiedene Gänge – eine Suppe mit gehacktem Spinat, Seezunge in brauner Sauce, geschmorte Täubchen, Hammelrücken mit Kartoffeln, einen Salat und ein Soufflé. In der Küche herrschte ein Aufruhr, als ob wir zehn Gäste zum Essen gehabt hätten, und die arme Annie stöhnte jedesmal laut, wenn

Köchin schon wieder nach einem neuen Topf griff, denn sie hat in den letzten Wochen mehr gescheuert als geschlafen, was ihr natürlich ganz und gar nicht gefällt; ich bin sicher, daß sie froh wäre, wenn der Herr wieder zu seiner einsamen Lebensweise und seinem kalten Hammelbraten am Abend zurückkehren würde. Aber wir anderen freuten uns über die ganze Aufregung, vor allem natürlich Mr. Poole, der mit dem Herrn lange Diskussionen über den Wein führte und die Flaschen alle einzeln heraufbrachte, sie dann sorgfältig abstaubte und Mr. Bradshaw die Etiketten vorführte, als ob es die Kronjuwelen wären. Es waren insgesamt sieben Flaschen, dazu gab es Champagner und Portwein, und so würden die Herren sicherlich bis tief in die Nacht bleiben, und deshalb schaffte ich eine genügende Menge Kohlen ins Eßzimmer und in den Salon und in die Halle, weil es draußen, obwohl es schön ist, doch schon recht kühl sein kann, und weil Wein das Blut dünn macht. Die Feuer brannten, lange bevor die Gäste eintrafen, und so war es in den Zimmern gemütlich warm, und die Herren verbrachten über eine Stunde im Salon, bevor sie sich zu Tisch setzten. Ich hatte meinen schwarzen Wollrock und die Gabardinebluse angezogen, die ich mir für die Beerdigung gekauft hatte, dazu trug ich eine frische Schürze, eine neue Haube und den Trauerflor, und ich kam mir sehr elegant vor, denn der neue Rock ist enger geschnitten, wie es jetzt Mode ist, und man kann sich in ihm viel leichter bewegen, ohne ständig irgendwo hängenzubleiben. Ich sollte mit Mr. Poole hinaufgehen und die Suppe herumreichen, weswegen ich sehr nervös war, denn ich bediene nicht gern bei Tisch, weil alles, was die Herren von mir sehen, meine Hände sind, und die sehen immer rauh aus, ganz gleich, wie oft ich sie schrubbe. Köchin schien meine Gefühle zu erraten, denn als ich meine Schürze zum x-tenmal glattstrich, sagte sie: »Du siehst sehr schön aus, Mary. Die neue Haube steht dir gut.« Und so nahm ich das Tablett und folgte Mr. Poole und Mr. Bradshaw, der die Suppenschüssel trug, die Treppe hinauf und kam mir da-

bei vor, als ob ich eine Bühne betreten müßte, ohne meine Rolle zu kennen.
Aber als wir ins Eßzimmer kamen, fühlte ich mich auf der Stelle wohler, denn die Herren redeten alle gleichzeitig, wie es schien, und achteten überhaupt nicht auf uns. Die Unterhaltung drehte sich um den Plan des Herrn, eine Lateinschule einzurichten, und Mr. Utterson, Mr. Littleton und der Herr versuchten gerade, Dr. Lanyon dazu zu überreden, sich daran zu beteiligen. Dr. Lanyon schien mir ein sehr verdrießlicher Herr zu sein, und die Art, wie er mit dem Herrn sprach, gefiel mir ganz und gar nicht, denn es schien mir, als würde er dem Herrn immer widersprechen, während er, wenn die anderen etwas sagten, immer zustimmte. Er fragte, ob es denn nicht genug sei, daß er dem freien Hospital einen Teil seiner kostbaren Zeit widmete, wo Mr. Utterson und Mr. Littleton nicht von Nutzen sein könnten, weil sie eben keine Mediziner wären. »Aber du, Harry«, erklärte er. »Du könntest dich ruhig einmal wieder an deinen Eid erinnern und bei mir genausoviel Gutes tun wie in deiner Lateinschule.« Und der Herr erwiderte: »Ich bin gerne bereit, mich Stunde für Stunde in deinem Hospital zu revanchieren, wenn du dich an unserer Lateinschule beteiligst.«
Ich hätte gedacht, damit wäre die Sache erledigt, aber es schien, als ob Dr. Lanyon weitere Einwände gegen die Schule hätte, die über sein Gefühl hinausgingen, daß er für die Arbeit dort nicht geeignet sei, denn er sagte nur, er würde darüber nachdenken. Dann wandten sich alle ihrer Suppe zu und schnitten ein neues Thema an, aber bevor ich herausfinden konnte, um was es sich handelte, waren wir mit dem Servieren fertig und gingen wieder hinunter.
Dann hatte ich in der Küche reichlich damit zu tun, Köchin zu helfen, die Teller und das Silber zurechtzulegen, nach ihren Anweisungen die Töpfe umzurühren und die verschiedensten Schüsseln und Platten an Mr. Poole und Mr. Bradshaw weiterzureichen, die Dutzende von Malen hinauf- und hinunterliefen. Ich sah, daß noch zwei Flaschen Wein hinaufgetragen wurden, und dann der Cham-

pagner, zusammen mit dem Soufflé, wonach wir alle einen Seufzer der Erleichterung ausstießen und Köchin sich auf einen Stuhl fallen ließ und stöhnte: »Meine armen Knie! Sie brauchen unbedingt eine Pause.« Etwas später wurde ich von Mr. Bradshaw gerufen, um beim Abräumen zu helfen. Die Herren standen soeben vom Tisch auf, und Mr. Utterson und Dr. Lanyon waren schon dabei, das Zimmer zu verlassen, denn Mr. Utterson kennt den Weg in den Salon und hat schon viele Male gesagt, wie gern er nach einem guten Essen vor unserem Kamin sitzt. Der Herr unterhielt sich noch mit Mr. Littleton, und ich hörte ihn sagen: »Hastie reagiert seit jeher mit Mißtrauen, sobald ich mich für etwas begeistere. Er hält es für seine Pflicht.« Und es klang sehr ironisch und war so laut gesprochen, daß Dr. Lanyon ihn hätte hören können, aber ich glaube nicht, daß er ihn hörte, denn ich warf schnell einen Blick auf seinen Rücken, als er durch die Tür ging, und konnte ihm nicht das geringste anmerken. Als ich mich wieder umdrehte, ging Mr. Littleton ebenfalls aus dem Zimmer, aber der Herr war stehengeblieben, und zu meiner Überraschung merkte ich, daß er mir einen sehr amüsierten Blick zuwarf, als ob er an meinen Augen abgelesen hätte, was ich von Dr. Lanyon hielt. Und ich beugte den Kopf schnell über meine Arbeit, die darin bestand, die Teller zusammenzustellen, und der Herr sagte zu Mr. Poole: »Richten Sie Mrs. Kent aus, daß sie sich selber übertroffen hat, Poole.« Dann ging auch er hinaus.

Danach hatten wir über eine Stunde mit Aufräumen und Abwaschen zu tun, und ich half Annie, die Töpfe zu scheuern, wofür sie mir dankbar war. Kaum daß der letzte Topf fertig war, gähnte sie wie eine Katze und erklärte, sie würde sofort ins Bett gehen und hoffentlich würden wir nie wieder irgendwelche Herren zu Gast haben, worauf Köchin sie böse ansah und sagte, der Herr hätte sie durch seine ruhige Lebensweise viel zu sehr verwöhnt, und in einem Landhaus, wo es fast jeden Tag Festessen und Gäste gab, würde sie keine zwei Wochen alt werden. »Das würde ich auch nicht«, war alles, was Annie dazu sagte, dann ging sie die Treppe hinauf und gähnte bei jedem Schritt so laut, daß wir alle lachen mußten. Schließlich kam Mr. Poole herunter, setzte sich und erklärte, für den Augenblick sei alles getan, aber ich solle schnell gehen und das Feuer nachlegen, weil es fast runtergebrannt sei, und so lief ich hinauf. Die Tür zum Salon stand offen, und ich sah, daß Mr. Utterson, Mr. Littleton und Dr. Lanyon die Sessel im Halbkreis vor den Kamin gezogen hatten, während der Herr direkt davor stand, den Arm auf den Kaminsims gestützt. Er sah mich in der Tür und sagte: »Komm schnell herein, Mary. Wie du siehst, wirst du dringend gebraucht, denn ich versuche schon, in den Kamin hineinzukriechen.«

Da sahen die Herren natürlich alle zu mir herüber, was mich ganz verlegen werden ließ. Ich ging zum Kamin, kniete mich davor und kümmerte mich um meine Arbeit, was mich unsichtbar zu machen schien, denn sie wandten sich sofort wieder ihrer Unterhaltung zu. Es war Dr. Lanyon, der das Wort hatte, und er sagte gerade, daß es seiner Meinung nach nicht gut sein konnte, den arbeitenden Klassen eine Bildung zu geben, denn auf diese Weise würde man ihnen nur hochtrabende Ideen in den Kopf setzen und sie nur noch unzufriedener mit ihrem Los machen, das ohnehin schon schwer genug zu ertragen war. »Für einen Mann, der jeden wachen Augenblick seines Lebens in einer Fabrik verbringt, wo es weder Licht noch Luft gibt, und der trotzdem kaum genug verdient, um seine Familie ernähren zu können, ist es ein größerer Nutzen, wenn er seine ruinierten Augen und seine geschwächte Lunge in ein Hospital bringen kann, statt in ein trübe beleuchtetes Zimmer, wo du ihm beibringen willst, eine Sprache zu lesen, mit der er niemals etwas anfangen kann, und sich Vorstellungen hinzugeben, die ihm die Hoffnungslosigkeit seiner Lage nur noch deutlicher vor Augen führen.« Überhaupt sei es für ihn ein Wunder, fuhr Dr. Lanyon fort, daß der Herr auch nur einen einzigen Schüler gefunden hatte, der närrisch genug war, eine solche Schule zu besuchen, allein daran könne man

wieder einmal die unverbesserliche Torheit und Starrköpfigkeit der arbeitenden Klassen erkennen.
Der Herr sagte, der Geist könne ebenso Hunger leiden wie der Körper, und Mr. Littleton warf ein, es bestünde eine große Nachfrage nach der Schule, und er habe festgestellt, daß die Männer geradezu begierig darauf wären, sich Wissen anzueignen. Mr. Utterson erklärte, seine Schüler würden nicht nur aus seinem Unterricht lernen, sondern auch aus seinem Verhalten, und er könne nicht einsehen, daß es einem Arbeiter schaden sollte, wenn er wüßte, wie man sich unter Gentlemen zu benehmen habe.
Währenddessen hatte ich meine Arbeit beendet, und das Feuer brannte so hell, daß ich das Gefühl hatte, mein Gesicht würde in Flammen aufgehen, aber ich konnte nicht aufstehen, ohne den Redefluß zu unterbrechen, der, als Mr. Utterson mit seinen Ausführungen zum Ende kam, einen Augenblick zu stocken schien, aber schon holte Dr. Lanyon Luft, um zu antworten. »Und wozu soll das gut sein, Gabriel«, fragte er so aufgebracht, daß wir alle vor seinem rauhen Ton zurückschreckten. »Was soll dieses Vorspielen von Vornehmheit bezwecken? Daß ein Schurke einen Gentleman beim Vornamen nennen kann, bevor er ihn mit dem Spazierstock eines anderen Gentleman totschlägt?«
Man hätte eine Nadel auf den Teppich fallen hören können, so plötzlich und so tief war die Stille, die sich über das Zimmer senkte. Ich hielt den Blick fest auf den Kaminrost gerichtet, hörte aber, wie der Herr sein Glas vom Kaminsims nahm, einen Schluck trank und es sehr langsam wieder zurückstellte. Als er dann sprach, klang seine Stimme so ruhig und bedächtig wie immer. »Wir beide unterscheiden uns eigentlich nur in der Interpretation der Dinge, Hastie«, sagte er. »Wie immer. Du siehst die Ausnahme und folgerst daraus, daß sie die Regel bestätigt. Ich dagegen befürchte, daß diese Ausnahme, wenn wir keinen Versuch machen, den arbeitenden Klassen das Licht der Einsicht zu bringen, sehr wohl zur Regel werden könnte.«

Dr. Lanyon, der sich seiner Worte zu schämen schien, wozu er auch allen Grund hatte, murmelte ein paar Worte ungefähr des Inhalts, daß der Herr damit vielleicht gar nicht so unrecht habe. »Können wir uns dann darauf einigen«, fragte der Herr, »daß, während wir gemütlich beisammensitzen, ein gutes Essen im Magen, ein schönes Feuer im Kamin, unseren Portwein zur Hand, und du, Gabriel, mit deiner Pfeife im Mund, dort draußen eine neue Welt entsteht.« Hier deutete der Herr mit dem Glas auf das Fenster, das auf den Platz hinausgeht. »Und es ist eine Welt, von der wir kaum etwas wissen, eine Welt, die vielleicht keinen Platz mehr für uns hat, eine Welt« – hier hielt der Herr inne, und die anderen Herren hingen ebenso gebannt an seinen Lippen wie ich –, »die wir selbst geschaffen haben, die jedoch schon jetzt unserer Kontrolle entglitten ist.«

Dr. Lanyon ergriff sofort das Wort. »Ja«, erklärte er. »Das stimmt.«

Dann schwiegen alle, bis der Herr zu Mr. Utterson sagte: »Gabriel, dein Glas ist leer. Darf ich dir nachschenken?« Und ich ergriff die Gelegenheit, aufzustehen und aus dem Zimmer zu schlüpfen, und dabei hatte ich das Gefühl, mehr gehört zu haben, als ich verstehen konnte. Als ich die Treppe hinunterging, dachte ich noch einmal darüber nach, was die einzelnen Herren gesagt hatten, und überlegte, was der Herr damit gemeint haben könnte, als er erklärte, die Welt hätte vielleicht keinen Platz mehr für ihn. Ich war überrascht darüber, daß er so behutsam auf Dr. Lanyons Bemerkung reagiert hatte, denn Dr. Lanyon hatte ohne jeden Zweifel sagen wollen, saß der Herr in einem gewissen Sinne für den Mord an Sir Danvers Carew verantwortlich war, weil er versucht hatte, Gutes bei jenen zu tun, die nichts daraus lernen konnten oder wollten. In der Küche nahm ich meine Schürze ab, und Mr. Poole sagte, er würde jetzt abschließen und ich könne zu Bett gehen, was ich auch tat, aber ich nahm mir eine neue Kerze mit, damit ich genug Licht hatte, um die Dinge aufzuschreiben, die ich gehört hatte.

Es scheint, als ob es jetzt, da die Tage kürzer werden, weniger Zeit und mehr Arbeit geben würde, sie zu füllen, und so fliegen die Stunden nur so dahin, und am Abend bin ich immer zu müde, um in mein Heft zu schreiben, und am Morgen zu beschäftigt. Der Herr kommt und geht zu allen möglichen Zeiten, war aber schon seit vielen Wochen nicht mehr in seinem Laboratorium, denn er hat so viele ›Projekte‹, wie Mr. Poole sie nennt, in Arbeit, daß er kaum noch mit ihnen Schritt halten kann. Das Wetter ist kalt, und alles ist trübe, obwohl die Weihnachtszeit vor der Tür steht, die Geschäfte die verschiedensten Waren zum Verkauf ausstellen und es schön und angenehm ist, an ihnen vorbeizuschlendern. Unser Garten ist bepflanzt und für den Frühling vorbereitet, und Köchin sagt, die nächsten zwei Monate werde er so gut wie keine Arbeit machen. Wir haben viele Kräuter getrocknet und ein paar der kleineren eingetopft, um sie zum Überwintern ins Haus zu bringen.

Tage vergehen, in denen der Herr kaum mit mir spricht, und ich merke, daß ich immer eifriger darauf warte, gerufen zu werden, um ein Feuer zu schüren oder eine Nachricht nach unten zu bringen, aber hinterher bin ich jedesmal traurig, denn er sagt nur, was unbedingt gesagt werden muß, und fragt nicht nach mir oder meiner Meinung, sondern ist immer mit Dingen beschäftigt, die außerhalb des Hauses liegen. Die meiste Zeit über ist er in guter Stimmung, und er ist von Natur aus ein so rücksichtsvoller Gentleman, daß niemand, der in seinem Dienst steht, sich je schlecht behandelt fühlen könnte, und doch habe ich manchmal das Gefühl, daß er mich nicht mehr gerne sieht, weil ich ihn an jenes Haus in Soho erinnere, von dem ich mir wünsche, ich hätte es nie gesehen, und an seine unglückliche Verbindung zu einem Menschen, der sein Vertrauen so schändlich und offensichtlich mißbraucht hat, daß alle Welt es sehen konnte. Viele Male, wenn ich das Zimmer verlasse, schaue ich zurück und sehe den Herrn an seinem Schreibtisch arbeiten oder vor dem Kamin auf und ab gehen, und ich würde gerne sagen: Er ist fort. Muß er immer noch zwischen uns stehen?

Aber ich weiß, daß es nicht zu ändern ist. Mr. Hyde wird uns niemals ganz verlassen. Alles, was wir in diesem Haus tun, geschieht nur, um den Platz zu verdecken, an dem er sich immer noch befindet. Schon die Art, wie wir niemals von ihm sprechen, spricht von ihm. Nie betrete ich ein Zimmer, ohne damit zu rechnen, ihn dort zu sehen. Sogar jetzt, wo ich am Ende des Tages mit meiner Kerze und meinem Heft in unserem Zimmer sitze, scheine ich seinen seltsam leichten Schritt auf der Treppe zu hören.

Irgend etwas stimmt nicht, aber ich weiß nicht, was es ist. Gestern nachmittag ging der Herr aus dem Haus, um eine Besorgung zu erledigen, und sagte, er wäre erst zum Abendessen wieder zurück. Aber kurz vor dem Abendessen erhielt Mr. Poole eine Nachricht von ihm, in der es hieß, es würde doch später werden, dafür aber würde Dr. Lanyon vorbeikommen, um etwas aus dem Studierzimmer zu holen. Mr. Poole solle einen Schlosser rufen und die Tür öffnen lassen. Das kam sogar Mr. Poole merkwürdig vor, der die Wünsche des Herrn sonst niemals in Frage stellt, und er sagte zu Köchin: »Seltsam, daß er den Schlüssel nicht mitgeschickt hat«, und Köchin antwortete: »Er war schon so lange nicht mehr in seinem Laboratorium; vielleicht hat er ihn verlegt.«
Und so tat Mr. Poole, was der Herr ihm aufgetragen hatte, und Dr. Lanyon kam kurz nach dem Abendessen vorbei, aber ich sah ihn nicht. Wir erledigten die Arbeiten, die wir noch zu tun hatten, und saßen dann in der Küche herum und warteten auf den Herrn, und ich half Annie dabei, einen Schnitt für ein Kleid auszuschneiden. Um elf Uhr war der Herr noch immer nicht zurückgekommen, und Mr. Poole sagte, wir sollten alle ins Bett gehen, er würde aufstehen, falls der Herr läuten sollte. Keiner von uns hörte ihn kommen, aber am nächsten Morgen, als Mr. Poole herunterkam, er-

klärte er, der Herr schlafe noch und dürfe auf keinen Falle gestört werden. Und so schlichen wir den ganzen Morgen auf Zehenspitzen im Haus herum, bis Mr. Poole vor die Tür kam, wo ich die Messingbeschläge polierte, und sagte, der Herr hätte gerne ein Feuer in seinem Zimmer, weil er sich nicht wohl genug fühle, um herunterzukommen.

Ich ging hinauf, klopfte an die Tür, und der Herr rief »Herein«. Er saß im Sessel vor dem kalten Kamin, die Schoßdecke über den Beinen, und eine zweite Decke über die Schultern gelegt. Er lächelte mich müde an, und ich fand, daß er plötzlich viel älter aussah – als hätte ihn die letzte Nacht Jahre seines Lebens gekostet. »Gut, daß du da bist, Mary«, sagte er. »Ich bin schon völlig erfroren.«

»Das tut mir leid, Sir«, antwortete ich. »Ich wußte nicht, ob ich gestern abend noch Feuer machen sollte oder nicht, aber Mr. Poole sagte, er würde aufstehen, wenn Sie nach Hause kommen, und da habe ich es nicht getan.«

»Ich habe ihn nicht geweckt«, erklärte der Herr. »Ich war so müde, daß ich schon geschlafen habe, kaum daß ich mein Bett sah, und bin eben erst aufgewacht.«

Ich kniete mich vor den Kamin und machte mich sofort an die Arbeit. »Köchin ist schon dabei, ein Tablett zu richten«, sagte ich. »Und wenn Sie erst eine Tasse Tee getrunken haben, werden Sie sich bestimmt besser fühlen.«

Der Herr seufzte. »Schön wäre es.«

Es dauerte nicht lange, bis die Kohlen brannten. Dann ging ich zum Fenster, um die Vorhänge aufzuziehen, denn die Sonne schien, obwohl es draußen kalt war, und ich dachte, ein bißchen Licht würde die düstere Stimmung des Herrn aufhellen. Auf dem Boden neben dem Fenster stand eine Schublade, die mehrere seltsame Fläschchen enthielt, wie man sie für Medizin nimmt, und einen Packen Zettel, so wie sie in den Apotheken ausgefüllt werden. Sie sah aus wie die Schubladen aus der Kommode im Studierzimmer des Herrn, und ich dachte, daß es ganz bestimmt eine davon war; das war es also, was Dr. Lanyon hatte abholen sollen, und der Herr hatte sich mit ihm getroffen, um sie wieder zurückzubringen. Ich mußte einen Bogen um die Schublade machen, um zum Fenster zu kommen, aber der Herr sagte: »Nein, Mary. Laß die Vorhänge bitte zu.« Dann trat Mr. Poole mit dem Tablett herein und fing an, ein schreckliches Getue um den Herrn zu machen, und da ging ich hinaus. Als Mr. Poole herunterkam, sagte er zu Mr. Bradshaw, er müsse sofort gehen und den Schlosser noch einmal holen, und der Herr sei den ganzen Tag für keinen Besucher zu Hause.

Als der Schlosser am Nachmittag kam, ging der Herr mit ihm zum Laboratorium, wo sie eine ganze Weile damit beschäftigt waren, das Schloß, das gestern ausgebaut worden war, durch ein neues zu ersetzen, wie Köchin mir erzählte. Nach unserem Tee kam Mr. Poole herunter, um zu sagen, der Herr wünsche mich im Salon zu sprechen, und so ging ich sofort hinauf. Der Herr war gerade mit seinem Tee fertig, und er sah besser aus als am Morgen, schien aber nervös zu sein – oder sogar verärgert –, denn kaum daß ich im Zimmer war, sagte er ohne alle Umschweife: »Ich möchte, daß du mein Studierzimmer saubermachst, Mary.« Mir blieb der Mund offenstehen, denn ich hätte nie im Leben damit gerechnet, daß der Herr diesen Wunsch äußern würde. Er beachtete mich jedoch überhaupt nicht, sondern zog den Schlüssel aus seiner Tasche, hielt ihn mir entgegen und erklärte: »Ich habe Poole gesagt, daß du dich als allererstes an diese Arbeit machen mußt.«

»Ja, Sir«, erwiderte ich.

»Ich werde in den nächsten Wochen viel Zeit im Studierzimmer verbringen, und es ist schrecklich staubig, weil es schon so lange nicht mehr benutzt wurde. Du wirst alle Hände voll zu tun haben.«

»Ja, Sir«, wiederholte ich.

»Und bring genügend Kohlen in den Anatomiesaal, damit ich sie mir von dort holen kann.«

»Ja, Sir« sagte ich noch einmal und wollte schon aus dem Zimmer gehen, da fügte der Herr hinzu: »Aber kümmere dich nicht um den Anatomiesaal, Mary. Nur das Studierzimmer, hörst du?«

Ich schaute zurück und bin sehr froh, daß ich es tat, denn er sah mich mit einem überaus freundlichen Lächeln an und sagte: »Ich erwähne das nur, weil ich weiß, daß du alles im Nu auf Hochglanz bringen wirst, wenn ich dich auf das Laboratorium loslasse. Aber gönne den Spinnweben im Anatomiesaal bitte ihre Ruhe, denn ich möchte nicht von aufgebrachten Spinnen attackiert werden.«

Ich lachte über diese Bemerkung und ging meiner Wege und fühlte mich viel besser, weil der Herr so freundlich gewesen war und ich die Gelegenheit hatte, ihm einen wirklichen Gefallen zu tun. Kurze Zeit später war ich bei meinen Eimern und Bürsten, wählte die besten für jeden Zweck aus und mischte mir eine ganz besondere Politur zusammen, denn ich dachte, mit ein bißchen Mühe würde es mir gelingen, die lächelnden Babys am Kamingitter so hell glänzen zu lassen wie eine Lampe. Köchin lachte über mich und sagte zu Mr. Poole, der durch die Küche kam und sehr verdrießlich aussah, denn er haßt alles, was nach Veränderung aussieht: »Mary denkt, es ist ein Feiertag, weil sie sich endlich das Studierzimmer des Herrn vornehmen kann«, und ich ging in den Hof, um Wasser zu holen. Es war kalt draußen, aber schön, und als ich an unserem Garten vorbeikam, dachte ich an die Zwiebeln, die unter der Erde ihre Kräfte sammeln und auf die Zeit warten, in der es für sie ungefährlich ist, die Köpfe zu heben. Ist es nicht seltsam, daß die Pflanzen etwas besitzen, was uns so oft fehlt – Sinn und Verstand und ein gesundes Urteilsvermögen. Ich stellte meine Eimer ab und zog den Schlüssel hervor, den der Herr mir gegeben hatte, denn ich dachte, ich sollte mir das Zimmer erst ansehen, bevor ich den Rest meiner Sachen herüberbrachte, und mir überlegen, wie ich am besten vorgehen sollte. Die Tür zum Anatomiesaal stand offen, und so ging ich einfach hinein.

Das Nachmittagslicht war dünn und schwach und schien völlig zu verblassen, bevor es den Boden erreichte, und so herrschte Dunkelheit im größten Teil des Raums. Die Kisten und Strohballen, die überall herumlagen, rochen durchdringend nach Feuchtigkeit und Moder. Ich ging zur Treppe, dachte dabei, daß ich mir eine Lampe hätte mitbringen sollen, und steckte den Schlüssel in das glänzende neue Schloß. Als ich die Tür öffnete, war das Studierzimmer dahinter noch dunkler als der Anatomiesaal, denn die Vorhänge waren zugezogen, und ich ging sofort hin, um sie zu öffnen. In der Luft hing der dicke, trockene Geruch nach Staub, nicht nach Feuchtigkeit, wie es im Anatomiesaal der Fall war, und als ich die Vorhänge anfaßte, merkte ich sofort, daß ich sie würde abnehmen müssen, denn eine dicke Staubwolke stieg von ihnen auf. Die Fenster waren nicht so schmutzig wie die des Anatomiesaals, obwohl sie beileibe nicht sauber waren, und das Licht konnte wenigstens einigermaßen hereindringen, und ich dachte, am besten fange ich mit den Fenstern an, damit ich bei den anderen Arbeiten wenigstens etwas sehen kann. Vor allem aber wunderte ich mich darüber, daß sich in den wenigen Monaten, die das Zimmer nicht benutzt worden war, soviel Staub angesammelt hatte, denn ich glaubte immer, daß der Staub hauptsächlich von den Schuhen ins Haus geschleppt wird, aber in den Ecken und unter den Möbeln lagen dicke Flokken, obwohl hier doch schon so lange niemand mehr ein- und ausgegangen war. Wenn ich die Vorhänge und den Teppich noch heute abend nach draußen bringe, dachte ich, und morgen den ganzen Tag arbeite, könnte ich bis zum Abend fertig sein. Ich sah, daß in der Kommode eine Schublade fehlte, also hatte ich vorhin richtig vermutet, und der Herr hatte die Schublade aus irgendeinem Grund holen lassen und sie dann wieder mit zurückgebracht. Ich hörte Schritte auf dem Platz draußen und sah zwei Herren vorbeigehen, die sich angeregt unterhielten, konnte aber nicht verstehen, was sie sagten. In einer Ecke fand ich einen Stuhl, den ich vor die Fenster zog, und als ich hinaufgestiegen war, konnte ich den oberen Rand der Vorhänge gerade erreichen und damit beginnen, sie abzunehmen, während der Staub in einer dicken Wolke um mich herumwirbelte und mich in der Nase kitzelte. Mir wurde richtig schwindlig davon, und meine Augen fingen an zu tränen, und dann hatte ich plötzlich das Gefühl, beobachtet zu werden. Aber als ich mich umdrehte, sah ich, daß es nur mein eigenes Spiegelbild war, das mich mit ängstlich aufgerissenen Augen aus dem Drehspiegel anstarrte, und ich kam mir sehr dumm vor und machte mich leicht beschämt wieder an meine Arbeit.

Bevor es dunkel war, hatte ich die Vorhänge abgenommen, die Teppiche im Hof aufgehängt und den gröbsten Schmutz von den Fenstern abgewaschen. Dann holte ich eine Lampe, räumte neben der Treppe eine Ecke frei und begann, Kohlen hereinzutragen, weil es keinen Zweck hatte, nur beim Licht einer Lampe mit dem Putzen anzufangen. Als ich den letzten Eimer mit Kohlen über den Hof trug, wurde die Küchentür geöffnet und der Herr trat heraus. Er hatte seinen Mantel an und kam sofort zu mir herüber. Mein Eimer war schwer, und ich war müde und schmutzig von der Arbeit, deshalb sagte ich nur: »Guten Abend, Sir« und hielt den Blick gesenkt, während er neben mir herging. Als wir im Laboratorium angelangt waren, stellte ich den Eimer ab und rieb mir die Hände an der Schürze, und der Herr sah sich im Anatomiesaal um, der riesig wirkte und voller Schatten war, die im Lampenlicht zuckten.

»So«, sagte er anscheinend zu sich selbst, denn er sah mich dabei nicht an. »Der letzte Akt wird also in diesem kläglichen Theater aufgeführt werden.« Dann seufzte er und drehte sich zu mir um.

»Wie bitte, Sir?«

Aber der Herr ging nicht auf meine Frage ein. »Wie kommst du mit der Arbeit voran?« wollte er statt dessen wissen.

»Gut, Sir. Bis morgen abend bin ich sicher fertig.«

Der Herr sagte nichts dazu, sondern stand nur da und sah auf mich herab, so daß ich ganz verlegen wurde, denn ich wußte, daß mein Gesicht schwarz war und meine Haare sich unter der Haube gelöst hatten. Ich hob die Hand, um sie zurückzustreichen, aber der Herr hörte nicht auf, mich anzusehen, und ich dachte, er wollte vielleicht etwas sagen, aber das tat er nicht. Schließlich hielt ich die Stille nicht mehr länger aus und erklärte: »Ich muß verboten aussehen, Sir.«

Da streckte der Herr die Hand aus und berührte meine Wange, dann glitten seine Finger zu den Narben neben meinem Ohr und an meinem Hals. »Ganz und gar nicht, Mary«, sagte er. »Gerade habe ich gedacht, wie lieb dein Gesicht mir geworden ist, und wie traurig es mich machen würde, wenn ich es niemals wiedersähe.«

Ich wollte meinen Ohren nicht trauen, daß der Herr so zu mir sprach, und einen Augenblick lang konnte ich nicht antworten, sondern nur den Kopf schütteln, wie um zu sagen, nein, das kann doch nicht sein. Und während seine Hand wieder zu meiner Wange zurückglitt, drehte er den Kopf und sah zur Tür des Studierzimmers hinüber, und seine Augen schienen sich mit einer noch tieferen Traurigkeit zu füllen; dann nahm er seine Hand fort. »Ich habe Angst, Mary«, sagte er. »Angst vor dem, was kommen wird.«

»Kann ich Ihnen irgendwie helfen, Sir?« fragte ich.

Einen Augenblick lang sah er so aus, als ob er über einen Plan nachdenken würde, aber dann wurden seine Augen hart, und er erklärte: »Nein, mir kann keiner helfen.« Damit wandte er sich von mir ab und ging zur Tür, während ich verwirrt und verängstigt zurückblieb und so verzweifelt zu verstehen versuchte, was er gemeint haben könnte, daß ich dachte, der Kopf würde mir zerspringen. Ich sah nur, daß er mich verließ, und ich konnte es nicht ertragen. Ich wußte nicht, daß ich etwas sagen würde, aber plötzlich rief ich seinen Namen, den Namen, den ich ihm in Gedanken immer gebe, obwohl ich ihn noch nie so genannt habe.

»Herr!« rief ich ihm nach.

Er blieb stehen und drehte sich zu mir um, während das Wort zwischen uns in der Luft hing und ihn lächeln machte. »Ja, Mary?« fragte er.

»Ich werde Sie nicht verlassen«, sagte ich.

»Das ist gut«, antwortete er. Dann trat er hinaus auf den kalten, dunklen Hof, überquerte ihn, ohne sich noch einmal nach mir umzusehen, und ging durch die Küchentür ins Haus.

Heute ist es grau und naß und so kalt, daß die Kälte einem durch Mark und Bein geht. Nach dem Frühstück machte ich als erstes im Studierzimmer Feuer, denn sonst wären mir die Finger abgefroren und ich hätte nicht weiterarbeiten können. Seit es kälter geworden ist, habe ich ständig ein taubes Gefühl in den Händen, das mir ziemliche Sorgen bereitet. Als erstes putzte ich die Fenster, damit das wenige Tageslicht, das es gab, ungehindert hereinkommen konnte. Dann nahm ich mir den Boden vor. Ich arbeitete den ganzen Morgen und hatte bis zum Mittagessen das Gröbste geschafft, und allmählich sah das Zimmer wieder so aus, als würde es jemandem etwas bedeuten. Beim Mittagessen erklärte Mr. Poole, der Herr fühle sich nicht wohl und hätte vor, den Tag in seinem Zimmer oder in der Bibliothek zu verbringen, um ein paar Bücher einzupacken, die ins Studierzimmer gebracht werden sollten. Und wieder sagte er zu Mr. Bradshaw, der Herr wäre für keinen Besucher zu Hause.
Wir sahen uns alle an und hatten alle denselben Gedanken: Der Herr will wieder an seine Arbeit zurückkehren. Köchin würde keine großen Essen mehr vorzubereiten haben, Annie keine großen Töpfe zu scheuern, Mr. Poole keine Herren zu empfangen, über die er uns erzählen konnte, Mr. Bradshaw keine Abendkleidung herauszulegen, und ich würde nicht mehr bei Tisch bedienen oder Besorgungen erledigen müssen, weil die anderen schon alle Hände voll zu tun hatten. Statt dessen würde es so sein wie früher und unsere Arbeit sich darauf beschränken, auf die Gesundheit des Herrn zu achten, weil er selber nicht genug auf sich aufpaßt.
Am Nachmittag hängte ich die Vorhänge auf, die ich am Abend

vorher ausgebürstet hatte, und legte die Teppiche zurück. Die ganze Zeit über mußte ich an das denken, was der Herr am Tag zuvor zu mir gesagt hatte, und meine Gefühle waren ein einziges Durcheinander, denn ich verstehe nicht, was er gemeint haben könnte oder wovor er Angst hat, und es macht mich traurig, ihn so verstört zu sehen. Seine freundlichen Worte, vor allem, daß er gesagt hat, daß ich ihm lieb geworden bin, und die Erinnerung an seine kühlen Hände auf meinem Gesicht lassen mein Herz rasen, und ich bin, ich kann es nicht leugnen, so glücklich, daß es fast wie ein Schmerz ist.

Das Kamingitter sparte ich mir bis ganz zum Schluß auf, und obwohl es einigermaßen sauber war, mußte es lange zurückliegen, daß es zum letzten Mal richtig poliert worden war. Es machte mir große Freude, den lachenden Babys den alten Glanz zu verleihen, und als ich es geschafft hatte, war es so ein Unterschied, vor dem Kamin zu stehen und sie anzusehen, daß ich selbst lachen mußte, denn ihre Gesichter sind so fröhlich, daß man meinen könnte, sie wären zwei Kinder, die in der Sonne herumtollen und von ihr ganz golden gebrannt sind.

Gegen Abend war ich fertig und fing an, mein Putzzeug hinunter in den Anatomiesaal zu tragen. Dann ging ich noch einmal zurück, um mein Werk zu begutachten.

Das Studierzimmer erschien mir immer noch wie zwei ganz unterschiedliche Räume in einem: Hier der behagliche Salon eines Gentleman, dort, wo der lange Tisch auf dem nackten Boden steht, der Arbeitsplatz eines Mannes der Wissenschaft. Es standen gar nicht einmal so viele Flaschen und seltsame Röhrchen auf dem Tisch, aber diejenigen, die ich gefunden hatte, hatte ich gewaschen, so daß sie jetzt sauber glänzten, doch das Licht, das sie zurückwarfen, war kein angenehmes Licht. Ich hätte gerne eine große Vase mit Rosen gehabt, so wie wir sie im Sommer im Eßzimmer hatten, um sie auf den Tisch zu stellen, aber natürlich waren um diese Jahreszeit keine zu bekommen, und wahrscheinlich hätte ich sowieso nicht den Mut gehabt, es zu tun, obwohl der Herr sicher nichts gesagt, sondern sie nur zur Seite gestellt hätte.

Als ich hinausging, kam mir Mr. Bradshaw mit einer Bücherkiste entgegen, die der Herr in der Bibliothek gepackt hatte, und erklärte, wenn man ihn fragen würde, so wäre der Herr in einer mehr als seltsamen Stimmung, weil er plötzlich alles verändert haben wollte und das Studierzimmer einrichtete, als wolle er dorthin umziehen. »Und dann schleppt er den ganzen lieben langen Tag diese Schublade mit sich herum«, sagte er, »als hätte er Angst, daß jemand sie ihm wegnehmen könnte, und als Mr. Utterson an die Tür kam, rannte er die Treppe hinauf und sagte, er wäre nicht zu Hause, als ob wir ihn verraten würden, wo er doch heute morgen schon gesagt hat, daß er für niemand zu sprechen ist.«

»Wahrscheinlich will er mit einer Arbeit anfangen, bei der er nicht gestört werden darf«, sagte ich.

»Das wird es sein«, erwiderte Mr. Bradshaw, und damit trennten wir uns; er ging ins Studierzimmer, und ich über den Hof zurück ins Haus.

Nach dem Essen ging ich in die Bibliothek, um nach dem Feuer zu sehen. Der Herr saß in seinem Sessel und hatte ein Buch aufgeschlagen, und es stimmte, was Mr. Bradshaw gesagt hatte, die Schublade aus dem Studierzimmer stand direkt neben seinem Sessel auf dem Boden. Er fragte mich, ob ich mit meiner Arbeit fertiggeworden wäre, und ich antwortete, ja, das sei ich.

»Sehr schön«, sagte er. »Dann kannst du Poole sagen, daß ich die ganze Nacht arbeiten werde und er nicht auf mich zu warten braucht.«

Das war alles, was wir miteinander sprachen. Als ich mit dem Feuer fertig war, ging ich hinaus, und eine Weile später, als wir alle in der Küche beisammen saßen, bis auf Mr. Poole, der in seinem Zimmer war, hörten wir den Herrn die Treppe hinunterkommen und über den Hof gehen.

Gestern wurde ich mitten in der Nacht wach und wußte sofort, daß das Geräusch, das ich gehört hatte, die Schritte des Herrn waren, der durch die Küche gekommen war und die Treppe hinaufging. Es ist also wieder wie früher, dachte ich, daß ich wach liege und lausche, während der Herr durch die Nacht wandert. Er ging jedoch nicht hinauf in sein Zimmer, sondern durch die Halle in die Bibliothek. Dann war es eine Weile still, und ich dachte schon, ich würde wieder einschlafen, konnte aber nicht aufhören, die Ohren zu spitzen und auf Geräusche zu lauschen. Das Haus war so still, daß ich sogar Annies Atem hören konnte, obwohl sie kaum atmet, wenn sie schläft, und sich überhaupt nicht bewegt, so daß ich manchmal ihre Hand berühren muß, um mich zu vergewissern, daß sie noch warm ist. Dann kam es mir vor, als ob ich ein anderes Geräusch hören würde, wie ein leises Summen aus ganz weiter Ferne, und ich hob den Kopf vom Kissen und versuchte zu erkennen, was es war, konnte es aber nicht einordnen. Das Geräusch hörte nicht auf. Nach einer Weile setzte ich mich im Bett auf; ich hatte das Gefühl, genau zu wissen, um was für ein Geräusch es sich handelte, konnte es aber trotzdem nicht benennen.
»Was ist das bloß?« sagte ich mit leiser Stimme, um Annie nicht zu wecken.
Ich stand auf und öffnete unsere Tür, um besser hören zu können, und tatsächlich drang das Geräusch deutlicher zu mir, aber noch immer wußte ich nicht, wie ich es einordnen sollte. Also trat ich auf Treppenabsatz hinaus und blieb dort stehen; da endlich erkannte ich, was es war, und sagte laut: »Es sind Stimmen!«
Aber das kann nicht sein, dachte ich. Der Herr ist doch allein hereingekommen, und außer ihm ist niemand wach, sonst hätte ich es gehört – obwohl es natürlich stimmt, daß Mr. Poole sich so lautlos bewegen kann wie ein Geist. Trotzdem, dachte ich, hätte ich ihn bemerkt, denn in unserem Haus gibt es viele Stellen, die knarren, vor allem auf der Treppe.
Schließlich hielt ich es nicht länger aus. Ich mußte einfach wissen,

was da unten vor sich ging. Außerdem schien es mir, als wäre der Herr schon recht lange in der Bibliothek, und das Feuer war sicher ausgegangen und das Zimmer kalt, was ein Grund war, hinunterzugehen und nachzusehen. Aber natürlich konnte ich nicht im Nachthemd gehen, und so zog ich meinen wollenen Rock darüber und die graue Bluse, die über dem Stuhl hing. Dann steckte ich meine Haare mit ein paar Nadeln hoch, nahm die Kerze und verließ das Zimmer. Ich machte mir nicht die Mühe, meine Strümpfe und Stiefel anzuziehen, weil das immer so lange dauert, und so gab ich wirklich ein seltsames Bild ab, aber ich dachte, vielleicht würde ich sowieso nur bis in die Halle gehen und einen Augenblick lauschen, nur um mich zu beruhigen, und niemand würde mich sehen.

Als ich fast unten war, blieb ich auf der letzten Stufe stehen und lauschte. Das Licht fiel in die Halle, denn die Tür zur Bibliothek stand offen, und nun erst erkannte ich richtig, was es war, was ich gehört hatte: Der Herr las laut aus einem Buch. Ich konnte nicht verstehen, was er las, aber seine Stimme klang ruhig und voll und formte die Wörter und Sätze mit Bedacht. Ich ging näher. Kaum daß ich den Lichtkreis, der aus der Halle fiel, erreicht hatte, sah der Herr mich, denn er stand mit dem Rücken vor dem Kamin und hielt das Buch hoch vor sich, was mir eine unbequeme Haltung zu sein schien.

»Mary«, sagte er. »Ich habe dich gar nicht kommen gehört.«

»Es tut mir leid, wenn ich Sie erschreckt habe, Sir. Aber ich hörte Stimmen und dachte, Sie hätten vielleicht gerne ein Feuer, wo die Nacht doch so kalt ist.« Und ohne es zu wollen, schauderte ich zusammen, denn es zog an der Tür.

»Es ist tatsächlich etwas kühl«, erwiderte der Herr. »Aber ich brauche trotzdem kein Feuer. Eigentlich bin ich nur ins Haus gekommen, weil es im Studierzimmer so warm ist, daß ich davon richtig schläfrig geworden bin.«

Das kam mir sehr seltsam vor, denn es sah dem Herrn ganz und gar nicht ähnlich, ein warmes Zimmer gegen ein kaltes einzutauschen, und wenn er schläfrig war, wieso ging er dann nicht einfach ins Bett, wo es doch mitten in der Nacht war? Aber das sagte ich natürlich nicht, sondern stand nur da, schaute ihn an und war selbst sehr schläfrig, und er hielt das Buch immer noch offen vor sich und sah mich mit einem Blick an, der wie eine Entschuldigung war, obwohl ich mir nicht denken konnte, wofür er sich entschuldigen sollte. Schließlich fragte ich: »Kann ich Ihnen vielleicht etwas bringen, Sir? Einen Tee vielleicht? Oder etwas zu essen?«

»Nein«, sagte der Herr. »Nein danke, Mary.« Und er rieb sich mit den Knöcheln der freien Hand über die Augen. Er sah sehr müde aus und hatte dunkle Ringe unter den Augen, und er stand ein wenig vorgebeugt, als ob er sich kaum noch aufrecht halten könnte. »Ich muß versuchen, noch eine Weile wach zu bleiben«, erklärte er. Und dann, während ich ihn beobachtete, legte sich ein seltsamer Ausdruck über sein Gesicht, wie von einem plötzlichen Schmerz, so heftig, daß er die Hände zu Fäusten ballte und das Buch fallen ließ. Er machte nicht einmal den Versuch, es wieder aufzuheben, sondern klammerte sich statt dessen am Kaminsims fest. Sein Gesicht wurde blaß, auf seiner Stirn bildeten sich Schweißtropfen, und er gab ein Stöhnen von sich, das mir durch Mark und Bein ging. Ich stürzte durch das Zimmer zu ihm, denn es schien, als ob er im nächsten Augenblick zusammenbrechen würde. Als ich bei ihm war, packte er meinen Arm und stützte sich schwer auf mich, sagte aber nichts, und ich sah, daß er vor Schmerz nicht sprechen konnte. Er legte die andere Hand auf meine Schulter, und seine Finger gruben sich so tief in mein Fleisch, daß es richtig wehtat, aber ich gab keinen Ton von mir, denn er stand dicht vor mir, und seine Augen ließen mich nicht los; sie waren erfüllt von Schmerz und von Angst, und noch immer lag der entschuldigende Ausdruck in ihnen, und ich dachte, er schämt sich, weil ich ihn in diesem Zustand sehe, aber ich blieb stehen und stützte ihn und erwiderte seinen Blick, so ruhig ich konnte. Es schien mir eine Ewigkeit zu dauern, aber vielleicht war es auch nur ein kurzer Augenblick, bis der Schmerz nachließ und er seinen Griff lockerte. Der Anfall hatte ihn jedoch so geschwächt, daß er kaum noch stehen konnte, und so machte ich einen Schritt auf ihn zu und verlagerte sein Gewicht auf meine andere Schulter, damit ich ihm besser zu seinem Sessel helfen konnte. Als er endlich saß, beugte er sich vor, schlug die Hände vor das Gesicht und atmete langsam ein und aus, und ich dachte, was immer es gewesen war, es ist vorbei, aber ich wagte nicht, mich zu bewegen, aus Angst, er könne ohnmächtig werden. Dann hielt er die Hände ein Stück von sich fort und betrachtete, immer noch benommen, seine Handflächen. Schließlich sagte er: »Ich habe es geschafft.«

»Sir?« fragte ich, weil ich nicht wußte, was er meinte. Ich stand so dicht vor ihm, daß er den Kopf heben mußte, um mir ins Gesicht sehen zu können. »Ach, Mary«, antwortete er. »Vielen Dank. Es ist jetzt wieder gut.« Dann senkte er den Blick, und einen Augenblick später, als ich noch immer nichts gesagt und mich immer noch nicht bewegt hatte, fügte er hinzu: »Mary, du hast ja gar keine Schuhe an.«

Ich sah an mir hinunter, und tatsächlich lugten meine nackten Zehen unter meinem Rock hervor, was mir ein ungehöriger Anblick zu sein schien, und so zog ich sie schnell zurück und sagte: »Ich bitte um Entschuldigung, Sir.«

Aber der Herr lächelte mich an, als ob es nichts Erfreulicheres geben könnte als meine nackten Füße, und ich war so durcheinander, daß ich über und über rot wurde. Ich machte ein paar Schritte zurück, wobei ich versuchte, meine Zehen unter dem Rock verborgen zu halten, was gar nicht so einfach war, und plötzlich hörten wir die Uhr drei schlagen.

»Geh zu Bett, Kind«, sagte der Herr. »Du hast heute nacht alles getan, was du für mich tun konntest.«

»Sind Sie denn sicher, daß Sie wieder wohlauf sind, Sir?« fragte ich.

»Ja«, antwortete der Herr. »Geh nur.«

»Dann gute Nacht, Sir«, sagte ich und machte einen Knicks, und

als ich schon fast zur Tür hinaus war, rief der Herr mir nach: »Gute Nacht, Mary.«
Ich lief durch die Halle und wußte nicht, wie ich Ordnung in meine Gedanken bringen sollte. Auf der Treppe sagte ich zu mir: »Er hat mich ›Kind‹ genannt«, und ich sah über meine Schulter zurück und dachte dabei, daß es mir gar nicht gefiel, ihn in diesem Zustand allein zu lassen. Dann lag ich in meinem Bett und wartete darauf, ihn in sein Zimmer gehen zu hören, aber ich muß wohl vorher eingeschlafen sein, denn ich hörte nichts, bis ich heute morgen wach wurde.

Es gibt keinen Zweifel daran, daß der Herr sehr krank ist und nur deshalb in seinem Studierzimmer bleibt, weil er zu schwach ist, um ins Haus zu kommen. Jeden Tag schickt er Mr. Poole mehrere Male mit Bestellungen zur Apotheke, also arbeitet er immer noch. Gestern, als Köchin sich darüber beklagte, daß der Herr das Essen, das sie ihm schickt, kaum anrührt und seine ganze Zeit nur damit verbringt, Experimente zu machen und sich fast zu Tode schindet, sagte Mr. Bradshaw: »Vielleicht arbeitet er an etwas, das ihn wieder gesund machen soll.« Wir saßen beim Essen, und auf einmal waren alle, sogar Mr. Poole, ganz still und sahen Mr. Bradshaw überrascht an, denn erstens hatte sich bisher keiner von uns getraut zu sagen, daß der Herr krank ist, und zweitens schien es eine sehr gute Erklärung für sämtliche Sonderbarkeiten zu sein, die wir alle fühlen. Einen Augenblick später sagte Mr. Poole: »Mr. Bradshaw, ich glaube fast, Sie könnten recht haben.«
Wir beendeten unsere Mahlzeit, ohne weiter darüber zu sprechen. Der Herr kam die ganze Nacht nicht aus dem Laboratorium zurück und nahm sein Frühstück, das er sich von Mr. Poole bringen ließ, erst gegen Mittag ein. Als das Tablett am Nachmittag zurückkam, schaute Köchin in alle Schüsseln und murmelte: »Ein Mann kann

doch nicht nur von Tee und Toast leben. Sieh dir den Räucherhering an! Er hat ihn nicht einmal angerührt.«
Der arme Herr. Köchin nahm den Hering, legte ihn zur Seite und schickte ihn zum Tee noch einmal hinüber.

Drei Tage sind vergangen, und der Herr hat sein Laboratorium kein einziges Mal verlassen. Nicht einmal Mr. Poole hat ihn gesehen, obwohl er ständig hin und her läuft und dem Herrn die Mahlzeiten bringt und seine Anweisungen einsammelt, die er auf der Treppe findet. Er hat Köchin erzählt, daß er immer anklopfe, wenn er etwas bringt, aber der Herr rufe jedesmal nur: »Lassen Sie es stehen, Poole. Ich kann jetzt nicht an die Tür kommen.« Köchin sagt, wenigstens sei sein Appetit besser geworden, denn die Schüsseln kommen meistens leer zurück. Sämtliche Besucher werden an der Tür abgewiesen, sogar Mr. Utterson, der früher ganz ohne Frage eingelassen wurde, aber Mr. Poole hat strikte Anweisungen, daß der Herr von niemandem gestört werden darf, und deshalb erklärt er immer, daß der Herr nicht zu Hause ist.
Wir alle fühlen, daß etwas nicht in Ordnung ist. Es ist, als ob ein Nebel aus den Teppichen aufsteigen und sich in jeder Biegung der Treppe sammeln würde. Wir alle verrichten unsere Arbeiten so gut wir können, denn was sollten wir sonst tun, aber ich glaube, daß es im ganzen Haus niemanden gibt, der ein leichtes Herz hat.
Heute habe ich gesehen, daß Mr. Poole den Schlüssel zum Anatomiesaal an einen Nagel neben der Anrichte hängt, denn er geht so oft hin und her, daß er ihn bequem zur Hand haben muß. Der Schlüssel zum Studierzimmer, der früher am selben Ring hing, ist nicht mehr da.

Ich wäre froh, ich würde zu jenen gehören, die Trost im Gebet finden können, doch das kann ich nicht. Meine Art ist es, die Dinge niederzuschreiben, aber ich fürchte, dieses Mal wird nichts mir helfen können, und ich frage mich sogar, ob ich es überhaupt wagen kann, zu Papier zu bringen, was ich inzwischen weiß.

Letzte Nacht konnte ich nicht schlafen und lag statt dessen wach und wartete auf den Tag, und es schien, als ob er niemals kommen würde. Ich dachte über die Ereignisse der vergangenen Wochen nach, und vor allem darüber, daß der Herr im Anatomiesaal zu mir gesagt hatte, ich sei ihm lieb geworden, und daß er sich wünsche, mein Gesicht immer sehen zu können. Und ich dachte darüber nach, wie krank er in der Bibliothek gewesen war und wie er mich ›Kind‹ genannt hatte. Nun hat er sich schon seit Tagen im Studierzimmer eingeschlossen, und Mr. Poole sagt, er spricht nur, wenn es unbedingt sein muß, und dann klingt seine Stimme schwach und mürrisch, und ganz bestimmt ist er sehr krank. Und ich dachte, daß der heutige Tag für die Jahreszeit so untypisch warm und schön war und daß die Sonne durch die Fenster zu fließen schien wie geschmolzene Butter, so daß man meinen konnte, der Herr hätte sicherlich Lust, draußen im Freien zu sitzen, aber dann fragte ich mich, ob er die Vorhänge überhaupt jemals aufzieht? Es ist, als würde er in einem Grab liegen, ohne Licht und ohne Fröhlichkeit, die ihm bestimmt mehr helfen könnten als jede Medizin, die er sich an seinem Laboratoriumstisch zusammenmischt.

Diese Gedanken gingen mir stundenlang durch den Kopf, bis ich mir vor lauter Nachdenken am liebsten die Haare ausgerauft hätte. Zum Schluß hielt ich es nicht mehr länger aus, stand auf, zündete eine Kerze an und setzte mich für eine Weile ans Fenster und sah hinaus auf die Dächer und die Sterne, die ganz hell glänzten und so zahlreich waren, daß ich mich fragte, ob ich je so viele auf einmal gesehen hatte. Aber dann wurde ich nur noch unruhiger und lief im Zimmer auf und ab und versuchte, Annie nicht zu wecken, bis ich

wußte, daß mir nichts anderes übrigbleiben würde, als hinauszugehen und dort herumzulaufen, denn ich hatte plötzlich das Gefühl, viel zu groß geworden zu sein, und das Zimmer kam mir vor wie ein Käfig. Ich zog meine Wollstrümpfe an und meinen Mantel über mein Nachthemd, nahm die Stiefel in die Hand und ging hinunter in die Küche, die noch warm war vom Herd, so daß ich wußte, daß es nicht allzu spät sein konnte, wenn auch schon nach Mitternacht, denn ich hatte die Uhr schlagen hören, als ich wach lag.
Ich setzte mich an den Küchentisch, zog meine Stiefel an und dachte dabei an den Schlüssel, den Mr. Poole in der letzten Zeit immer neben der Anrichte an den Nagel hängt. In meinem Kopf hämmerte der Gedanke, ihn einfach zu nehmen, in den Anatomiesaal zu gehen und an die Tür des Studierzimmers zu klopfen; ich wußte, daß ich diesen Gedanken schon gehabt hatte, als ich den Schlüssel zum ersten Mal dort hängen sah, und es war dieser Gedanke, der mich nicht schlafen ließ – und auch nicht schlafen lassen würde, bis ich ihn ausgeführt hatte. Ich nahm den Schlüssel und schlüpfte so leise ich konnte durch die Küchentür aus dem Haus. Diese Küchentür hat einen Griff, der laut quietscht, wenn man ihn dreht – ich höre das Geräusch oft genug, wenn der Herr hereinkommt –, aber ich drehte ihn sehr langsam und sehr vorsichtig, so daß nichts zu hören war, dann öffnete ich die Tür und trat ins Freie.
Einen Augenblick später hörte ich ein so seltsames Geräusch, daß ich mich nicht bewegen konnte, bevor ich es nicht enträtselt hatte. Natürlich drehte ich den Kopf, um zu sehen, woher das Geräusch kam, aber es war so dunkel, daß nichts zu erkennen war, und so mußte ich mich ganz auf meine Ohren verlassen. Dann merkte ich, daß es ein Weinen war. Jemand weinte, leise und ohne Unterbrechung, so wie ein Kind weint, aber es klang zu tief, um von einem Kind zu stammen. Meine Augen fingen allmählich an, sich an die Dunkelheit zu gewöhnen, und dann erkannte ich eine Gestalt, die ganz in schwarz gekleidet war, auf den Steinplatten. Der Mann lag auf dem Rücken, den Blick zum Himmel gerichtet, obwohl er die

Sterne wahrscheinlich vor Tränen nicht sehen konnte, die Arme ausgebreitet, als ob er aus großer Höhe in den Hof gestürzt worden wäre, und die erstickten Schluchzer, die aus seiner Kehle drangen, hallten durch die Nacht und füllten die Luft mit Traurigkeit. Es muß der Herr sein, dachte ich, aber irgendwie wußte ich, daß er es nicht war, denn er schien mir nicht die richtige Größe zu haben, sondern kleiner zu sein, und während ich das noch dachte, machte ich einen Schritt, mein Stiefel scharrte über die Steine, und der Mann wandte mir das Gesicht zu – und wir erkannten einander.

Ich glaube, daß ich ›Oh‹ sagte und bis an die Tür zurückwich, während er in einer einzigen, wirbelnden Bewegung auf die Beine sprang und ein Fauchen von sich gab wie ein wildes Tier. Ich drückte mich gegen die Tür, denn ich dachte, er würde sich jeden Augenblick auf mich stürzen, aber statt dessen wich er ein paar Schritte zurück, zum Anatomiesaal hin, und blieb dann stehen. Ich hielt mir die Hand vor den Mund, um einen Schrei zu unterdrücken, und als er das sah, verflog seine eigene Angst. Er rieb sich die Tränen aus den Augen und schüttelte den Kopf, wie um seine Gedanken zu ordnen. »Mary«, sagte er dann. »Lauf nicht weg. Ich tue dir nichts.«

Mein Herz schien meine Brust sprengen zu wollen, und ich war unfähig, auch nur ein Wort zu sagen, und so blieb ich einfach stehen. Auch er bewegte sich nicht, aber er beobachtete mich wachsam, wenn auch nicht zornig, wie ich fand.

Als ich wieder sprechen konnte, fragte ich: »Was haben Sie mit meinem Herrn gemacht?«

Er stieß ein Lachen aus und sagte mit vor Verachtung triefender Stimme: »Was ich mit deinem Herrn gemacht habe? Du solltest lieber fragen, was er mit mir gemacht hat.«

»Weiß er, daß Sie hier sind?« fragte ich.

Er sah über die Schulter zur Tür des Anatomiesaals, dann wieder zurück zu mir. »Komm näher, Mary«, sagte er schließlich. »Ich kann dich nicht hören.«

Ich wußte nicht, was ich tun sollte. Natürlich hätte ich ins Haus laufen und Mr. Bradshaw wecken können, aber in der Zwischenzeit hätte er tun können, was er wollte, weglaufen oder, was schlimmer gewesen wäre, dem Herrn ein Leid zufügen. Er stand da und starrte mich an und öffnete und schloß die Hände, die an seinem Körper herabhingen, und ich dachte, wenn ich jetzt zu ihm gehe, was hindert ihn dann daran, mir die Kehle zuzudrücken? Aber dann dachte ich, daß er das sicher nicht tun würde, denn wenn er es tat, würde der Verdacht sofort auf ihn fallen, und wenn er gezwungen war, den Schutz zu verlassen, den der Herr ihm gewährte, würde er kein anderes Versteck finden, sondern unweigerlich den Weg zum Galgen gehen müssen, und das mußte er ebensogut wissen wie ich. Ich kann nicht sagen, ob ich diese Gedanken wirklich dachte, aber auf jeden Fall wußte ich, daß er es nicht wagen würde, mir etwas anzutun, und so kam ich unter dem Vordach hervor und ging sehr langsam auf ihn zu, den Mantel fest um mich gezogen. Obwohl die Nacht nicht kalt war, fror ich plötzlich und mußte die Lippen fest zusammenpressen, damit meine Zähne nicht klapperten. Er stand auf der anderen Seite des Gartens, und als ich die Einfassung erreichte, blieb ich knapp außerhalb seiner Reichweite stehen und fragte: »Können Sie mich jetzt hören?«
Er richtete sich hoch auf und lächelte sein scheußliches Lächeln, bei dem seine Zähne in der Dunkelheit wie Messer zu blitzen schienen. »Ganz die furchtlose kleine Dienerin, nicht wahr, Mary?« sagte er. »Gibt es denn gar nichts, was du für deinen Herrn nicht auf dich nehmen würdest?«
»Weiß er, daß Sie hier sind?« fragte ich erneut.
Er machte ein ungeduldiges Gesicht, als ob meine Frage ihn langweilen würde, und bevor er antwortete, ließ er seine Augen über mich wandern, so daß ich sie wie eisige Finger auf meinem Körper spürte. Er zog die Oberlippe zurück, als würde er lieber fauchen als sprechen. »Natürlich«, sagte er.

»Sie haben ihm aber versprochen, daß Sie fortgehen würden«, erwiderte ich.
»Ich fürchte, das ist leichter gesagt als getan.«
»Sie wissen, daß er sehr krank ist.«
Er lachte. »Sein Leben ist in geringerer Gefahr als meines«, sagte er verächtlich.
Ich sah zum Anatomiesaal hinüber, dessen Tür nur angelehnt war, und überlegte, ob ich hinlaufen sollte, fürchtete aber, daß er mich einholen würde, und ich wollte auf keinen Fall, daß er mich berührte oder mich auch nur für einen Augenblick als seine Beute betrachtete, denn ich wußte, wenn es soweit kam, würde er außerstande sein, sich selber Einhalt zu gebieten, und wenn der Herr mir dann nicht zur Hilfe eilte, wäre es um mein Leben geschehen. Er schien meine Gedanken lesen zu können, denn er sagte: »Du weißt, daß ich ein verzweifelter Mann bin, Mary.«
Ich sah zu ihm zurück und merkte erst jetzt, daß er die Kleider des Herrn trug. Sie waren ihm viel zu groß, so daß er Beine und Ärmel hochgekrempelt hatte. Dennoch schien mir, so merkwürdig es auch klingen mag, daß er größer geworden war, denn die Kleider waren ihm nicht so viel zu groß, wie sie es hätten sein müssen; obwohl die Ärmel des Mantels viel zu lang waren, saßen die Schultern fast richtig, also mußten seine Schultern breiter sein, als ich sie in Erinnerung hatte. Ich fragte mich, wie alt er wohl sein mochte, und dann, wer er eigentlich war, und es machte mich zornig, ihn auf eine Weise gekleidet zu sehen, als ob er ein Gentleman wäre, was er zweifelsohne nicht war, und vor lauter Zorn hatte ich plötzlich keine Angst mehr vor ihm. »Das haben Sie sich selber zuzuschreiben, Sir«, sagte ich kalt.
Mein Zorn schien ihm zu gefallen, denn sein Gesicht nahm einen amüsierten Ausdruck an, der fast natürlich war, obwohl irgend etwas an ihm so falsch und verkehrt ist, daß schiere Freude nicht zu seinen Ausdrucksmöglichkeiten zu gehören scheint. »Stets und ständig die ernsthafte Moralistin, nicht wahr, Mary?« sagte er.

»Und kein Funken Mitleid in diesem harten Herzen für einen, der von deinem engstirnigen kleinen System der gerechten Entlohnungen abweicht.«

Mein Zorn flammte nur noch mehr auf, als ich merkte, daß er nur Verachtung für mich empfand. »Aus welchem Grund sollte ich *Sie* wohl bemitleiden?« gab ich zurück.

»Weil ich am Ende bin«, antwortete er und sah erst über den Hof hinweg und dann hinunter auf seine Füße, die genau an der Kante des Gartens standen. Er machte einen Schritt nach vorn, so daß er nun auf der weichen Erde stand, und ich dachte, er steht genau auf meinem Krokus, was in dieser Situation sicherlich ein seltsamer Gedanke war, aber er kam mir nun einmal. Er bohrte die Spitze seines Stiefels in die Erde hinein und sagte: »Dieser Hof hier ist mein letztes Gefängnis. Ich könnte genausogut ein Loch in dieses Stück Garten graben und mich hineinlegen, und es wäre mir ein passendes Grab. Ich bin sicher, jeder in diesem Haus wäre froh, mich darin liegen zu sehen.«

Während er sprach, sah ich hinunter auf seine Stiefel, und dann wieder in sein Gesicht, und es ist vielleicht seltsam, wenn ausgerechnet ich das sage, aber sein Gesicht wirkte so verhärmt, und obwohl seine Augen voller Zorn waren, schienen sie mir gleichzeitig so müde und so bittend, daß ich dachte, er ist ja völlig erschöpft vom Weglaufen. Fast hätte ich in diesem Augenblick Mitleid mit ihm gehabt – so wie man Mitleid mit einem gefährlichen Tier hat, das mit dem Bein in einer Falle steckt – und ihm aus Angst um mein eigenes Leben zwar nicht geholfen, aber es machte mich auch nicht länger froh, ihn so kämpfen zu sehen.

Ich sagte nichts. Nach einer Weile wandte er den Blick von mir ab und sah zum Haus hinüber. »Wirst du denen da drinnen erzählen, daß du mich gesehen hast?« fragte er.

»Lassen Sie mich mit meinem Herrn sprechen«, erwiderte ich.

Er fixierte mich noch einmal mit diesem schrecklichen Lächeln, das er an sich hat, und das fast ebenso schnell verschwindet, wie es ge-

kommen ist. »*Ich* bin dein Herr, Mary«, sagte er. »Weißt du das denn immer noch nicht?«
»Niemals«, antwortete ich schnell. »Das kann niemals sein. Lassen Sie mich mit ihm sprechen, und ich werde tun, was er mir sagt. Aber von Ihnen nehme ich keine Befehle an.«
Meine Empörung amüsierte ihn und weckte in ihm den Wunsch, sich über mich lustig zu machen, denn er wich einen Schritt zurück und hob in gespielter Angst die Hände, als müßte er mich abwehren. »Was für ein Jähzorn, Mary«, sagte er. »*Er* würde dich sicherlich nicht so sehen wollen. Und dir werde ich erst dann erlauben, ihn zu sehen, wenn du mich anständig darum bittest.«
Während er mich immer noch feixend ansah, kämpfte ich meine Gefühle nieder, die eine Mischung aus Zorn, Stolz und Angst waren, und erklärte: »Bitte, Sir. Lassen Sie mich jetzt meinen Herrn sehen.«
Er runzelte die Stirn, und plötzlich kam der dunkle Blick, der so gefährlich ist, wieder in seine Augen, gelangweilt und ungeduldig und voller Haß, obwohl ich nicht hätte sagen können, aus welchem Grund er mich haßte. Dann deutete er mit dem Kinn auf den Anatomiesaal. »Also gut«, sagte er. »Geh vor!«
Es war mir unheimlich dabei zumute, vor ihm gehen zu müssen, zumal er sich so dicht hinter mir hielt, daß ich seinen Atem ebenso deutlich hören konnte wie meinen eigenen. Kaum daß wir den Anatomiesaal betreten hatten, streckte er die Hand aus und packte meine Haare, die lose herabhingen, und ich fühlte eine Übelkeit im Magen, und meine Knie wurden weich, denn ich dachte, er hätte mich nur hierher gelockt, um mich umzubringen.
»Das ist weit genug, Mary«, sagte er, und so blieb ich stehen, während er meine Haare fest um seine Hand wickelte. Dann legte seine andere Hand sich von hinten um meinen Hals, und einen Augenblick später hatte er meinen Mantel geöffnet und ihn von meiner Schulter gestreift. Ich konnte mich nicht bewegen, weil seine eine Hand an meinem Hals lag, während die andere meinen Kopf nach

unten drückte und dabei so fest an meinen Haaren zerrte, daß ich dachte, er würde sie mir büschelweise ausreißen. Dann beugte er sich über meine Schulter, schob den Ärmel meines Nachthemds mit den Lippen zur Seite, holte so tief Luft, daß es wie ein Stöhnen klang, und im nächsten Augenblick spürte ich, wie seine Zähne sich in meine Schulter gruben, direkt am Halsansatz. Am Anfang war es gar nicht einmal so schlimm, aber dann tat es so weh, daß ich aufschrie. Es war ein stechender Schmerz, aber mein Entsetzen vor dem, was als nächstes kommen mußte, war schlimmer, und ich spürte, wie meine Knie nachgaben. Er nahm die Hand von meinem Hals, legte sie um meine Taille und zog mich näher an sich heran, und immer noch waren seine Zähne in meiner Schulter, gruben sich tiefer und tiefer in mein Fleisch, bis ich dachte, sie würden auf den Knochen stoßen. Ich konnte vor lauter Schmerz kaum noch sehen, aber ich fand meine Stimme wieder und sagte: »Bitte, Sir, bitte nicht.«

Er ließ mich sofort los, und ich fiel zu Boden und blieb reglos liegen, weil ich mich vor lauter Schwäche und Angst nicht mehr bewegen konnte. Ich hörte seinen Atem, der laut und stoßweise kam, und in dem großen, kalten Saal gab es nur dieses Geräusch. »Was hindert mich eigentlich daran, dich umzubringen?« fragte er, und diese Frage war sicher nicht an mich, sondern an ihn selber gerichtet, und so antwortete ich nicht und bewegte mich nicht, obwohl ich spürte, wie sein Stiefel sich in meine Seite bohrte und er versuchte, mich umzudrehen, aber ich blieb ganz still liegen, mit dem Rücken zu ihm, das Gesicht in den Händen vergraben. Er versetzte mir einen Tritt, der aber nicht fest war, und gab sich selber die Antwort: »Nur die Tatsache, daß ich mein Messer vergessen habe.« Dann ging er zur Treppe, die zum Studierzimmer des Herrn führt, und blieb am Geländer stehen, mit dem Rücken zu mir, ohne etwas zu sagen. Ich setzte mich langsam auf und rieb meine Schulter, die schrecklich weh tat, aber nicht blutete, zog mein Nachthemd hoch und legte den Mantel wieder um meine Schultern.

»Warte hier«, sagte er, und seine Stimme klang rauh, aber ruhig, so wie immer, so daß es den Anschein hat, als ob das Sprechen ihm eine unangenehme Last ist. »Ich schicke ihn raus.«

Ich stand mühsam auf, während er die Treppe hinaufging. Auf dem Absatz blieb er stehen, zog einen Schlüssel aus seiner Tasche, steckte ihn, ohne sich noch einmal zu mir umzudrehen, ins Schloß und trat ein.

Ich stand in dem dunklen Anatomiesaal und wartete auf das Geräusch von Stimmen, hörte aber nur, wie sich jemand bewegte, ohne viel daraus schließen zu können. Immer noch drangen keine Stimmen zu mir, dafür aber glaubte ich, das Klirren eines Gefäßes zu hören – und dann ein Stöhnen, wenn auch sehr schwach. Ich sehnte mich so sehr danach, dem Herrn gegenüberzutreten, daß mir der Kopf schmerzte und ich mich nur mit Mühe daran hindern konnte, die Treppe hinaufzulaufen und mich gegen die Tür zu werfen. »Wenn ich ihn doch nur sehen könnte«, sagte ich laut, aber er kam nicht. Inzwischen hatten meine Augen sich an die Dunkelheit gewöhnt; ich schaute mich um und versuchte, meine Angst dadurch zu besänftigen, daß ich mich vergewisserte, daß sich nichts verändert hatte. Aus den Kisten hing immer noch das Stroh, dieselben verstaubten Werkzeuge lagen immer noch auf dem Boden verstreut, und im Licht eines Mondstrahls konnte ich ein zartes Spinnengewebe ausmachen, das über die Ecke eines Fensters gespannt war. Nichts war aus der alten Ordnung geraten. Aber das ist eine Lüge, dachte ich; alles ist aus der Ordnung geraten.

Dann hörte ich ein Geräusch an der Tür des Studierzimmers, der Griff drehte sich, und als die Tür geöffnet wurde, drang eine Flut von Licht heraus, so daß ich einen Augenblick lang geblendet war und nicht erkennen konnte, wer da stand. Dann sah ich, daß es der Herr war. In der einen Hand hielt er die Lampe, mit der anderen hielt er sich am Geländer fest.

Es war der Herr, aber wie sehr hatte er sich verändert! Seine Schultern waren gebeugt, und es war unverkennbar, daß er sich an das Geländer klammerte, weil er Angst hatte, die Treppe hinunterzufallen. Er schien irgendwie kleiner zu sein und schmaler; Mantel und Hemd schlotterten am Hals, so wie die Kleider es nun einmal tun, wenn sie einem zu groß sind. Ich konnte sein Gesicht nicht deutlich erkennen, sah aber sofort, daß es hager und unrasiert war und eine ungesunde, fahle Farbe hatte, und sein schönes, silbernes Haar lag flach am Kopf an und fiel ihm unordentlich über Ohren und Kragen, denn es war seit geraumer Zeit weder geschnitten noch gekämmt worden. Er kam langsam und schwerfällig die Treppe herunter, ohne auf etwas anderes zu achten als auf die Beschwerlichkeit, die damit verbunden war. Unten angelangt, hielt er die Lampe ein Stück vor sich und sah mich in der Dunkelheit stehen.

»Mary«, sagte er. »Da bist du ja.«

»Oh, Sir«, rief ich. »Kommen Sie noch in dieser Nacht mit mir ins Haus zurück. Dieser Mann bringt Sie noch um.«

»Nein, nein«, erwiderte der Herr und bewegte die Hand vor den Augen hin und her, wie um meine Worte fortzuwischen. »Das alles ist ganz allein mein Werk.« Damit setzte er sich auf die unterste Stufe der Treppe und stellte die Lampe vor seine Füße. »Gleich geht es mir wieder besser«, erklärte er. »Mir ist nur ein wenig schwindlig.« Er hob die Hand vor das Gesicht und zuckte im gleichen Augenblick vor dem Schatten zurück, den die Lampe an die Wand geworfen hatte, so daß die Bewegung seiner Hand ins Gigantische vergrößert wurde. Als er merkte, was ihn erschreckt hatte, lachte er leise auf. »Hast du dich als Kind je mit Schattenspielen vergnügt, Mary?« fragte er.

»Nein, Sir«, antwortete ich.

Der Herr sah zu mir auf, immer noch ein Lächeln um die Mundwinkel. »Das ist vielleicht auch besser. Denn wie es aussieht, können sie sehr gefährlich sein.«

»Bitte, Sir«, erwiderte ich. »Ich verstehe Sie nicht.«

Der Herr hielt die Lampe vor sich hoch, bewegte seine Hand, ließ den Schatten erneut aufzucken und beobachtete, wie er an der

Wand spielte. Dabei fragte er: »Was meinst du, Mary. Auf was für eine Weise sind wir mit unseren Schatten verbunden? Wenn wir sie werfen, sind sie dann nicht immer ein Teil von uns?«

»Sir«, sagte ich. »Sie sind nur ein Trick des Lichts.«

Der Herr stellte die Lampe auf die Stufe und zupfte eine seiner Manschetten zurecht, die verrutscht war. »Vielleicht sind *wir* der Trick des Lichts, Mary«, sagte er. »Genau mit dieser Frage habe ich mich in meinen Experimenten beschäftigt. Und ich war so erfolgreich, so wunderbar erfolgreich, daß kein Mensch es mir glauben würde.« Dann zog er sich am Geländer hoch, nahm die Lampe und sah sich im Saal um, anscheinend erfreut über alles, was er erblickte. »Wie ist das Wetter draußen, Mary?« fragte er.

»Schön, Sir«, antwortete ich. »Es ist eine schöne, klare Nacht und gar nicht kalt.«

»Dann laß uns ein wenig im Hof spazierengehen«, sagte er. »Es scheint so lange her zu sein, seit ich das letzte Mal draußen war.«

Ich stimmte sofort zu und dachte dabei, je weiter ich ihn vom Studierzimmer fortbekomme, desto näher sind wir am Haus. Er stellte die Lampe wieder auf den Boden, und ich folgte ihm durch den Saal zur Tür. Als er auf die Steine des Hofs hinaustrat, atmete er tief ein und sah sich froh um. »Genau wie du es versprochen hast, Mary. Eine wunderschöne Nacht.«

Ich ging neben ihm und dachte darüber nach, wie ich ihn am besten dazu überreden könnte, mit mir ins Haus zu kommen, denn er schien auf eine seltsame Weise fast wie ein Kind zu sein, und ich wußte nicht, wie ich vorgehen sollte.

Nach ein paar Schritten blieb er stehen und sah zu den Sternen hinauf. »Siehst du«, sagte er, »nichts als Dunkelheit und nur ein paar winzige Lichtpunkte. Aber selbst wenn das die ganze Wahrheit über uns sein sollte, können wir in einer Nacht wie dieser froh sein, am Leben zu sein.«

Als ich ihn so reden hörte, dachte ich, mein armer Herr müßte verrückt geworden sein. Er war wochenlang zusammen mit einem

Mörder eingesperrt gewesen, und die Anspannung schien ihm den Verstand geraubt zu haben. Trotzdem blieb mir nur, vernünftig mit ihm zu reden, und so versuchte ich einfach, dem Weg zu folgen, den er mir vorgegeben hatte. »Wenn Ihnen Ihr Leben lieb ist, Sir«, sagte ich, »dann vergessen Sie den Mann, den wir im Studierzimmer zurückgelassen haben, und kommen mit mir ins Haus.«

Der Herr sah auf mich hinunter. »*Er* ist nun wirklich ein Beispiel für einen, dem sein Leben lieb ist«, erklärte er, als ob das eine große Leistung und eine Überraschung für mich wäre.

»Daran zweifle ich nicht, Sir«, antwortete ich. »Aber dafür ist ihm kein anderes Leben etwas wert. Er hat einen Mord begangen, von dem wir ganz sicher wissen. Was sollte ihn daran hindern, auch Sie zu ermorden?«

»Das würde er niemals tun.« Der Herr lachte, als wäre der Gedanke völlig unvorstellbar.

»Sir«, protestierte ich. »Er macht sich nicht das Geringste aus Ihnen. Sie sind ihm völlig egal.«

»Das spielt keine Rolle«, erwiderte der Herr. »Er wird mich trotzdem nicht ermorden, denn wir sind auf eine Weise aneinander gebunden, daß er es nicht tun kann. Genausowenig, wie ich den Hof überqueren und ihn seinem Schicksal überlassen kann. Es ist einfach nicht möglich. Der Himmel weiß, wie sehr ich mir wünsche, daß es anders wäre.«

»Sie sind müde, Sir«, sagte ich. »Vielleicht denken Sie, daß Sie nicht die Kraft haben –«

Der Herr unterbrach mich. »Es ist keine Frage der Kraft, Mary. Und auch keine des Willens.«

»Aber was ist es dann?« fragte ich.

»Stolz, nehme ich an. Der Stolz hat mich in diese Geschichte hineingezogen, wenn auch Stolz einer anderen Art. Und wenigstens in dieser Hinsicht hat Edward Hyde mich befreit, so seltsam es vielleicht klingen mag, denn er hat dafür gesorgt, daß es mir inzwischen gleichgültig ist, was die Welt von mir denkt.«

»Gibt es für Sie denn nur noch das, was *er* von Ihnen denkt?« fragte ich verzweifelt.
Der Herr runzelte die Stirn, und ich glaube, wir beide wußten, daß es mir nicht zustand, so etwas zu sagen, aber mir war es inzwischen auch gleichgültig, was sich gehörte und was nicht, da das Leben des Herrn auf dem Spiel stand. »Wenn du es genau wissen willst«, sagte der Herr einen Augenblick später, »denkt er überhaupt nicht an mich. Oder falls er es tut, dann nur so, wie ein Bandit an die Höhle denkt, die ihm Schutz gewährt.«
»Wie lange können Sie ihm denn noch Schutz gewähren?« fragte ich. »Wie lange, bis Mr. Poole ihn entdeckt oder Ihre Freunde aus Angst um Ihr Leben an die Tür kommen und sich nicht mehr fortschicken lassen?«
Der Herr sah mich traurig an. »Nicht mehr lange, Mary.«
»Dann kommen Sie noch heute nacht mit mir ins Haus, Sir«, flehte ich, »und rufen Sie die Konstabler. Sie sind diesem Mann nichts schuldig, und Sie bringen sich selber durch den Versuch, ihn zu schützen, nur an den Rand des Grabes.«
»Nein, Mary. *Ich* bin es, den ich zu schützen versuche«, erwiderte der Herr. Seine Stimme war leise, und er hatte das Gesicht von mir abgewandt, so daß ich es nicht sehen konnte. »Und zwar von Anfang an. Edward Hyde ist mir völlig gleichgültig.«
In diesem Augenblick überlief ihn ein Schaudern, und er stöhnte so wie in jener Nacht in der Bibliothek. Ich machte einen Schritt auf ihn zu. Im gleichen Augenblick streckte er die Hand nach mir aus, und ich stützte ihn, so wie ich es damals getan hatte, und wie damals sah ich in seine Augen, die so fremd und so wild waren, daß ich dachte, er könne mich gar nicht sehen. Ich hörte seine Zähne knirschen, und sein Griff an meiner Schulter wurde immer fester, nicht schwächer, wie ich es erwartet hatte, so daß ich nur mit Mühe einen Schrei unterdrücken konnte. Vielleicht lag es daran, daß ich eine so große Angst um ihn hatte, daß ich selbst nicht mehr bei klarem Verstand war, aber während ich ihn stützte, schien sein Gesicht sich zu

verändern, und seine Augen wurden dunkel und nahmen einen Ausdruck an, der nicht der des Herrn war, sondern schwarz und voller Wut, und seine Lippen, die leicht geöffnet waren, schienen anzuschwellen und dunkler zu werden. Dann ließ der Schmerz nach, sein Gesicht wurde blaß, und auf seiner Stirn bildeten sich Schweißperlen. Seine Hand an meiner Schulter wurde schlaff, und wir lösten uns voneinander.

»Er wird ungeduldig«, sagte der Herr.

»Sir«, fragte ich, »kann ich Sie denn gar nicht dazu überreden, mit mir ins Haus zu kommen?«

Er stand da und starrte mich an, als ob meine Worte keine Bedeutung für ihn hätten. »Wie blaß dein Gesicht im Mondlicht aussieht, Mary«, sagte er. »Ich glaube, ich habe dich noch nie mit aufgelösten Haaren gesehen.«

»Bitte, Sir«, flehte ich, aber meine Stimme war klein und schwach, und er trat zu mir und legte die Arme um mich. Ich schmiegte meine Wange an sein Hemd und schloß die Augen, und er hielt mich einen Augenblick umfaßt, während mir das Herz zu brechen schien und meine Augen sich mit Tränen füllten. Ich fühlte seine Hände auf meinem Rücken und seine Lippen in meinen Haaren. »Du machst dir wirklich Sorgen um mich«, sagte er. »Mein liebes Mädchen. Wie sehr ich dir vertraue. Mehr als ich je einem anderen Menschen vertraut habe.«

Als er mich losließ, schlug ich die Hände vor das Gesicht, denn die Tränen liefen mir nur so über die Wangen, und ich konnte nicht sprechen, sondern nur schluchzen. »Bitte, Sir«, bat ich, doch der Herr hielt mich auf Armeslänge von sich fort und sagte: »Wenn du dir wirklich Sorgen um mich machst, wenn du mich wirklich gern hast, dann mußt du mein Geheimnis bewahren. Du darfst niemandem erzählen, was du gesehen hast. Dies ist meine letzte Bitte.«

Ich schüttelte den Kopf. »Nein, das kann ich nicht«, rief ich. Er legte die Hand unter mein Kinn und hob mein Gesicht hoch, damit er mich ansehen konnte. »Mary«, sagte er.

»Ich kann nicht«, rief ich noch einmal. Aber er lächelte nur und strich mir sanft die Haare zurück, und ich drehte mein Gesicht in seine Hand hinein, um seine Finger zu küssen, die über meine Lippen streiften. Und dann, noch während ich schluchzte und Tränen über meine Wangen liefen, drehte er sich um, ging zum Laboratorium zurück und machte die Tür hinter sich zu.

Annie schläft, während ich dies hier schreibe, und im Haus ist es still, aber ich finde keine Ruhe. Ich habe den ganzen Tag gearbeitet, könnte aber nicht sagen, was ich getan habe, denn meine Gedanken waren die ganze Zeit auf der anderen Seite des Hofes, wo der Herr fern von mir eingeschlossen ist, aber nicht allein, wie ich es bin. Immer wieder denke ich über seine Worte nach, fühle seine Arme um meinen Körper und seinen Atem an meinem Ohr.

Was soll ich tun? Was ist meine Pflicht? Was bin ich meinem Herrn schuldig? Er bittet mich um mein Schweigen, aber wie kann ich schweigen, wenn sein Leben in Gefahr ist? Und wie kann ich einen Sinn in all den seltsamen Dingen erkennen, die er zu mir gesagt hat, daß er auf irgendeine seltsame Weise an diesen Mörder gebunden sei, daß er ihn verlassen würde, es aber nicht könne, daß es sein Stolz gewesen sei, der ihn ins Unglück gestürzt habe, und daß er, obwohl ihm die Meinung der Welt gleichgültig geworden sei, nur versuche, sich selbst zu schützen?

Ich kann kaum atmen, so stickig kommt das Zimmer mir vor. Dabei weiß ich, daß es in Wirklichkeit kalt ist, aber ich empfinde es nicht so, sondern habe das Gefühl, innerlich zu verbrennen. Mein Blut kocht. Sogar die Kerze wirft ein heißes, rötliches Licht auf diese Seite. Ich höre die Stimme des Herrn, und dann die des anderen Mannes – und ich kann sie nicht ertragen! –, die sagt: »*Ich* bin dein Herr. *Ich* bin dein Herr. Weißt du das denn immer noch nicht?«

Der Herr hatte recht: Es dauerte nicht mehr lange. Vier Tage vergingen, und ich tat genau das, was ich eigentlich, wie ich zu ihm gesagt hatte, nicht tun konnte: Ich bewahrte sein Geheimnis. Heute frage ich mich, ob ich richtig gehandelt habe. Er ließ mich im Hof stehen, überzeugt davon, daß ich tun würde, um was er mich gebeten hatte, obwohl ich gesagt hatte, daß ich es nicht konnte, und von daher scheint es, als ob der Herr mich besser kennen würde als ich mich selbst.

Den ganzen nächsten Tag ging es im Haus schrecklich zu, denn Mr. Poole mußte durch die ganze Stadt hetzen, um irgendeine Chemikalie aufzutreiben, die nie die richtige war, denn kaum hatte er sie an die Tür des Studierzimmers gebracht, wurde auch schon der nächste Zettel mit der nächsten Bestellung auf die Treppe geworfen. Dabei sprach der Herr kaum mit Mr. Poole und erklärte nur, er müsse jede Stunde an die Treppe kommen, damit keine Zeit verschwendet würde, seine Bestellungen zu besorgen. Mr. Poole sagte zu Köchin, irgend etwas wäre ganz und gar nicht in Ordnung und das Ganze würde ihm überhaupt nicht gefallen, aber er könne nichts unternehmen, weil er doch ständig hin und her laufen müsse. Das Frühstückstablett kam völlig unberührt zurück, aber die mit dem Mittagessen und dem Abendessen waren leer, und Köchin sagte, wenigstens ißt der Herr wieder etwas, und ich dachte, einer von beiden ißt, aber ich glaube nicht, daß es der Herr ist.

Auf diese Weise vergingen drei Tage. Dann, am Dienstag, erzählte Köchin mir, Mr. Poole wäre nach dem Mittagessen in die Küche gekommen und hätte ausgesehen, als ob er quer durch die ganze Stadt gelaufen wäre, obwohl er doch nur über den Hof gekommen war. Er setzte sich an den Tisch und legte den Kopf auf die Arme. Als Köchin zu ihm trat, um zu fragen, was ihm fehlte, hob er den Kopf und sagte: »Irgend etwas geht nicht mit rechten Dingen zu.« Und sie sah, daß er einen Schock erlitten hatte und machte ihm schnell eine Tasse Tee, die er wortlos trank, und dann berichtete er, er wäre in den Anatomiesaal gekommen und hätte einen Mann,

aber nicht den Herrn, dabei überrascht, wie er in den Kisten herumwühlte und allem Anschein nach etwas suchte. Als der Mann Mr. Poole sah, stieß er einen Schrei aus, rannte die Treppe hinauf und schlug die Tür hinter sich zu. Mr. Poole lief ihm nicht nach, weil er, wie er sagte, viel zu erschrocken gewesen war, und dann erklärte er Köchin, er hätte schon seit Wochen das Gefühl, daß etwas nicht in Ordnung sei, und die Entdeckung von eben würde ihn fast um den Verstand bringen. Köchin fragte, wer der Mann gewesen sei, aber Mr. Poole antwortete, er hätte ihn nicht deutlich genug gesehen und könne es nicht genau sagen, aber er wäre klein und dunkel gewesen. Und Köchin meinte, wir müßten die Konstabler rufen, aber Mr. Poole wollte nichts davon hören, denn er hatte einen anderen Plan: Er wollte zu Mr. Utterson, dem Anwalt des Herrn, gehen und ihm sagen, es könne keinen Zweifel mehr geben, daß der Herr in einer schrecklichen Gefahr wäre, wenn nicht schon längst ein Unheil geschehen sei.
Als ich die Geschichte hörte, war Mr. Poole schon auf dem Weg zu Mr. Utterson, und Köchin sagte, der Mann könne niemand anderes als Mr. Edward Hyde gewesen sein, denn Mr. Pooles Beschreibung würde passen, obwohl er nicht gesagt hätte, daß *er* es gewesen wäre. Ich nickte bloß und dachte bei mir, Gott sei Dank, daß es nicht durch mein Zutun geschehen ist, aber nun ist alles heraus, und der Herr wird gerettet werden.

Als ich wach wurde, wußte ich zuerst nicht, wo ich war, und es dauerte einige Zeit, bis mir die Wahrheit wieder einfiel, und die ist, daß Edward Hyde Selbstmord begangen hat und der Herr verschwunden ist. Das war die Neuigkeit, die Mr. Poole uns brachte, nachdem er und Mr. Utterson die Tür zum Studierzimmer aufgebrochen und den sterbenden Mann auf dem Boden gefunden hatten, als er seinen letzten

Atemzug tat. Und es gibt keinen Zweifel daran, sagt Mr. Poole, daß er sich selber gerichtet hat, denn er hatte das leere Fläschchen noch in der Hand, und Mr. Utterson erklärte, er kenne den Geruch des Giftes. Und so suchten die beiden im Anatomiesaal und im Durchgang zur Straße nach dem Herrn, konnten ihn aber nicht finden, obwohl es eigentlich keinen Weg gab, den er hätte nehmen können, denn in jeder Tür hingen Spinnweben, die nicht zerrissen waren, und den Schlüssel zum Durchgang fanden sie zerbrochen auf dem Pflaster auf der Straßenseite der Tür.

Dann entdeckte Mr. Utterson einen Brief und einen Packen Papiere, die gebündelt und in der Schrift des Herrn an ihn gerichtet waren. Er sagte zu Mr. Poole, er würde sie mit nach Hause nehmen, um sie in Ruhe zu lesen, und wir alle sollten im Haus warten und niemanden benachrichtigen, bis eine Möglichkeit gefunden war, den Namen des Herrn von den Vergehen fernzuhalten, die sich Mr. Utterson durch die Briefe vielleicht enthüllten.

Und so kam Mr. Poole herein und erzählte uns, was er und Mr. Utterson gefunden hatten, obwohl er, wie er sagte, seinen eigenen Augen nicht hatte glauben wollen und keinen Sinn in der ganzen Geschichte sah, sondern nur hoffen konnte, daß Mr. Utterson vor dem Morgen zurückkommen und uns einen Weg aus dem Rätsel zeigen würde.

Das war alles, was wir wußten, und wir konnten nicht zum Studierzimmer gehen und selbst nachsehen, sondern mußten unser Abendessen einnehmen und hinterher aufräumen, als ob nichts geschehen wäre. Annie und ich gingen als erste zu Bett, denn ich war so voller Angst, daß ich mich nur im Bett verkriechen und darüber nachdenken wollte, was das alles zu bedeuten hatte.

Als wir nebeneinander lagen, sagte Annie mehr zu sich selbst: »Wenn ich nur wüßte, wo der Herr sich versteckt haben könnte?« Aber bevor sie eine Antwort auf diese Frage gefunden hatte, war sie auch schon eingeschlafen.

Ich dachte, ich würde bestimmt nicht schlafen können, und lag da,

starrte in die Dunkelheit und überlegte, wie ich den Herrn finden sollte – oder ob er nach mir schicken würde, denn ich konnte nicht glauben, daß er auf immer für mich verloren sein sollte.
Aber dann muß ich wohl doch eingeschlafen sein, denn als ich wach wurde, dauerte es ein paar Augenblicke, bevor ich wußte, auf was ich lauschte, obwohl das Haus um mich herum ganz still war, und das waren die Schritte des Herrn.
Aber natürlich kam er nicht.
Dann dachte ich an Edward Hyde, oder an seine Leiche, die im Studierzimmer lag, wo er niemandem mehr ein Leid zufügen konnte, und während ich an ihn dachte, rieb ich mir die Schulter, die mir immer noch wehtut, obwohl keine Spuren zu sehen sind, und ich schien seine rauhe Stimme in unserem dunklen Zimmer zu hören, wie er sagte, er könne sich ebensogut selber ein Grab graben und sich hineinlegen; genau das hatte er schließlich getan, dachte ich, weil er den sicheren Weg zum Galgen mehr fürchtete als den Tod selbst.
Aber im Grunde konnte ich das nicht glauben. Ein Mann wie er nimmt sich nicht das Leben, sagte ich zu mir, sondern winselt um Gnade, wenn er weiß, daß er nur den Tod zu erwarten hat, wenn er um Gerechtigkeit bittet; so einer kämpft bis zum letzten Augenblick um sein bißchen Leben.
Dann überkam mich eine seltsame Angst, so heftig, daß ich mich im Bett aufsetzte und die Decke an meine Brust drückte, und es war die Angst, daß er vielleicht gar nicht richtig tot war. Ich schien seine Schritte zu hören, diese leichte, schleppende Art, die sie an sich haben, hörte sie hin und her gehen, so wie sie es laut Mr. Poole getan haben, bevor er und Mr. Utterson die Tür aufbrachen, und die Schritte gingen in meinem Kopf hin und her, bis ich es nicht länger aushalten konnte und aufstand.
Ich muß ihn mit eigenen Augen sehen, dachte ich. Aber wie sollte ich das bewerkstelligen, da Mr. Poole doch auf Mr. Uttersons Rückkehr wartete? Ich würde an ihm vorbeischleichen müssen, um-

den Schlüssel zum Anatomiesaal zu holen, und dann konnte es immer noch passieren, daß die beiden mir wenig später nachkamen. Aber es war möglich, dachte ich, denn Mr. Poole war bestimmt vorne in der Halle, und so mußte ich nur über die Hintertreppe vorbeischlüpfen, und wenn ich in der Küche ganz leise machte, würde er mich wahrscheinlich nicht hören. Ich zog meinen Mantel über mein Nachthemd, ging auf den Treppenabsatz hinaus und achtete dabei auf jedes Geräusch, das mich verraten konnte. Ich nahm die Stufen einzeln, blieb auf jeder stehen und wagte kaum zu atmen, denn mein eigener Atem brauste in meinen Ohren. Ich konnte kaum mehr erkennen als meine nackten Füße, die nach den Stufen tasteten, und ich erinnerte mich an die Nacht, in der der Herr gelächelt hatte, als er sah, daß ich ohne meine Stiefel im Haus herumlief. Ich kann nur hoffen, dachte ich für mich, daß er irgendwann wieder darüber lächeln wird, diesen Fuß zu sehen.
Auf diese Weise erreichte ich die Küche, wo alles still und ordentlich war und ich mich so gut auskannte, daß ich kein Licht brauchte. Ich ging zur Anrichte, holte den Schlüssel zum Anatomiesaal vom Nagel und schlich durch die Hintertür auf den Hof.
Es war eine klare, kalte, windige Nacht. Über mir jagten ein paar dünne Wolken so schnell über den Himmel, als ob sie an einer Schnur gezogen würden. Meine Haare flatterten wie wild um mein Gesicht, so daß ich sie ständig mit einer Hand aus meinen Augen streichen mußte, während ich mit der anderen meinen Mantel zuhielt. Die Steinplatten unter meinen Füßen waren kalt wie Eis, und ich berührte sie nur so kurz wie möglich, eilte vorbei an unserem Garten, wo – wie ich feststellte – die Köpfe der Blumenzwiebeln schon durch die Erde brachen. Aber ich blieb nicht stehen, sondern kämpfte weiter gegen den Wind an und erreichte schließlich das Laboratorium, wo es mir mit einiger Mühe gelang, den Schlüssel ins Schloß zu stecken. Der Wind packte die Tür und stieß sie mit solcher Macht auf, daß sie mich fast umgeworfen hätte, aber ich klammerte mich fest und zog sie mit großer Mühe hinter mir zu.

Im Inneren des Laboratoriums war der Wind nicht mehr zu hören, und es kam mir vor, als ob die ganze Welt plötzlich vollkommen still und ganz schwarz geworden wäre. Ich stand da, ohne mich zu rühren, aber in mir rührte sich etwas, und das war ein Stich der Angst, der ganz plötzlich wie ein Blitz durch mich hindurchfuhr. Ich konnte die Treppe auf der anderen Seite des Saals erkennen, die sich in eine Dunkelheit hinaufschwang, die schwärzer war als die, in der ich stand. Wenn ich diese Treppe hinaufgehe, fragte ich mich, und die Lampe anzünde, seinen toten Körper sehe, ihn berühre und weiß, daß er kalt und wirklich tot ist und daß der Herr irgendwo in Sicherheit sein muß, wird diese Angst dann von mir gehen?
Vielleicht hört es sich seltsam an, aber ich hatte größere Angst vor dem toten Edward Hyde als vor dem lebendigen. Und so redete ich mir gut zu und sagte mir, jetzt bist du so weit gekommen, jetzt mußt du es auch bis zum Ende durchstehen, und ich machte einen Schritt, und dann noch einen, und zögerte bei jedem einzelnen, und meine Ohren lauschten auf Geräusche, und meine Augen lauerten auf Bewegungen, und je näher ich der Treppe kam, desto mehr schien es mir, als würde mein Herz so fest gegen meinen Brustkorb gedrückt, daß ich nicht mehr atmen konnte.
Ich hielt mich am Geländer fest und zog mich die Stufen hinauf, und ich dachte daran, wie der Herr in der Nacht ausgesehen hatte, als er diese Treppe herunterkam, um mit mir zu sprechen. Es war das letzte Mal gewesen, daß ich ihn gesehen hatte, und er war so schwach gewesen und sein Verhalten so seltsam. Wenn die Tür doch nur aufgehen und er herauskommen würde, dachte ich, aber gleich darauf sah ich, daß dies gar nicht mehr möglich war, weil die Tür sich nie wieder richtig öffnen würde. Mr. Poole hatte Köchin erzählt, er und Mr. Utterson hätten sie mit einer Axt aufgebrochen, während Edward Hyde auf der anderen Seite um Gnade bettelte, und ich hatte angenommen, daß sie nur das Schloß zerstört hätten, aber nun sah ich, daß sie auch die Angeln herausgebrochen hatten und die ganze Tür zersplittert war.

Sie hatten die Überreste der Tür gegen die Öffnung gelehnt, um sie wenigstens notdürftig zu schließen, aber es war leicht genug, sich an der Seite hindurchzuzwängen, und so erfüllte sie ganz und gar nicht mehr den Zweck, das Zimmer dahinter zu schützen. Ich lehnte mich an die Wand, zog den Mantel fest um mich und konnte überhaupt nichts sehen, denn die Vorhänge waren so fest zugezogen, daß nicht einmal das schwache Licht des Mondes ins Zimmer fiel, und ich schauderte zusammen, als ich den ersten Schritt tat, denn ich fürchtete, mein nackter Fuß könnte die Leiche finden, bevor meine Hände die Lampe gefunden hatten. So ließ ich mich auf Hände und Knie nieder, kroch auf allen Vieren weiter und tastete den Teppich vor mir ab. Dann erreichte ich den Sessel vor dem Kamin, kroch um ihn herum zu den steinernen Fliesen und tastete an ihrem Rand entlang nach den Streichhölzern. Als ich sie gefunden hatte, nahm ich ein paar heraus und strich eines davon an, aber meine Hände zitterten so sehr, daß der Kopf sofort abbrach. Die Dunkelheit schien mich von allen Seiten zu bedrängen, und ich strengte meine Augen so sehr an, daß ich farbige Punkte um mich herumwirbeln sah; dann riß ich das zweite Streichholz an, doch es wollte auch nicht brennen, und so mußte ich es noch einmal versuchen, und die ganze Zeit über war ich erfüllt von Panik und der bangen Frage, ob ich, wenn es schließlich aufflammte, in tote Augen blicken würde.

Beim dritten Versuch hatte ich endlich Erfolg, und ich stieß einen Seufzer der Erleichterung aus, legte die Hände schützend um die kleine Flamme und stand sofort auf, um sie zur Lampe zu tragen. Kaum daß ich aufgestanden war, spürte ich eine Bewegung hinter mir, und ich stöhnte auf und wirbelte entsetzt herum, denn jemand stand direkt hinter mir. Aber es war nur mein eigenes Spiegelbild, das mir mit offenem Mund, wild abstehenden Haaren und vor Entsetzen geweiteten Augen aus dem Drehspiegel entgegenblickte, während das Streichholz zu flackern anfing und die Flamme immer kleiner wurde. Ich nahm schnell ein neues und zündete es an dem vorherigen an, aber meine Hände zitterten immer noch so stark, und meine Handflächen waren so feucht, daß es mir kaum gelang, die beiden Streichhölzer aneinanderzuhalten. Dann endlich streckte ich die Hand nach der Lampe aus, die auf dem Tisch stand und deren Docht so ordentlich getrimmt und deren Glas so sauber war, als ob ich es selbst geputzt hätte. Ich brauchte ein weiteres Streichholz, um die Lampe anzuzünden, und es war mir eine kaum beschreibbare Erleichterung, als der Docht die Flamme annahm und einen rosigen Schein um mich herum breitete. Nun konnte ich den wohnlichen Teil des Zimmers erkennen und sah, daß hier alles seine Ordnung hatte, sogar das Teeservice stand ordentlich auf dem Kaminsims, und auf dem Teppich lagen weder lebende noch tote Körper. Da wußte ich, daß er in dem Teil des Raumes sein mußte, in dem der Laboratoriumstisch stand – also hinter mir. Ich drehte mich ganz langsam um und versuchte, für das gewappnet zu sein, was mir in die Augen springen mußte.

Da war der Tisch, übersät von seltsamen Flaschen und Gläsern, manche mit einer farbigen Flüssigkeit gefüllt, als ob der Herr erst vor ein paar Minuten von einem Experiment fortgegangen wäre. Ich hielt die Lampe hoch, um besser sehen zu können, und mein eigener Schatten fiel über den Tisch und setzte dem häßlichen Schimmern der Flaschen dort ein Ende. Und dann schien ich die Stimme des Herrn zu hören, die sagte: »Wenn wir unsere Schatten werfen, sind sie dann nicht immer ein Teil von uns?«

Eine merkwürdige Übelkeit machte sich in meinem Magen breit, und ich mußte schlucken, denn als ich den Tisch anstarrte, war es, als würden sich die Stücke eines unheimlichen Puzzles vor meinen Augen plötzlich ineinanderfügen. Die Experimente des Herrn, dachte ich, und hörte ihn sagen, daß er erfolgreich gewesen war, so erfolgreich, daß kein Mensch es glauben würde.

Als ich die Lampe senkte, sah ich ihn. Er war auf der anderen Seite des Tisches zu Boden gestürzt, ganz in der Nähe des Fensters. Vielleicht hatte er gehofft, auf diesem Weg entkommen zu können.

Er lag auf dem Rücken, eine Hand ausgestreckt, das leere Fläschchen umklammert, genau wie Mr. Poole gesagt hatte. Mein Herz setzte einen Schlag aus, und ich spürte ein Würgen in der Kehle, als ob diese Hand sich um meinen Hals schließen wollte. Der Ärmel seines Hemds war ein Stück zurückgerollt, und als ich näher trat, sah ich, daß auch die Hosenbeine über den Knöcheln hochgekrempelt waren. Ich wußte genau, was ich sehen würde, wenn ich den Tisch umrundet hatte, und ich mußte mich an seiner Kante festhalten, um nicht zu fallen. Dann hob ich die Lampe, damit ihr Schein sein Gesicht erhellte, das nicht so war, wie ich es kannte, sondern zu einer Grimasse des Schmerzes verzerrt. Die Lippen strafften sich über zusammengebissenen Zähnen, und die Augen standen weit offen, so daß es aussah, als ob er um Hilfe rufen würde.

Ich stellte die Lampe auf den Tisch, wo ihr Licht auf den Flaschen und Röhrchen ein helles Funkeln hervorrief, und dachte daran, wie ich dieses Zimmer zum ersten Mal betreten hatte, vor so langer Zeit, und wie ich mein Herz schon damals dagegen verhärtet hatte, ganz so, als ob ich es damals schon gewußt hätte. Die ganze Zeit über hatte die Wahrheit direkt vor meinen Augen gelegen, vor allem in der letzten Nacht, als ich den Herrn im Hof gestützt und gesehen hatte, wie die Veränderung über sein Gesicht kam und diese anderen Augen mich für einen Moment ansahen, aber ich hatte nicht verstanden, weil ich nicht verstehen wollte.

Wie oft hatte er es mir gesagt?

Aber er hatte natürlich recht. Wer sollte seine Geschichte schon glauben? Denn wie konnte ein Mann zwei Menschen sein – der eine gütig, sanft und großmütig, der andere absolut rücksichtslos und nur auf sein eigenes Vergnügen bedacht, und kein Vergnügen größer als das, seine Mitmenschen leiden zu sehen?

Ich beugte mich über den Tisch, betrachtete die glitzernden Flaschen und hätte sie am liebsten zerschlagen, besaß aber nicht die Kraft dazu. Meine Knie gaben nach, und ich glitt langsam zu Boden und kroch auf allen Vieren zu meinem Herrn hinüber, wobei ich leise mit ihm sprach. Ich konnte sein Gesicht sehen; sein silbernes Haar war wirr und ungekämmt, und seine Augen waren weit geöffnet und starr und schienen durch meinen Kopf hindurch auf den Tisch hinter mir zu blicken.

Vom Hof her hörte ich das Geräusch von Schritten und erhobene Stimmen, die sich dem Saal näherten. Sie kamen, um ihn mir wegzunehmen, um ihn mir ganz wegzunehmen, und sie wußten – bald würden alle es wissen –, daß mein gütiger Herr und Mr. Edward Hyde ein und dieselbe Person waren. »Du hast gesagt, daß dir die Meinung der Welt gleichgültig ist«, sagte ich zu ihm. »Mir geht es ebenso.« Als ich ihn erreichte, küßte ich seine Hand, so wie ich es in der Nacht auf dem Hof getan hatte, und versuchte dann, ihm das Fläschchen wegzunehmen, weil sein Aussehen mir nicht gefiel, aber seine Finger waren schon steif, und er hielt es mit dem Griff des Todes fest. »Es ist ein böser Streich von ihm«, sagte ich zum Herrn, »daß er sich einfach das Leben nimmt und es dir überläßt, dich für seine Schandtaten zu verantworten.« Damit strich ich ihm sanft die Haare aus der Stirn, versuchte aber nicht, ihm die Augen zu schließen.

Die Schritte kamen nun durch den Anatomiesaal; gleich würden sie auf der Treppe sein. »Sollen sie ruhig kommen«, sagte ich, legte mich neben den Herrn und deckte uns beide, so gut ich konnte, mit meinem Mantel zu, denn der Boden war kalt. Ich legte meinen Kopf an seine Brust und schlang die Arme um seinen Hals, und ich konnte mein eigenes Herz an seiner Brust schlagen hören, und es war, als ob es gegen sein stilles Herz schlagen würde.

So fanden sie uns.

Ambrotypie eines unbekannten Photographen.
Abdruck mit freundlicher Genehmigung von
David R. Godine, Publisher.

# Nachwort

Die hier vorgelegten außergewöhnlichen Tagebücher wurden vor drei Jahren bei einer Eigentumsübertragung in der westlich von London gelegenen Gemeinde Bray (Berkshire) entdeckt. Wie sie anschließend in meine Hände gelangten, ist eine komplizierte, wenn auch nicht sonderlich überraschende Geschichte, da ich mich schon seit langem für alte Briefe und Tagebücher interessiere und all denjenigen, die mit derartigen Dokumenten handeln, wohl bekannt bin. Bei den Tagebüchern (meine Bezeichnung; Mary Reilly nannte sie schlicht ›Hefte‹) handelte es sich um vier Notizbücher aus Kunstleder (6¼ × 8½ Zoll, liniert, 20 bis 21 Zeilen pro Seite), die eng beschrieben und in die mehrere zusammengefaltete Blätter eingelegt waren, darunter vor allem der Bericht, den ich ausgewählt habe, um Mary Reillys Geschichte einzuleiten. Die für Mary typische Sparsamkeit zeigt sich daran, wie sie ihre Seiten beschrieb, nämlich indem sie zwei zusätzliche Zeilen über die oberste und weitere zwei unter die letzte vorgedruckte Zeile setzte, so daß sie die Seiten völlig ausfüllen konnte.

Die Inneneinbände der Hefte waren mit marmoriertem Papier bezogen, und die Photographie, die traditionelle *carte* der Epoche, von der ich annehme, daß sie Mary Reilly selbst zeigt, klebte auf der Innenseite des ersten Hefts, dessen Text aus Gründen, die ich noch erläutern werde, hier nicht abgedruckt ist.

Ich habe, als ich Marys Text für die Veröffentlichung vorbereitete, verschiedene Veränderungen vorgenommen, die ich an dieser Stelle erklären möchte, um dem Leser ein besseres Gefühl für das ursprüngliche Manuskript zu vermitteln. Zunächst einmal habe ich, wie bereits erwähnt, eines der erhalten gebliebenen Hefte ganz weggelassen. Es handelt sich dabei um Marys Beschreibung ihres Lebens im Haus einer Mrs. Torbay, ihrer ersten Stellung, und es deckt eine Zeit ab, die der des hier vorgelegten Textes um mehrere Jahre vorausgeht. Mary war damals wahrscheinlich fünfzehn oder sechzehn Jahre alt, ihr Stil weniger entwickelt, ihre Beobachtungsgabe weniger scharfsinnig, und ihre fast an Besessenheit grenzende Überzeugung, daß alle Menschen an den ihnen vorbestimmten Platz gehören – die wir hier so schmerzlich auf die Probe gestellt sehen –, ist bedeutend ausgeprägter und defensiver.

Das Haus der Torbays war ein großes Haus mit fünf Kindern und zahlreichen Bediensteten. Mary hatte innerhalb der herrschenden Hierarchie die niedrigste Stellung inne und wurde in hohem Maße von einer Zofe namens Mrs. Swit beeinflußt (die in den späteren Heften mehrmals erwähnt wird), die ihr den Kopf mit Maximen über das korrekte Verhältnis zwischen Dienerschaft und Herrschaft vollstopfte und sie, was für uns von Bedeutung ist, dazu ermutigte, ihr Leben aufzuzeichnen.

Falls der hier vorgelegte Text, wie ich hoffe, ein aktives Interesse an dieser ernsthaften und seltsam ausdrucksstarken jungen Frau wekken sollte, könnten ihre jugendlichen Versuche zu einem späteren Zeitpunkt veröffentlicht werden.

Da Mary ihre Eintragungen nicht datierte, ist es schwer zu sagen, wie groß die Zeitspanne ist, die von den drei Heften, die ich transkribiert habe, abgedeckt wird. In Anbetracht der Menge an Arbeit, die sie zu verrichten hatte, wäre es mehr als verwunderlich, hätte sie die Energie aufgebracht, täglich zu schreiben. Manchmal beginnt sie eine Eintragung damit, mehrere Tage zu beschreiben, andere Male spricht sie einfach von »gestern« oder »heute«, was die Möglichkeit beinhaltet, daß in der Zwischenzeit viele Tage vergangen sind. Die Einteilung des Textes in einzelne Abschnitte ist

mein Werk; Mary vergeudete kein Papier damit, auch nur eine einzige Zeile ungefüllt zu lassen.
Ich habe keinen Versuch unternommen, die drei Bücher zusammenzufassen; sie stehen hier so, wie Mary sie hinterlassen hat.
Auch im Umgang mit Marys Interpunktion und Orthographie habe ich mir große Freiheiten erlaubt. Sie verwendete Satzzeichen nur in den allerseltensten Fällen, und ihre Methode der Groß- und Kleinschreibung, auch bei Eigennamen, war mehr als sprunghaft, obwohl es interessant ist festzustellen, daß sie das Wort ›Herr‹ ausnahmslos groß schrieb. Gelegentlich benutzte sie Gedankenstriche anstelle von Kommas, und sie zitierte Dialoge, ohne eine neue Zeile anzufangen oder sie auf sonst eine Weise zu kennzeichnen. All diese Eigenheiten habe ich der besseren Lesbarkeit wegen durchgängig korrigiert.
Marys wechselnde Anwendung des Konjunktivs und vor allem der Zeiten habe ich hingegen beibehalten, da beides mir typisch für den Tonfall ihrer Stimme zu sein scheint. Gelegentlich waren Worte nicht zu entziffern; diese habe ich durch Ausdrücke ersetzt, die mir im Zusammenhang am logischsten schienen. Oftmals benennt Mary Plätze oder Straßen nur mit dem Anfangsbuchstaben, gefolgt von drei Sternchen, wie zum Beispiel »in H***«. Auch diese Besonderheit habe ich belassen.
Marys Tagebücher enden abrupt, ohne daß das letzte Heft vollgeschrieben wäre. In Anbetracht der kompromittierenden Situation, in der sie angetroffen wurde (selbst an heutigen Maßstäben gemessen hätte eine Hausangestellte, die mitten in der Nacht dabei ertappt wird, wie sie ihren toten Dienstherrn im Nachthemd umarmt, mit Konsequenzen zu rechnen), ist es sehr wahrscheinlich, daß sie Dr. Jekylls Haus ohne jenes für jeden viktorianischen Dienstboten so lebenswichtige Dokument verlassen mußte, jenes Papier, das allein den Ausweg aus Not und Elend in den sicheren Hafen der häuslichen Dienstbarkeit garantierte: eine ›Referenz‹. Da Mary sich jedoch durch ihre gesamte Chronik hindurch nicht nur als ein-

fallsreiche, ehrliche junge Frau, sondern auch als ungewöhnlich fleißige Arbeiterin erwiesen hat, dürfen wir annehmen, daß sie über den Schock hinwegkam, den der Selbstmord ihres Herrn bei ihr ausgelöst haben muß, und in einem weniger phantastischen Haushalt wieder Boden unter den Füßen gewann.

Die Frage, was nun eigentlich mit Marys Arbeitgeber Harry Jekyll geschah, läßt sich nicht so leicht beantworten. Es fällt mir schwer, Marys eigener Schlußfolgerung zu glauben, daß ihr geliebter Dr. Jekyll und sein mörderischer Assistent Edward Hyde ein und dieselbe Person waren, wenn auch aus anderen Gründen als denen, die Mary uns nennt: »Wie konnte ein Mann zwei Menschen sein – der eine gütig, sanft und großmütig, der andere absolut rücksichtslos und nur auf sein eigenes Vergnügen bedacht, und kein Vergnügen größer als das, seine Mitmenschen leiden zu sehen?« Ein Blick in die Tagespresse zeigt uns, daß eine solche Duplizität nichts Ungewöhnliches ist, vor allem nicht unter jenen, die sich als moralische Sittenrichter aufspielen. Man braucht nur das Leben der Frauen, Kinder oder Sekretäre so manches Reformers zu untersuchen und wird genügend Falschheit aufdecken, um ganze Artikel, manchmal sogar Bücher zu füllen. – Was in Dr. Jekylls Fall unerklärt und unverständlich bleibt, ist die körperliche Veränderung, die, wenn wir Marys Bericht Glauben schenken wollen, ganz beträchtlich war und – zieht man Mr. Pooles panikartige Suche nach einer ganz bestimmten Chemikalie wie auch Jekylls eigene Bemerkungen über seine Experimente in Betracht – wahrscheinlich durch die Einnahme einer Droge bewirkt wurde.

Ich möchte an dieser Stelle zwei mögliche Erklärungen vorschlagen, obwohl es auch noch andere geben mag. Die erste ist, daß Mr. Poole und Mr. Utterson schlichtweg logen, als sie berichteten, was sie im Studierzimmer vorgefunden hatten; daß sie genau wußten, daß Dr. Jekyll Selbstmord begangen hatte, möglicherweise aus Verzweiflung über seine Abhängigkeit von einer bestimmten Droge (es wäre denkbar, daß Edward Hyde sein Lieferant war, und als er nach dem Mord an Sir Danvers Carew verschwand, blieb Jekyll nichts anderes übrig, als Mr. Poole in die Apotheken zu schicken, die offenbar jedoch nicht in der Lage waren, ihm ausreichende oder ausreichend reine Mengen zu liefern), und daß sie die Geschichte von dem toten Hyde in die Welt setzten, um genügend Zeit herauszuschinden, Jekylls guten Ruf zu schützen. Dies mag etwas weit hergeholt klingen und liefert auch keine Erklärung für das überraschende Wiederauftauchen von Edward Hyde in der Nacht von Harry Jekylls Tod, aber Mr. Poole und Mr. Utterson scheinen vom guten Ruf Dr. Jekylls geradezu besessen gewesen zu sein, und der Schock, eine Tür zu zertrümmern, um feststellen zu müssen, daß sie den armen Mann dadurch in den Selbstmord getrieben hatten, könnte sie dazu verleitet haben, sich eine Geschichte auszudenken, die im Endeffekt mehr Probleme aufwarf, als sie es wert war. Sollte diese Erklärung zutreffen, würde sie auch die seltsame Verlagerung des Stiefels erklären, von der Mary nach dem Sturz Dr. Jekylls im Hof berichtet. Wenn Dr. Jekyll und Edward Hyde nicht ein und dieselbe Person waren, wäre es Hyde ein leichtes gewesen, den Hof zu betreten und den Stiefel an eine andere Stelle zu legen. Es scheint seinem Charakter voll und ganz zu entsprechen, einen derart sinnlosen Streich zu inszenieren.

Die zweite Möglichkeit wäre die, daß Mary mit ihrer Schlußfolgerung recht hatte und Harry Jekyll tatsächlich eine Möglichkeit fand, sich in den völlig andersartigen, lasterhaften Edward Hyde zu verwandeln. Daß dies mit einer Verminderung der Körpergröße um etwa dreißig Zentimeter, einer völligen Veränderung des Aussehens und einem Wegfall aller Altersmerkmale verbunden gewesen sein soll (denn alle, die ihn gesehen haben, stimmen darin überein, daß Hyde kleiner und jünger war als Jekyll), scheint zwar kaum glaubhaft, aber sicherlich hätte Jekyll die Umwandlung von Lichtpunkten in sich bewegende Bilder, an der wir uns heutzutage ganz selbstverständlich erfreuen, für gleichermaßen unglaublich gehalten. Das Experiment, das der gütige, alternde Philanthrop aus reiner Neugier begonnen hatte, muß sich seiner Kontrolle allmählich entzogen und eine immer größere Menge der wie auch immer gearteten Chemikalie erforderlich gemacht haben, um die Rückverwandlung in Jekyll zu bewerkstelligen, bis zum Schluß keine noch so große Menge ausreichte. Es scheint klar zu sein, und natürlich ist das sehr traurig, daß Jekyll sich aus reiner Verzweiflung in seinem Studierzimmer einschloß, wußte er doch, daß es ihm nicht länger gelingen würde, Edward Hyde in Schach zu halten. Seinen Körper mit einem gefährlichen Kriminellen teilen zu müssen ist sicherlich kein Los, das irgend jemand willentlich auf sich nehmen würde, aber auch sein Gewissen teilen zu müssen, was in Jekylls traurigem Beispiel der Fall gewesen zu sein scheint, muß abgrundtiefes Entsetzen auslösen. Der merkwürdige psychologische Zusammenhang zwischen Dr. Jekyll und Edward Hyde dürfte jedoch besser von einem Fachmann auf dem Gebiet der Humanpsychologie erklärt werden können, der eher dafür gerüstet ist, die komplexen Fäden zu entwirren, die das Bewußte so lose mit dem Unbewußten verknüpfen. Es ist dies ein geheimnisvoller Zusammenhang, der bestimmt einer genaueren Untersuchung würdig wäre, denn wer von uns hätte nicht zu irgendeinem Zeitpunkt den unbewußten Zwang empfunden, Verwüstungen und Verheerungen anzurichten... Ist es nicht gerade die Furcht vor diesem Impuls, die uns dazu treibt, so vehement auf gesellschaftlichen Konventionen zu beharren?

Ein drittes und letztes Geheimnis, das ebenfalls einen Forscher erforderte, der hartnäckiger ist, als ich selbst es bin, ist die Frage, wie Marys Tagebücher von London nach Bray gelangten. Es gibt mehrere Möglichkeiten, von denen ich eine erwähnen möchte, wenn auch nur, weil sie, wie mir ein Angestellter des Britischen Museums versicherte, unweigerlich von jemand aufgeworfen werden wird, der die Überzeugung vertritt, daß ein Tagebuch wie das der Mary Reilly gar nicht existieren kann, weil es in der spätviktorianischen Zeit keine Hausangestellten gab, die des Lesens und Schreibens kundig waren.

Es gibt eine ganze Anzahl von Beweisen dafür, daß dies nicht der Fall war, denn es sind viele Tagebücher dieser Art erhalten geblieben, auch der Bericht eines Londoner Dienstmädchens, das einen Roman veröffentlichte, in dem es um die Familie ihres Arbeitgebers geht, was einen Skandal verursachte, der zweifellos in so manchem besseren Haushalt eine gehörige Portion Besorgnis auslöste.

Im Zusammenhang mit dem vorliegenden Manuskript bringt diese Tatsache natürlich eine Mutmaßung ins Spiel, zu der ich mich weder positiv noch negativ äußern will, nämlich die Möglichkeit, daß die traurige und beunruhigende Geschichte, die sich uns auf den Seiten von Marys Tagebuch enthüllt, von Anfang an nichts anderes war und sein sollte als reine Fiktion.

*Valerie Martin*

# Dank

Die Autorin möchte den vielen Freunden und Kollegen danken, die ihr bei der Vorbereitung dieses Manuskripts behilflich waren, unter ihnen Chris Wiltz, Heather Henderson, Bill Sharpe, Ann Jones, Frank Reilly, O'Neil Denoux, Bob Hosmer, Adrienne Martin, Marianne Velmans, Fiona Burtt, Nan A. Talese, Nikki Smith und ganz besonders James Ellis.